천애협로

濱法俠使

촌부 新무협판타지 소설

FANTASTIC ORIENTAL HEROES

천애협로 11

촌부 新무협 판타지 소설

초판 1쇄 찍은 날 § 2019년 6월 26일
초판 1쇄 펴낸 날 § 2019년 7월 3일

지은이 § 촌부
펴낸이 § 서경석

총괄팀장 § 노종아
편집책임 § 김경민
디자인 § 이혜정

펴낸곳 § 도서출판 청어람
등록번호 § 제1081-1-89호
등록일자 § 1999. 5. 31
어람번호 § 제2-2798호

주소 § 경기도 부천시 부일로 483번길 40 서경B/D 3F (우) 14640
전화 § 032-656-4452 팩스 § 032-656-4453
http://www.chungeoram.com
E-mail § chungeorambook@daum.net

ISBN 979-11-04-92022-6 04810
ISBN 978-89-251-2651-7 (세트)

FANTASTIC ORIENTAL HEROES
촌부 新무협 판타지 소설

 노고초(老姑草)

[완결]

청어람
도서출판

第一章
기사회생(起死回生)

1

새하얀 구름 조각 하나가 태양을 스치고 지나갔다. 구름이 이
동하자 잠시간이나마 어두워졌던 장내가 다시 밝아졌다. 날씨가
맑음에도 불구하고 스산한 기운이 감돌았다.

'…혈마!'

일순간 혈마의 기운을 느낀 소량이 얼굴을 딱딱하게 굳힌 채
로 서쪽을 바라보았다.

어찌 인간의 몸으로 천하를 가늠하랴?

천존의 경지에 오르긴 하였으나, 소량의 기감에도 한계는 있었다.

조금 전, 혈마의 기운을 느낄 수 있었던 것은 소량이 뛰어나서
가 아니라 혈마가 자신의 기운을 한껏 노출하였기에 가능한 일이
라 할 수 있었다.

소량의 눈동자가 이리저리 흔들렸다.

'내상을 입어 움직이지 못할 줄 알았는데, 어떻게 벌써……?'

당혹스러운 표정을 짓고 있던 소량이 눈을 질끈 감았다.

소량은 혈마곡의 권역이 되어버린 사천의 서북부에서 무림맹의 무인들을 구출하는 데 적지 않은 시간이 걸렸음을 뒤늦게 실감했다. 그 시간 동안 혈마는 반선, 아니, 이제는 진짜 신선이 되어버린 검천존에게 당한 내상을 온전히 수습한 듯했다.

어디 그뿐이랴?

마치 혈마의 이동에 맞춘 듯, 혈마곡의 마인들이 세를 불려 이곳으로 다가오고 있었다. 소량이 있음에도 망설임 없이 진격하는 것이 따로 생각해 둔 바가 있는 모양이었다.

소량은 무림맹의 무인들을 흘끔 돌아보았다.

무려 오백여에 이르는 대인원……

'시간. 시간이 없다.'

무언가를 깨달은 소량의 눈이 휘둥그레 커졌다.

"…당장 떠나야 해."

소량이 멍하니 서쪽을 바라보며 중얼거렸다. 혼잣말처럼 속삭인 까닭에 그 말을 들은 이는 그리 많지 않았다. 사람들은 여전히 각자의 이야기를 떠들고 있을 뿐이었다. 그들은 지금 서쪽에서 무슨 일이 벌어지는지 모르고 있었던 것이다.

소량이 침을 꿀꺽 삼키고는 목청을 돋워 외쳤다.

"지금 당장!"

"으음?"

청운 도장과 몇 마디 대화를 나누던 남궁세가의 가주, 남궁무진이 기음을 내며 소량을 바라보았다. 남궁무진은 제외한 모든 이들은 깜짝 놀란 듯 침묵하여 소리를 내지 않았다.

무겁게 깔린 정적 속에서 소량이 재차 고함을 질렀다.

"지금 당장 출발해야 합니다! 모두 준비하십시오!"

"허어! 갑자기 왜 그러시는가? 지금은 정비를……."

"정비할 시간이 없습니다! 혈마곡의 마인들이 이곳으로 달려오고 있습니다!"

소량이 다급히 외치며 할머니가 있는 쪽으로 걸어갔다. 장내의 모두가 멍하니 바라보는 가운데, 소량은 직접 짐을 챙겨 승조에게 집어던지듯 안겨주었다.

그러고는 석상처럼 굳어버린 무림인들에게 고함을 지른다.

"뭣들 하십니까? 어서 준비하지 않고!"

"어흠, 험. 이보시오, 진 대협. 이제 우리의 수도 제법 모였거니와 천존의 경지에 이른 그대까지 있으니 차라리 혈마곡의 예봉(銳鋒)을 꺾는 것도 낫지 않겠소?"

청운 도장이 헛기침을 몇 번 내뱉으며 말했다.

소량이 고개를 절레절레 저었다.

"그 수가 가늠할 수 없을 정도로 많습니다! 저들이 만약 저를 피하여 여러분들을 요격하고자 한다면 저는 그것을 온전히 막아낼 수 없습니다!"

무학이 경지에 올랐으니 소량 본인이 위험할 일은 없겠지만 오백여 정도 무림인들은 사정이 다르다. 소량이 마인들과 맞서 싸우는 사이 이백… 아니, 운이 없다면 삼백 가까운 무림인들이 목숨을 잃게 될지도 모른다.

거기에 더해서, 조금 전 먼 곳에서 희미하게 느꼈던 혈마의 기운이 이쪽으로 다가온다면?

전멸이다.

소량이 더 이상의 반론은 허락하지 않겠다는 듯 한차례 발을 굴렀다.

쿠웅—

"지금 당장!"

그 외침보다 한 번의 진각이 무림인들의 정신을 일깨웠다. 일순간 찬물을 뒤집어쓴 듯한 기분을 느낀 정도 무림인들이 허겁지겁 짐을 챙기기 시작했다.

진운혜 역시 일순간 무너졌던 정신을 다잡았다.

할머니의 앞에서 무릎을 꿇고 흐느끼던 진운혜가 창백한 얼굴로 아랫입술을 질끈 깨물고는 남궁성에게로 다가왔다. 남궁성의 옷자락을 단단히 여며주던 진운혜가 놀란 얼굴로 외쳤다.

"아성! 이게 어떻게 된 일이냐? 아성!"

"쿨럭, 쿨럭!"

남궁성의 동공은 마치 혼몽에 빠진 사람처럼 풀려 있었다. 피를 너무 토해낸 까닭에 얼굴 역시 시체처럼 파리하기 이를 데 없다. 승조에게 짐을 맡기고, 왕소정에게 할머니를 업으라 청한 소량이 빠르게 남궁성에게로 다가왔다.

"표형의 무공을 폐했습니다, 고모님."

"무어라? 무공을… 그럼 당장 죽어도 이상한 일이 아니지 않느냐!"

진운혜가 깜짝 놀라 눈을 홉뜨자 소량이 고개를 저었다.

"무공을 폐하지 않으면 반드시 죽는 상황이었습니다. 미봉책에 불과하겠지만 무공을 폐하면 희미하게나마 살길이 보입니다. 상황이 다급하여 논의 없이 진행하였으니 훗날 꾸중을 듣겠습니다, 고모님."

소량이 빠르게 외치고는 남궁성의 명문혈로 손을 가져갔다.

비록 단전이 깨어진 탓에 온전히 주천(周天)할 수는 없었지만, 아직 봉(封)하지 않은 기맥을 이용해 태허일기공의 기운을 순환시키는 것이다.

"큭!"

"후우—"

남궁성이 한차례 경련하는 순간, 소량이 길게 한숨을 내쉬었다.

지금 이 자리에서 죽는 것은 막을 수 있었으나, 기맥을 봉하였으니 어찌 멀쩡하기를 바라랴? 한시라도 빨리 의원에게 보이지 않는 한 남궁성의 명은 끝난다고 봐야 할 터였다.

"그, 그렇다면 이 아이가 죽지 않는다는 말이니?"

아들에게 조금씩 다가드는 죽음을 지켜볼 수밖에 없는 진운혜였다. 진운혜가 조급히 되물은 것은 어찌 보면 당연한 일이라 할 수 있었다.

"확률이 높다 할 수는 없겠지만……."

고개를 저으려던 소량이 멈칫했다. 진운혜의 눈동자를 보자 원래 하려던 말을 꺼낼 수가 없었다. 찰나의 순간이나마 멍하니 진운혜를 바라보던 소량이 쓴웃음을 지었다.

"…살 수 있습니다."

"정말이냐? 정말 이 아이가 죽지 않는다는 말이야?"

진운혜가 소량의 소맷자락을 잡으며 물었다.

소량은 부러운 눈으로 남궁성을 바라보았다. 그의 사촌 형은 그가 한 번도 가져보지 못했던 것을 태어날 때부터 가지고 있었다. 소량이 부드럽게 손을 뻗어 소매를 움켜쥔 진운혜의 손을 덮었다.

"곽호태라는 이름을 기억하십시오, 고모님. 십오 일, 십오 일

안에 곽호태라는 의원을 찾아가면 십 중 십 살 것입니다. 십오 일 안에 곽호태라는 의원을 찾지 못하면 범의에게라도 보이십시오. 십오 일 안에 의원을 만나지 못하면 생사를 장담치 못합니다. 명심하세요, 고모님. 십오 일입니다."

"곽호태, 곽호태……."

진운혜가 혼이 나간 얼굴로 혼잣말을 주워섬겼다.

힘이 풀렸는지 소량의 소매를 놓아주기까지 했다.

일순간 자유로워진 소량이 천천히 고개를 들었다.

무림맹의 무인들이 각 파로 나뉘어 일사불란하게 움직이는 모습이 보였다. 어지간한 군졸보다도 빠르게 태세를 정비한 무림맹의 무인들은 준비가 끝나는 대로 이동을 시작했다.

장내를 둘러보던 소량이 승조가 있는 쪽을 바라보며 입술을 달싹였다.

[잠시 다녀오마.]

할머니를 업은 왕소정과 함께 서서 소량을 바라보던 승조가 아랫입술을 질끈 깨물었다.

도대체 어째서일까?

청해에서부터 이어져 온 형님과의 여정이 마침내 끝을 맞이한 기분이 들었다. 무사히 혈마곡의 권역을 탈출하는 사람은 자신과 할머니뿐… 형은 또다시 강호를 헤매게 되리라.

이유도 근거도 없는 직감이었지만, 승조는 틀림없이 그렇게 되리라는 것을 알 수 있었다.

"무탈하세요, 형님. 꼭 무탈하셔야 합니다."

상념에 빠져 있던 승조가 고개를 꾸벅 숙여 보였다.

[그래… 할머니를 부탁한다.]

소량 역시도 같은 생각을 했던 것일까! 다시 한번 입술을 달싹인 소량이 할머니를 물끄러미 바라보았다.

잠시 뒤, 하염없이 할머니를 바라보던 소량이 눈을 질끈 감고는 몸을 돌렸다. 뒤에서 할머니가 흐느끼는 소리가 들려왔다.

"흐이이, 가지 말어. 흐이이—"

소량의 발걸음이 흠칫 멈추었다.

왕소정의 등 뒤에 업힌 할머니가 양손을 휘저었다.

"가지 말어, 흐이이. 가지 말어."

소량이 이를 질끈 악물고 걸음을 옮겼다. 더 이상 할머니가 애절하게 외치는 소리를 듣고 싶지 않았다. 소량은 당장에라도 귀를 막고 싶은 기분을 느꼈다.

소량의 걸음이 점점 더 빨라졌다.

가장 마지막까지 남아 있던 청운 도장이 놀란 얼굴로 외쳤다.

"진 대협! 어디를 가시는 거요!"

"……."

소량은 대답 대신 가볍게 발끝을 퉁겨 신형을 날렸다. 이형환위라! 청운 도장이 보기에는 천애검협이 그냥 안개처럼 사라져 버리는 것처럼만 보였다.

다만 그 방향이 무림맹의 무인들과 반대였으므로, 그가 혈마곡의 마인들을 막으러 간다는 사실만큼은 뒤늦게나마 짐작할 수 있었다.

'빚을 지는구나. 또 빚을 지게 됐어.'

청운 도장이 회한에 잠긴 얼굴로 눈을 질끈 감았다.

한편, 일순간 신형을 날려 앞으로 달려간 소량은 삼 리 정도를 쉬지 않고 나아간 후에야 공허한 얼굴로 걸음을 멈춰 세웠다.

조금 전의 시끌벅적한 분위기와는 너무나 다른 적막한 고요가 소량을 휘감았다. 얼마 전, 구룡현의 참상을 보았을 때처럼 짙은 피로가 몰려왔다.

소량은 조용히 고개를 들어 하늘을 올려다보았다. 옅은 구름 조각 몇 개가 태양을 가리우고 또 드러내는 광경을 잠시 바라보던 소량이 지친 얼굴로 중얼거렸다.

"고단하구나……."

혈마는 버리기를 종용하였으나, 소량은 버리기는커녕 자꾸 짐을 어깨에 쌓고 있었다. 인간으로 살겠노라, 인간으로서 죽겠노라 결심하자마자 하늘은 소량의 어깨 위에 오백여 남짓한 정도 무림인들을 올려놓고 말았던 것이다.

삐애액—

하늘을 선회하던 매 한 마리가 울부짖었다.

드넓은 창공을 저 혼자 차지한 것처럼 한없이 자유로운 날갯짓이었다.

어디에도 구속됨이 없고, 어디에도 얽매이지 않는 날갯짓.

"……."

소량이 눈을 지그시 감을 때였다. 이십여 장 너머에서 날카로운 살기가 일어나 소량에게로 쏘아졌다. 어느새 익숙해져 버린 살기, 이미 수많은 사람들의 목숨을 거둔 살기였다.

그동안 소량은 이와 같은 살기에 목숨을 잃은 사람을 수도 없이 보았다.

남궁세가의 가솔들, 신도문주 곽채선에게 정기를 빼앗긴 아이들, 자신을 보호하려다 죽은 흑수촌의 백성들과 능소, 그리고 구룡현까지.

지친 얼굴로 그간의 강호행을 반추하던 소량이 한차례 검을 고쳐 들고는 두 걸음을 앞으로 내디뎠다. 지난 강호행을 되돌리다 보니 마침내는 근원(根源)에까지 이른 탓이었다.

나의 무공은 어디에서 왔던가?

할머니에게서 왔다.

소량은 마치 할머니에게서 처음 검을 배웠던 것처럼 천천히 검을 앞으로 내뻗었다.

휘이잉―

한 줄기 바람이 소량의 검을 부드럽게 밀었다. 마치 소량의 힘이 아니라 바람이 대신 소량의 검을 움직이는 듯했다. 소량은 부드럽게 바람을 타며 한바탕 검무(劍舞)를 추기 시작했다.

유(流)만 알고 강(强)은 모른다고 했던가!

처음 강호에 나올 때 소량의 검은 음유하기만 할 뿐, 양강을 알지 못했다. 양강을 배운 것은 사망객과 일전을 겨룰 때였다. 훗날 얻은 태룡도법이 소량의 양강(陽强)의 기틀이 되어주었다.

쿠쿠쿵―

소량의 검로가 흐르자 세상이 뒤바뀌었다. 좌측에 있던 산에 소량의 무형검강이 쏟아지자 우지끈 소리와 함께 땅이 흔들리기 시작한 것이다.

유약승강강(柔弱勝剛强)이라!

양강으로 치우쳐 갈 때쯤에는 능소를 만났다. 그때 세상을 올바로 보게 되었고 순리를 좇는 법을 배웠다. 그것을 온전히 자신의 것으로 만들었을 때 소량은 천존의 경지에 올랐다.

소량의 검로가 능하선검을 좇아 변해갔다. 어떤 의미로 보면 그것은 진혼(鎭魂)이었고, 위령(慰靈)이었을지도 모른다.

소량의 검로에는 그가 보아온 수많은 죽음과, 그가 걸어온 삶이 어려 있었던 것이다.

콰콰콰콰!

어디선가 폭포수가 흐르는 듯한 소리가 들려왔다.

하지만 소량은 조금도 개의치 않았다.

오행검, 태룡도법, 능하선검……

가장 마지막은 동화(同化)의 법(法)이었다.

하늘 끝에 오르기 위해 비우는 대신 세상과 함께 노닐고자 하였으므로 얻게 된 것이거니와, 어깨에 서까래처럼 지어진 정(情)과 연(緣)을 부둥켜안고 있기에 펼칠 수 있는 검이었다.

"허, 헉?!"

그때였다.

히이이잉—

십여 장 가까이 다가왔던 혈마곡의 마인이 타고 있던 말을 다급히 멈춰 세웠다. 산기슭 모퉁이를 돌자 홀로 서서 검무를 추고 있는 청년을 발견할 수 있었던 것이다.

"처, 천애검협?!"

가장 선두에 선 마인들의 수장이 눈을 휘둥그레 뜨며 외쳤다.

스무 필의 인마 뒤로 경공을 펼쳐 달려오던 천오백여 명의 마인들 역시 주춤거리긴 마찬가지였다. 가장 선두에 선 마인들처럼, 그들 역시 소량의 모습을 발견할 수 있었던 것이다. 당황한 얼굴로 십여 장 너머에 선 소량과 동도들을 번갈아 바라보던 수장이 이를 질끈 악물고는 외쳤다.

"십육로(十六路)! 산개(散開)하라!"

무공을 펼치는 대신 산개하라는 명령이 무엇을 뜻하는 것이겠는가!

천애검협을 피해 도망은 치되, 무림맹의 무인들은 끝까지 추적하겠다는 뜻이었다. 실제로 혈마곡의 마인들은 명을 받자마자 열여섯 갈래로 나뉘어 앞으로 진격하고 있었다.

소량 역시 마인들이 흩어지는 것을 느낄 수 있었다. 하지만 소량은 그것을 신경 쓰는 대신, 검무의 마지막에 집중했다.

하늘 끝[天涯]!

수많은 정과 연을 버리지 않고 하늘 끝에 이르려면 어떻게 해야 하는가!

"내가 무엇을 가르쳤는지 기억하고 있겠지? 잊지 말거라."

검천존의 말을 떠올린 소량이 무언가에 혼을 빼앗긴 사람처럼 검을 곧게 들어 올렸다. 찰나의 순간, 머릿속에 빛살처럼 무언가가 스치고 지나갔던 것이다.

"허, 헉?! 잠깐! 모두 돌아와! 돌아오라고! 더 나아가서는 아니 된다!"

그 순간, 열여섯 갈래 중 첫 번째 갈래에 속해 달려 나가던 마인들의 수장이 눈을 부릅뜨며 외쳤다. 소량에게서 자신으로서는 꿈에서도 감당치 못할 기세를 느낄 수 있었던 것이다.

"크으윽!"

소량의 입에서도 거친 신음이 새어 나왔다. 여태껏 천지와 교류하던 기운이 되레 역류하기 시작했다.

천지간의 기운이 네 것이 아닌 것, 네가 감당치 못할 것을 감히 쥐었다고 꾸중하는 것만 같았다.

소량이 파르르 떨리는 팔로 일검을 아래로 내리그었다.

콰콰콰쾅!

그 순간, 소량의 반경 십오 장의 대지가 뒤집혔다. 좌측에 있던
얕은 산이 크게 베인 듯 움푹 파여 바닥으로 흩어져 내렸고, 우
측에 있던 작은 숲은 그 귀퉁이가 잘려 수많은 나무 조각을 토해
냈다.

그 안에 있던 사람들은 어찌 되었겠는가!

"크아아악!"

"피해! 뒤로 물러나! 크으윽!"

단말마의 비명이 수도 없이 이어졌다. 굉음이 처참한 비명을 삼
키고, 세상의 소리마저 잡아먹었다. 그 직후에는 사방이 고요하게
변해갔다. 소량에게로 근접하였던 두 개의 갈래가 단숨에 증발하
여 버리고 난 후에야 말이다.

그렇게 얼마나 지났을까.

"이, 이건 인간의 검로가 아니지 않은가. 하늘, 하늘의 것……."

첫 번째 갈래에 속해 있던 마인이 침을 꿀꺽 삼키며 중얼거렸다.

"처, 천검(天劍)……."

지금의 소량으로서는 절대 감당하지 못할 검로.

하늘 끝에 이르지 않고서는 펼칠 수 없는 검로.

그 검로의 이름이 지어지는 순간이었다.

열여섯 갈래 중 무려 두 갈래를 잃어버린 혈마곡의 마인들이
공포에 질린 듯 사방으로 흩어졌다. 원래의 계획대로 전진하는 자
도 있었으나 사방으로 도망치는 자도 많았다.

천애검협의 일검하에 백이 넘는 마인들이 피떡이 되고 만 지금
이다.

만약 열여섯 갈래로 흩어지지 않고 한군데에 뭉쳐 있었더라면?

어쩌면 모든 인원이 목숨을 잃었을지도 모른다.

하지만 소량 역시 멀쩡하지는 않았다.

"커헉, 쿨럭!"

소량은 허리를 반으로 굽히고 가슴을 쥐어뜯으며 기침을 토해 냈다. 방금 펼친 검로를 스스로도 이해하지 못하였기에 소량의 눈은 괴로운 가운데서도 크게 떠져 있었다.

'방금의 검로는 도대체가⋯⋯.'

소량으로서는 상상도 하지 못할 현현한 검공이었다. 아니, 검공이라기보다는 마치 신선이 조화를 부리는 듯했다. 그야말로 하늘 끝에 이르지 않고는 펼칠 수 없는 무공인 셈이었다.

알고 보면 소량의 기맥이 일순간이나마 온통 막혀 버리고 만 것도 같은 이유에서였다.

아직 하늘 끝은 소량에게 자신을 허락하지 않았던 것이다.

'천검이라 했던가? 그 말이 틀리지가 않다. 말 그대로 하늘의 검이야.'

소량은 찌푸려진 얼굴로 눈을 가늘게 뜨고 고개를 들어 올렸다.

조금 전, 천검이라고 말했던 마인들의 수장이 공포에 질린 표정을 지었다. 그가 타고 있던 말 역시 히이잉, 울부짖으며 앞다리를 공중에 높이 들어 올렸다.

멍해져 있던 소량의 눈에 빛이 돌아온 것은 바로 그때였다.

소량의 눈에 어린 빛은 기쁨에 가까웠다.

'찰나의 순간이지만 하늘 끝이 보였어. 틀림없이 보였다.'

그 말이 무엇을 뜻하겠는가!

검신 진소월과 다른 길로도 하늘 끝에 오를 수 있다는 뜻이었다. 버리지 않고도, 희로애락과 오욕칠정을 모두 비우지 않고도 하늘 끝에 이를 수 있었다.

다만 그 길이 지독하게 어려울 뿐이다.

'어렵더라도 상관없어. 갈 수 있다는 것을 확인했다면 되었다. 반선 어르신, 반선 어르신! 마지막까지 제게 가르침을 주신 것이었군요.'

소량의 입가에 그리운 듯한 미소가 떠올랐다.

반선 어르신은 결코 귀천한 것이 아니요, 오히려 인간으로서 지극한 자리에 오른 것이었지만 다시는 볼 수 없게 되었다는 점에서만큼은 죽음과도 다르지 않다.

그리움 가운데서 한 가지 상념이 머릿속을 가득 채웠다.

반선 어르신, 아니, 검천존이 무엇을 가르쳤던가?

중용(中庸)이다.

'길을… 찾았다.'

허리를 절반이나 굽힌 채 피로한 듯 서 있던 소량이 천천히 허리를 폈다. 이미 양신이 태동하였음에도 불구하고 백회가 막힌 듯한 기분이 들었고, 중단전과 하단전에 극심한 통증이 머물렀다.

하마터면 뒤로 넘어질 뻔했던 소량이 주춤거리며 균형을 잡았다.

"천검이라, 천검. 한 번만 더 펼칠 수 있다면……."

소량이 조그맣게 중얼거리며 검을 앞으로 겨누었다.

마인들의 수장의 입장에서는 미쳐 버릴 노릇이었다.

"피해! 최대한 빨리 피해라!"

천검이라는 말이 지독하게 잘 어울리던 그 검공이 다시 펼쳐지면 어떻게 되겠는가! 범위 안에 들어 있는 자들은 모조리 몰살을 당한다.

만약 그 검공에 태룡도법의 묘리가 섞인다면?

마인들의 수장은 태룡과해의 초식을 좇아 천검이 발출되는 상상을 하고는 전신을 부르르 떨었다. 그런 식으로 강기공을 펼친다면 아무리 거리를 벌려도 죽은 목숨인 것이다.

"사방으로 흩어져!"

마인들의 수장이 그렇게 외칠 때였다.

챙그랑―!

"크으윽!"

소량이 비틀거리더니 검을 떨어뜨리고 말았다.

다시 한번 허리를 반으로 굽힌 소량이 휘청거렸다.

소량이 이를 질끈 악물며 중얼거렸다.

'젠장! 하늘이 허락하지 않는가…….'

조금 전에는 어떠했던가!

찰나의 순간, 소량은 모든 것을 버리는 대신, 모든 것을 표용하고자 하였다. 천검이라 할 만한 검공, 아니, 천검은 바로 그때에야 그 끝자락을 양보해 주었다.

하지만 지금은 모든 것을 표용할 수가 없다. 알고 보면 조금 전의 순간 자체가 원래대로라면 절대 있을 수 없는 일종의 기적이었던 것이다.

만약 그럼에도 불구하고 계속 나아가고자 한다면?

'역천(逆天)이 된다. 그 끝이 결코 좋지 않겠지.'

소량은 눈을 지그시 감고 마음을 정리했다.

과거, 반선 어르신과 함께 유영평야에서 한바탕 일전을 겨루었을 때, 소량은 능하선검의 끝자락을 살짝이나마 엿본 바 있다.

하지만 안타깝게도 깨달음은 금방 휘발되어 버리고 말았다. 소량은 그것을 온전히 얻지 못한 채 결국엔 망각해 버리고 말았던 것이다.

그것을 온전히 얻은 것은 진무십사협의 첩혈행로 때였다. 첩혈행로에서 혼수상태에 이르렀던 소량은 청성산 부근에서 양신이 태동한 후에야 자신이 가진 것을 자각할 수 있었다.

지금도 그와 다르지 않다.

"……."

소량은 기침을 억지로 참아내며 허리를 굽혀 철검을 주워 들었다. 검에 크게 금이 가 있던 것을 본 소량이 쓴웃음을 짓고는, 장내를 한차례 훑어보다가 손을 앞으로 내뻗었다.

허공섭물이라!

혈마곡의 어느 마인이 사용했을 검이 소량의 손으로 스르르 빨려 들어왔다.

소량은 검에 익숙해지려는 듯 손가락을 꼼지락거렸다.

그 입에서는 기나긴 한숨이 새어 나온다.

"후우우—"

한숨이 스치고 지나가자 소량의 안색이 한결 편안해진다. 천검에 대한 욕심을 거두고 스스로를 찾고자 하니, 한때나마 다가오지 않던 천지간의 기운이 다시 교유를 시작한 것이다.

백회가 다시 열리고, 중단전과 하단전이 안정을 찾는다.

소량은 검을 곧게 들어 혈마곡의 마인들을 겨누었다.

'동화의 법으로…….'

소량이 그렇게 생각할 때였다.

마치 홍수를 만난 개미 떼들처럼 사방으로 흩어지던 혈마곡의 마인들 너머에서 한 줄기 강렬한 기세가 일어났다. 조금 전에 소량이 느꼈던 기운, 바로 혈마의 기운이었다.

'이쪽으로 오는 것이 아니야?'

소량의 표정이 이내 멍해져 갔다.

천검의 기운을 느끼지 못했음일까?

혈마는 소량이 있는 동쪽이 아니라 동남쪽을 향해 남하하고 있었다. 심지어 소량은 혈마의 부근에서 그와도 비견할 만한 거대한 기운을 느낄 수 있었다.

'도천존… 아니, 창천존 노선배?'

소량의 눈이 휘둥그레 커졌다.

혈마에 더해 창천존의 기운까지 느끼자 한 가지 짐작이 가는 것이 있었다. 혈마가 그 먼 거리에서도 느낄 수 있을 정도로 기운을 일으킨 까닭이 무엇이겠는가!

'창천존 노선배와 혈마가 하늘 끝을 두고 자웅을 겨루고 있었구나!'

삼천존과 혈마의 싸움은 반드시 두 가지 중 하나로 끝난다.

하늘 끝에 오르거나, 죽음에 이르거나.

'창천존 노선배가 위험하다.'

소량은 주변을 한차례 둘러보았다. 열여섯 갈래로 나뉘어 나아가던 혈마곡의 마인들은 소량의 일검에 기가 죽어 사방으로 흩어지고 있었다.

물론 개중에는 원래의 계획대로 전진하는 자도 있었고, 또 흩어졌던 자들도 나중이 되면 반드시 합류할 것이지만, 그러는 가운데 제법 많은 시간을 소모하게 될 것은 분명했다.

'전선에 가깝다는 것은 곧 혈마곡과도, 무림맹과도 가까운 곳에 있다는 뜻. 잠시나마 시간을 벌었으니 적어도 사천의 생존자

들이 무림맹과 합류하지 못할 일은 없을 것이다.'

소량의 입가에 쓴웃음이 떠올랐다. 잠시 갈등하였으나 결국 마음을 정한 것이다.

소량의 시선이 다시 혈마의 기운이 느껴지는 쪽으로 옮겨갔다.

혈마의 기운은 아미산이 있는 방향으로 이동하고 있었다.

2

청운 도장의 입에서 단내가 피어올랐다.

상황이 시급하다 보니 잠시도 쉬지 못하고 계속해서 경공을 펼쳤던 것이다.

"헉, 허억!"

콰아앙―!

청운 도장은 자신들이 떠나온 곳을 흘끔 돌아보았다.

천지간에 뇌우가 한바탕 번쩍이는 듯하더니 이내 굉음이 재차 울려 퍼진다.

'허! 믿을 수가 없구나! 저게 무공의 흔적이란 말인가?'

한낱 인간의 몸으로 어찌 뇌우를 부리겠냐고, 도저히 믿을 수 없다고 말하고 싶었지만 청운 도장은 자신의 추측이 사실에 가깝다는 것을 확신할 수 있었다.

청운 도장은 '앞으로 호사가들이 천애검협의 무공이 입신의 경지에 이르렀다고 떠들면 절대 부정하지 말아야겠다'라고 생각하며 경공에 박차를 가했다.

떠오르는 생각은 한 가지 더 있었다.

'젠장! 천애검협이 힘쓰는 걸 보니 정말 많은 수의 마인들이 추

적한 모양이군.'

청운 도장은 자신들을 피하게 한 소량의 선견지명에 크게 감탄을 토해내고는, 오백여 남짓한 무림인들이 한데 뭉쳐 달리는 광경을 물끄러미 주시했다.

청운 도장과 비슷한 배분의 명숙들은 각 파의 제자들을 통솔하고 있었지만, 청운 도장은 그에 더하여 오백여 명 전체의 흐름까지 통솔해야 했으므로 더욱 많이 움직일 수밖에 없었다.

지금도 마찬가지였다.

"으으음!"

무공이 약하거나 부상자들이 많아 뒤처진 무인들을 흘끔 바라본 청운 도장이 침음성을 길게 토해내고는, 오백여 명의 흐름을 거슬러 일행의 후미로 향했다.

가장 뒤쪽에 있는 문파는 신검지가, 다름 아닌 남궁세가였다.

"무량수불! 후우우— 계속 달릴 수 있겠소이까?"

청운 도장이 도호를 씹어뱉듯 읊조리며 말했다.

"달리는 것이야 문제가 아니오만, 속도를 내기가 어렵소! 폐가는 신경 쓰지 말고 먼저 가시구려, 청운 도장!"

아들을 업고 달리던 남궁세가의 가주, 남궁무진이 고개를 두어 번 끄덕였다. 무공이 나름대로 경지에 이르렀으니 등에 한 사람 업힌 것쯤이야 무슨 문제인가 싶겠지만, 업힌 사람이 병자라는 것을 감안하면 그의 속도가 늦춰진 것을 응당 이해할 수 있으리라.

그의 옆에는 진운혜가 할머니를 업고 달리고 있었다.

무공의 경지가 높지 못한 진승조는 왕소정의 어깨에 매달려 있었고 말이다.

후미를 한차례 둘러본 청운 도장이 쓴웃음을 지었다.

"하! 먼저 가라는 말은 곧 버리고 가라는 뜻이 아니오? 아니 될 말! 남궁 가주께서는 모르시겠지만, 빈도는 이미 구룡현에서 천애검협의 언행을 본 바가 있다오."

"그게 무슨 말씀이시오?"

남궁무진은 '천애검협의 언행을 보았다'는 말을 이해하지 못했다.

"그야 천애검협이 무섭다는 말이지."

청운 도장이 그를 흘끔 바라보며 한차례 농담을 건넸다.

"하물며 그의 고모와 고모부, 조모님에 동생까지 함께 있는데 내 어찌 버리고 가겠소? 그랬다가 나중에 천애검협이 찾아와 우리 가족들 어디 있냐고 물으면 난 무서워 오줌을 지리고 말게요. 무량수불! 잔말 말고 체력이나 보존하시구려!"

청운 도장이 행렬의 가장 끝으로 이동하며 말할 때였다. 오백여 행렬 너머, 즉, 가장 선두에서 경계하는 듯한 목소리가 들려왔다.

"혈마곡의 잡졸들이 감히 여기가 어디라고… 엇? 유운신룡 유천화? 어떻게!"

"무림맹이다―!"

그와 동시에 유천화의 우렁찬 목소리가 들려왔다.

"무림맹! 무림맹이다!"

만에 하나 혈마곡의 마인들이 추적하고 있다면, 무림맹과 합류했음을 알려 그들을 퇴각시킬 필요가 있었다. 유천화가 일부러 내공까지 섞어 고함을 지른 까닭은 바로 그것이었다.

행렬의 가장 뒤쪽에 있던 청운 도장이 등 뒤의 황량한 벌판을 바라보았다.

다행히 자신들을 추적하는 마인들은 없었다.

청운 도장은 천천히 걸음을 멈추었다.

"무림맹을, 무림맹을 만났다고……."

청운 도장은 일순간 작은 혼란을 느꼈다.

사천에서 고립되어 생사조차 가늠하지 못하던 얼마 전의 과거가 꿈결처럼 느껴졌다. 천애검협을 만난 후에 겪었던 구룡현의 일도 마찬가지였다.

어제 있었던 일 같으면서도 오래된 과거처럼 멀다.

사천을 단신으로 돌파하며 무림맹의 무인들을 구출해 낸 사람은 지금 어디에 있을까.

황량한 벌판을 바라보던 청운 도장은 가슴이 시려오는 것을 느끼며 동도들에게로 고개를 돌렸다. 무림맹의 권역에 입성하였음을 깨달은 오백여 동도들이 조금씩 멈춰 서고 있었다.

'기사회생(起死回生).'

청운 도장은 그야말로 죽음의 직전에서 삶으로 돌아왔음을 깨달았다.

'그리고 기사회생한 것은 우리뿐만이 아니지.'

영영 잃은 줄 알았던 오백여 명의 무인들이 돌아왔다.

그래도 여전히 수적 열세인 셈이지만, 혈마곡의 권역이 되어버린 사천에서 생존할 정도로 고강한 고수들이 돌아왔다는 것은 몹시 큰 의미를 가지고 있다고 할 수 있다.

'으허허! 한 사람이 무림을 살린 셈인가?'

말하자면, 무림맹 역시 기사회생한 셈이었다.

청운 도장은 황량한 벌판을 등지고 뚜벅뚜벅 걸음을 옮겼다. 오백여 무림인 중에 가장 배분이 높은 자라면 자신과 남궁세가의 가주, 그리고 모용세가의 장로뿐이다.

말하자면 수뇌부라고 할 수 있는 셈, 최대한 빨리 상황을 정리

해야 했다.

"빈도는 무당의 청운이오! 책임자가 누구인지 알고 싶소만…
어? 운해추룡 막 도우?"

오백여 행렬의 선두로 달려간 청운 도장이 의아한 듯 눈을 휘둥
그레 떴다.

무림맹의 별동대를 이끌던 운해무관의 전 관주, 운해추룡 막현
우도 놀라긴 마찬가지였다.

"이야! 유운신룡에 이어 청운 도장까지! 오랜만에 뵙는구려그
래! 으하하!"

청운 도장은 막현우에게 가볍게 목례를 해 보이고는 슬쩍 그의
뒤를 바라보았다. 운해무관의 무인들 몇 명과 더불어 소호검객
장진유 등의 명숙이 서 있는 것이 보였다.

혼몽에 빠진 채로 혈마곡에 쫓기던 소량을 구출하기 위해 사천
으로 달려왔던 막현우는 무림맹과 합류한 직후 지금까지 최전선
에서 혈마곡을 상대해 왔던 것이다.

"무량수불. 반갑소이다, 막 도우, 진심으로 반갑소."

청운 도장이 대꾸하자 막현우가 고개를 절레절레 저었다.

"아니야, 아니야. 반가운 건 이쪽이라오. 몇 명이나 되는지는
모르겠으나 이만한 동도들이 살아서 돌아올 줄은 상상도 하지 못
했소. 살아 돌아와서 고맙소! 진심이오! 으하하!"

막현우의 표정은 그야말로 흥겨웠다.

금천에서 대패한 무림맹은 현상 유지를 하는 것만으로도 벅찼
다. 혈마곡에 맞서 승리를 거두기는커녕, 사천을 틀어막는 데 급
급하여 조금의 여유도 부리지 못하였던 것이다.

하지만 오백여 동도들이 돌아왔으니 이제는 이야기가 다르다.

막현우가 새삼 감탄을 토해냈다.

"좋아! 이렇게 많은 동도들이 돌아왔으니 정도 무림의 명운도 아직 저문 것은 아니로군!"

"이 친구야, 호들갑은 그만 떨게."

막현우보다는 냉정한 소요검객이 대신 나서며 청운 도장에게 목례를 해 보였다.

"남직례의 장진유요. 비록 부족한 몸이지만 강호 동도들은 소요검객이라고 불러준다오. 어흠, 험! 실례가 되지 않는다면 사천을 빠져나온 경위를 좀 여쭐 수 있으련지……?"

"으음?"

청운 도장의 입에서 기음이 새어 나왔다. 소요검객의 눈빛에는 씁쓸한 우려가 섞여 있었던 것이다.

물론 소요검객도 동도들을 의심하고 싶지는 않았지만, 상황이 상황이다 보니 경계하지 않을 수가 없었다. 오백여 명의 무인들이 따로따로 온 것도 아니고 한데 뭉쳐 왔으니 어찌 쉽게 받아들일 수 있으랴!

만약 이들이 혈마곡의 미끼라면 절대로 사천의 동남부에 들어서는 아니 된다.

"허허허! 으허허허!"

기껏 살아 돌아 나왔는데 의심이라니!

청운 도장이 허탈한 듯 웃음을 터뜨렸다.

"으허허! 말씀드리겠소. 암, 말씀드리고말고. 아시오? 사천의 서북부는 정도 무림인들에게는 지옥이었소. 한데 뭉쳤다가는 곧바로 표적이 되고 말 것, 우리는 모두 뿔뿔이 흩어져 있었지. 그러다가 한 가지 정보를 얻게 되었소. 한 명의 천존이 사천을 횡단하고 있다는 정보였지. 우리를 구한 것 역시 바로 그였소."

"천존께서?"

청운 도장만큼이나 씁쓸한 표정을 짓고 있던 소요검객이 눈을 휘둥그레 떴다. 성격이 급한 막현우가 소요검객의 어깨를 잡아채어 뒤로 물리고는 앞으로 나섰다.

"어느 분께서! 도천존 단 노선배? 검천존 경 노선배?"

"푸흐흐, 두 분 다 아니오. 그렇다고 창천존 노선배도 아니었지. 사천을 횡단하던 천존은 그보다 훨씬 젊은 무인으로, 별호는……."

"…천애검협! 천애검협이었군!"

소요검객과 막현우가 동시에 외쳤다. 그러더니 약속이라도 한 듯 고개를 빼어 뒤를 살펴본다. 둘 모두 천애검협 진소량과는 적지 않은 교분을 나누고 있었던 것이다.

막현우가 연신 기웃거리며 청운 도장에게 질문했다.

"하면 천애검협, 그 친구는 어디에 있단 말이오?"

"혈마곡의 마인들이 대거 출몰하였기로 막으러 갔소이다. 대신 우리 일행 중에는 그의 동생과 조모, 고모와 고모부가 있으니, 증언은 그들이 해줄 거요. 더 질문하실 것이 있소?"

청운 도장이 조금 전의 웃음과는 전혀 다른 차가운 얼굴로 질문했다. 청운 도장의 뒤를 흘끔거리던 소요검객이 옷차림을 추스르고는 정중하게 장읍했다.

"아니, 청운 도장. 더 이상의 질문은 없소. 더 드리고 싶은 것이라면 사과뿐이라오."

"허어! 허술하구려. 천애검협이라는 이름만으로 의심을 버리겠다는 말이오?"

청운 도장의 표정은 여전히 싸늘했다.

소요검객은 대답 대신 한차례 고개를 끄덕이고는 눈을 질끈 감았다. 상대를 배려할 수 있는 상황이 아니었으므로 대놓고 의심을 드러내며 질문했다.

행동한 사람이 자신이니, 책임도 자신이 져야 하리라.

"하아아—"

소요검객을 물끄러미 바라보던 청운 도장이 길게 한숨을 토해냈다.

"이보시오, 소요검객. 잠시 후에 물어볼 수도 있지 않았소? 부상자들을 돌보고, 좀 더 안전해진 이후에 물었더라면 지금처럼 불쾌해하지는 않았을 거요."

"변명하지 않겠소, 청운 도장. 믿으실지, 믿지 않을지는 모르겠으나… 나 역시 묻고 싶지 않은 질문이었다오."

소요검객의 말이 끝나자 잠시 묵직한 침묵이 감돌았다.

청운 도장이 '무량수불'이라고 읊조리고는 고개를 들었다.

"되었소, 소요검객. 고개를 드시오. 역지사지라. 나 역시 그 자리에 있었다면 그대와 다르지 않았겠지. 그래, 무림맹의 본대는 지금 어디에 있소?"

"아직 당가타에 있기는 하오……."

청운 도장과 소요검객을 번갈아 바라보던 막현우가 다 죽어가는 얼굴로 중얼거렸다. 여전히 무림맹의 본대는 당가타를 거점으로 삼고 있었지만 그 분위기는 이전과 확연히 다르다.

청운 도장은 그 표정에서 무림맹의 세가 꺾였음을 짐작할 수 있었다.

"조정에서는 여전히 소식이 없소?"

청운 도장이 긴장한 얼굴로 질문을 던졌다. 무림맹의 세가 꺾였다면 결국에는 황군이 나서야 한다. 문제는 그 시기가 언제냐하는 점일 것이다.

막현우가 어두운 얼굴로 고개를 저었다.

"없소. 없어. 그놈들은 이 지경이 되어도 정신을 못 차린 모양이오."

"쯧!"

청운 도장이 기가 막힌다는 듯 혀를 찰 때였다.

"청운 도장! 시간이 없습… 어? 운해추룡 막 대협!"

청운 도장과 막현우가 있는 쪽으로 한 명의 여인이 달려왔다. 마음이 어찌나 급한지, 안전이 어느 정도 보장되었음에도 불구하고 선불 맞은 멧돼지처럼 경공을 펼쳐가며 달려온다.

이미 남궁세가와 교분이 있었던 막현우는 그 여인의 정체를 금방 알아챌 수 있었다.

"진 대부인?"

여인, 아니, 진운혜를 본 막현우가 눈을 휘둥그레 떴다. 등에 노파를 업은 모습이 생소하게 느껴진 까닭이었다. 진운혜와 함께 남궁세가의 가주가 달려오고 있었는데, 그의 등 뒤에는 다 죽어가는 듯 파리한 얼굴의 청년이 업혀 있었다.

진운혜가 조급한 어조로 질문했다.

"막 대협, 막 대협! 무림맹의 본대는 지금 어디에 있나요? 거리가 먼 곳에 있나요? 아니, 아니야! 곽호태! 혹시 막 대협께서는 곽호태라는 의원을 아시는지요?"

진운혜가 인사조차 없이 빠르게 다가와 질문을 던졌다. '일단 진정하라'고 진운혜를 달래며 양손을 휘젓던 막현우가 멈칫하더니, 의아한 얼굴로 소요검객을 바라보았다.

소요검객의 얼굴 역시 의아한 듯 변해 있었다.

막현우가 다시 진운혜에게로 시선을 돌렸다.

"어흠, 험. 이상하군. 당금 강호에 곽호태라는 이름을 아는 사람은 거의 없을 것인데… 현의선자의 스승이라는 소문 때문인가? 대부인께서는 어찌 그 이름을 아시오?"

"현의선자? 영화 누님?"

왕소정의 어깨에 대롱대롱 매달려 있던 청년, 진승조가 번쩍 고개를 들고 막현우를 바라보았다. 막현우는 이 정체 모를 조합이 도대체 뭘까 궁금해하며 떨떠름하게 답변했다.

"그렇다네. 대회전 당시 후방에 있었기 때문에 곽호태 그 친구도, 현의선자도 무사히 당가타로 돌아올 수 있었지. 지금도 그들은 그곳에서 부상자들을 돌보고 있네."

진운혜와 승조가 불현듯 서로를 바라보았다. 진운혜의 아들을 살릴 수 있는 곽호태도, 오랫동안 만나지 못했던 승조의 큰누이도 모두 그곳에 있었다.

"당가타!"

진운혜와 승조가 동시에 외쳤다.

第二章
단도려행(短途旅行)

1

나이를 셀 수 없을 정도로 먹었음에도 불구하고 홍안(紅顔)이 던 창천존의 안색이 시커멓게 죽어 있었다. 경공을 펼쳐 달려가 는 것도 힘이 드는지 숨을 헐떡거리기까지 한다.

창천존은 피곤한 얼굴로 눈을 지그시 감았다.

"후우우—"

창천존의 입에서 긴 한숨이 새어 나왔다.

그 한숨 속에 무엇을 섞어 보낸 걸까! 마치 몸을 상하게 하는 벌레를 내쫓아 버린 듯, 창천존의 안색이 잠시나마 편안하게 변해 갔다. 창천존은 현무가 양각된 묵철 장창을 움켜쥐었다.

"독이랑은 친해질 수가 없어. 암, 절대 친해질 수 없지. 이게 다 독성, 그 친구 때문이야."

먼 과거, 창천존은 전대의 독성 당염의 장난에 당해 전신에 두 드러기가 난 채로 도망을 친 적이 있었다.

그 이후부터 그는 당가의 사람을 벌레 보듯 하여 결코 가까이 접근하지 않았다.

"아니다. 독성에게 당해놓고 또 독에 당하고 말았으니 나야말로 천하의 멍청이인 셈이로구나. 이제 세인들이 나를 멍청이라 욕하면 부끄러워하는 것 외엔 할 수 있는 일이 없겠다."

그렇게 생각해 보면 하늘은 참으로 짓궂은 셈이다. 어차피 죽일 거라면 차라리 호쾌하게 싸우다 죽게 놔두지, 하필이면 그렇게 싫어하는 독에 의해 죽게 한단 말인가!

"…쿨럭!"

창천존이 가볍게 기침을 토해냈다. 그와 동시에 그의 입에서 검붉은 피가 몇 방울 새어 나와 바닥에 떨어졌다. 놀라운 것은, 핏방울이 바닥에 닿자마자 새하얀 연기가 푸스스 피어올랐다는 점이었다. 마치 피 자체가 극독이 되어버린 것처럼 말이다.

한숨과 기침으로 약간이나마 독기를 밀어낸 창천존이 뒤를 흘끔 돌아보았다.

"이봐, 숨바꼭질이 너무 길어지는 것 같지 않아?"

죽음을 앞에 둔 상태에서도 창천존은 창천존이었다.

창천존의 말투는 여전히 익살스러웠다.

"그렇다면 도망을 가지 않으면 될 것 아닌가."

드드드드—

낯선 목소리가 들림과 동시에 천지가 뒤집어졌다. 그 말은 비유적인 표현이 아니라 담백한 사실의 적시(摘示)였다. 창천존이 디디고 있던 땅이 국자로 뜬 양 움푹 파이더니 뒤집어진 것이다.

"나도 그러고 싶긴 한데, 그럴 수가 있어야지! 으하하!"

창천존이 너털웃음을 터뜨리며 말했다.

하늘 끝에 오른 검천존에게 패한 혈마가 내상을 치유할 무렵이었다. 서로 다른 곳에 있었지만, 청해를 헤집던 창천존과 도천존은 마치 약속이라도 한 듯 동시에 사천의 동남부를 향해 이동을 시작했다. 그들 역시도 '무림맹이 대패하였다'는 소식은 들을 수 있었던 것이다.

창천존이 이당(理塘) 어림을 지났을 즈음, 혈마는 어느 정도 내상을 수습할 수 있었다. 창천존이 강정(康定) 어림에 이르렀을 즈음엔 재출도하여 그를 찾아오기까지 했다.

"하지만 내가 이처럼 도망을 다니는 이유는 다 네놈의 독 때문이 아니냐! 그러고도 도망을 가지 말라니 참으로 염치없는 놈이 아닐 수 없도다!"

처음 혈마를 보았을 때, 창천존은 그것을 기회로 여겼다. 혈마처럼 창천존 역시 하늘 끝을 꿈꾸는 무인. 혈마와의 생사결은 천하무림을 구할 기회이자 하늘 끝에 오를 기회이기도 했다.

문제는 혈마를 보자마자 창천존의 몸속에 오래도록 숨어 있던 독이 발동하기 시작했다는 점일 터였다. 만약 독이 발동하지 않았더라면 창천존은 물론, 심지어 혈마에게도 좋았을 터였다.

혈마는 뒤늦게 창천존에게 독을 보낸 것을 후회했다.

"으하하! 거꾸로 서서 펼치니 지희가 아니라 천희라 함이 옳겠구나!"

뒤집어진 땅을 디딘 탓에 지면에 거꾸로 선 창천존이 바닥에 창을 한차례 내리꽂았다.

콰아앙!

창천존의 발치 아래의 땅이 산산조각 나서 으깨지더니 사방으로 흩날렸다.

혈마의 목소리가 들려온 것은 바로 그때였다.

"인정한다, 창천존. 그때의 나는 너무나 어리석었다."

담담한 목소리와 달리, 그의 손에 쥐어진 도가 너무나 날카롭게 쏟아지고 있었다.

"큭! 쿨럭, 쿨럭!"

창천존은 묵철 장창으로 그것을 튕겨내며 기침을 토해냈다.

창천존은 '이 독은 정말로 신기하구나!'라고 생각했다. 혈마에게서 멀리 떨어지면 독이 발동되지 아니하고, 가까이 다가가면 독이 발동되는 것이다. 싫은 사람에게 이 독을 먹여두면 굳이 귀찮게 절교하지 않아도 평생 볼 일이 없을 것 같았다.

"그때의 나는 진실로 어리석었다. 하지만……."

창천존이 잠시 주춤한 틈을 타, 연신 신형을 옮기던 혈마가 모습을 드러냈다.

허공에서 갑자기 나타난 듯 불쑥 튀어나온 혈마가 묵직한 눈으로 창천존을 바라보았다. 창천존이 연신 기침을 토해내며 물러나는 모습이 보였다.

삼무신 중 하나인 창천존이 이처럼 초라한 모습을 보일 줄이야.

"어쩌면 이것 역시 천기의 흐름일지도 모르지."

혈마가 눈을 지그시 감으며 읊조렸다.

창천존의 표정이 기가 막힌다는 듯 변해갔다.

복수심에 불탄 악귀이자, 그를 이루기 위해서는 수단과 방법을 가리지 않던 혈마가 '천기의 흐름'을 논할 줄은 미처 예상치 못했던 것이다.

혈마가 생각에 잠긴 듯 바닥을 내려다보았다.

"만약 이 모든 것이 천기라면 혈마라 불리는 나는 무엇을 해야 할까. 자네가 한번 대답해 보게. 나는 역천(逆天)을 논해야 하는가, 순응을 논해야 하는가?"

혈마의 입에서 묵직한 음성이 새어 나올 때마다 공기가 파르르 떨려왔다. 한때는 마기를 줄기줄기 뿜어대던 천하제일마가 도사처럼 순응을 논한다는 것이 무엇을 뜻하겠는가?

마에서 시작되었으나 마에서 벗어난 경지……

탈마(脫魔)의 경지다.

창천존의 얼굴이 구겨졌다.

'허! 차라리 복수에 미친 귀신일 때가 나았다. 완전히 마를 벗어던졌음에도 불구하고 하늘 끝에 이르지 못한다면, 저놈은 천하를 혈해로 만들고 말 거야.'

창천존이 침을 꿀꺽 삼켰다.

'흩어져 혈마를 불러낸다는 생각은 틀린 것이었어. 검천존과 도천존, 천애검협! 셋이 합공을 해야 해. 최소한 두 명이라도 합공을 해야 저놈을 완전히 제압할 수 있다.'

창천존이 아미산으로 향하는 이유가 바로 그것이었다. 신객 왕안석에게 '흐름을 바꾸어야 한다'는 내용을 전하여 검천존과 도천존, 그리고 천애검협에게 보내기 위함이었던 것이다.

'푸흐흐! 우리의 욕망이 너무 과했던 게지. 그랬던 게야.'

창천존의 입가에 쓴웃음이 떠올랐다.

혈마가 그러했듯, 삼천존 역시 혈마를 통해 하늘 끝에 이르고자 하는 생각을 가지고 있었다. 어쩌면 삼천존이 흩어져 혈마를 찾기로 한 것은 천하의 안위보다 하늘 끝에 대한 욕망이 더 컸기 때문일지도 몰랐다.

하지만 창천존은 적어도 지금 이 순간만큼은 천하의 안위를 위해야 한다고 생각했다.

'어디, 다시 한번 술래잡기를 해볼까.'

창천존은 조금씩 뒷걸음질 쳐 생각에 잠긴 혈마에게서 벗어났다. 그가 움직이는 것을 느낀 혈마가 창천존을 향해 고개를 돌렸다.

"검신 진소월에게서 패한 후, 나는 일월신교의 복수를 위해 많은 것을 준비했다."

핏!

창천존의 신형이 안개가 꺼지듯 사라졌다.

그 뒤를 이어 혈마의 신형 역시 사라졌다.

곧 두 명의 무신 사이에서 섬뜩한 공방이 일어났다. 허공중에서 펼쳐진 공방이었고, 또 그 손속이 눈에 보이지도 않을 정도로 빨랐으므로 남은 것은 여파뿐이었다.

콰콰콰콰—!

그들이 지나고 간 자리가 용권풍이라도 분 양 뒤집어졌다.

"천하의 모든 마인을 혈마곡으로 끌어들였고, 육십여 년간 그들을 양성했지. 규율 따위는 줄 필요가 없었다. 여자와 돈과 살인이면 충분했고, 나는 그 모든 것을 제공할 용의가 있었지. 육십여 년이 지난 지금, 혈마곡의 세는 무림맹을 능가할 정도로 성장했다."

혈마곡의 마인들이 하나같이 기괴한 까닭이 바로 그것이었다. 그들은 혈마의 손에 그렇게 되도록 사육되었던 것이다. 약육강식, 인간을 짐승처럼 부려 만들어내었던 도마존처럼 말이다.

"하지만 지금 생각해 보면… 나는 폐관수련을 하고 있던 것일지도 모른다. 하늘 끝. 인간이 완성되는 곳이자 천지가 불인한 까닭을 알 수 있는 곳. 나는 그곳에 올라 일월신교가 어찌하여 멸망해야 했는지 따져 묻고자 했지."

혈마곡의 천하대란이 정점에 이르자 혈마는 폐관수련을 깼다.

진무신모의 목숨을 거두었다고 생각했을 때에도 나오지 않던 혈마는 더 이상의 진전이 없자 삼천존을 찾아 헤매기 시작했던 것이다.

귀곡자는 그것이 자신의 요청 때문으로 알고 있었지만, 알고 보면 그의 요청은 지나가던 새의 지저귐만큼이나 쓸모가 없었다.

"하지만 그곳에 오르려면 일월신교에 대한 복수를 버려야 해. 모순적이지 않나? 일월신교를 위해 시작했던 일의 끝이 일월신교를 잊는 것이라니. 지독하게 모순적이야."

콰아앙—!

혈마가 도를 아래로 내려찍자, 창천존의 신형이 바닥으로 떨어져 내렸다. 굉음과 함께 운석이라도 떨어진 것처럼 반경 오 장여의 바닥이 커다랗게 파였다. 바닥에 내팽개쳐졌지만 창천존에게는 고통을 느낄 만한 여유도 주어지지 않았다.

"크흑!"

창천존의 신형이 다시 사라졌다.

그 자리에 나타난 것은 혈마였다.

"그리고 나는 또다시 패배했다."

혈마가 허공에 녹아들어 보이지도 않는 창천존을 바라보았다.

곧 혈마의 입에서 씁쓸한 목소리가 새어 나왔다.

"검천존은 어떻게 하늘 끝에 오를 수 있었을까?"

혈마의 목소리가 범종처럼 창천존의 귓가에 울려 퍼졌다. 창천존은 지금까지도 검천존이 하늘 끝에 올랐음을 알지 못하고 있었던 것이다.

평생 백지 같은 마음으로, 아이와 같은 마음으로 살아왔던 창천존의 가슴에 믿을 수 없게도 질투와 부러움과 열망이 떠올랐다.

'검천존, 이 친구야. 결국에는 나를 따돌리고 혼자 가버렸는가?'

창천존은 그제야 비로소 자신이 도망치는 이유를 깨달을 수 있었다. 만약 하늘 끝을 몰랐더라면 목숨을 잃는 한이 있더라도 싸웠을 것이다. 웃으며 죽음을 맞이했을지언정 구차하게 굴지는 않았으리라.

하지만 지금은 구차하게도 도망을 치고 있었다. 이 한 목숨 건지기 위해, 목숨을 건져서 하늘 끝에 이르기 위해, 그럴 수 있는 기회를 어떻게든 다시 얻기 위해.

'치졸하다. 나는 이렇게 치졸했구나.'

창천존이 침음성을 내뱉었다.

더 무서운 건, 스스로의 치졸함을 알고도 그러한 마음이 사라지질 않는다는 점이었다. 여전히 구차하게 도망치고 싶었고, 여전히 하늘 끝에 오르고 싶었다.

혈마의 손에 죽는 대신, 다시 한번 기회를 만들고 싶었다.

'흥! 까짓 치졸하면 어때? 평생 이렇게 살아왔는데 말이야. 으하하! 좋아, 나는 치졸하게 굴 테다. 더 구차하게 굴 테다. 그래서 종내에는 하늘 끝에 오르고 말 테다.'

창천존의 눈이 문득 가늘어졌다.

벼슬을 버리고 황궁을 떠난 이유가 무엇이던가. 평생 안착하지 못하고 웃으며 세상을 떠돌았던 이유가 무엇이던가. 나를 속박하는 허례허식과 규율과 규범과 그 모든 것들을 뛰어넘고자 했던 이유가 무엇이던가!

'버려야 한다면 까짓 버리지. 푸흐흐, 내 허례허식과 규율을 벗은 까닭은 애초에 버릴 것을 만들지 않기 위함이 아니었던가? 몽땅 버리고 하늘 끝으로 가리라, 지금의 자유보다 더한 자유를 만끽하고 말리라!'

창천존의 가슴에 어린 열망이 더더욱 짙어졌다.

"으하하하! 좋아, 좋아!"

창천존이 껄껄 웃음을 터뜨렸다.

등 뒤에서 혈마가 도를 휘두르는데도 그랬다.

몸을 홱 돌려 묵철 장창으로 혈마의 도강을 막아낸 창천존이 멀찍이 뒤로 튕겨났다.

쿠우웅―!

원래 펼치던 경신법보다 훨씬 빠른 속도로 앞으로 튕겨난 창천존이 만신창이 같은 몰골로 바닥을 데굴데굴 굴렀다.

"퉤, 퉤!"

아이가 내팽개친 헝겊 인형처럼 바닥을 몇 번이나 튀기며 굴러간 창천존이 입안에 들어간 흙을 퉤, 하고 내뱉었다. 그러고 나서 고개를 들어보니 산에서 약초 따위를 캐던 노인 한 명과 그 아들인 듯한 중년인 한 명이 눈을 휘둥그레 뜨고 자신을 바라보는 것이 보였다.

창천존이 장난스러운 표정을 지으며 고함을 질렀다.

"왁!"

"으아아악!"

창천존이 발까지 구르며 겁을 주자 노인과 중년인이 망태기까지 바닥에 내팽개치고 정신없이 달음박질쳐 도망치기 시작했다. 혈마가 오기 전에 미리 겁을 주어 그들을 쫓아낸 창천존은 낄낄

거리며 입가에 맺힌 피를 닦아내었다.

'후우, 이제 어디로 도망친다? 저들의 반대로 도망쳐야겠지?'

창천존이 그렇게 생각하며 용천혈로 내기를 쏘아 보낼 때였다.

"할아버지?"

창천존의 귓가에 너무나 듣기 좋은, 하지만 지금 이 상황에서 만큼은 꿈에서도 듣기 싫은 목소리가 들려왔다. 평소 장난을 좋아했던 창천존보다 더욱 기발한 장난을 칠 줄 아는 아이, 너무나도 선량해서 다른 사람의 아픔을 보면 엉엉 울 줄 아는 아이였다.

"할아버지! 우리 할아버지 저기 있다! 천괴 할아버지! 나예요, 지괴 진유선!"

창천존은 또다시 새가 지저귀는 목소리를 들었다.

그는 진유선의 목소리가 들린 쪽을 바라보다가, 혈마가 있는 곳으로 시선을 돌렸다. 조금 전, 약초꾼 노인과 중년인을 쫓아냈을 때와 달리 지금은 때가 너무 늦었다. 혈마가 이미 지근거리에 이르렀으니 아무리 진유선이 도망을 쳐봐도 혈마와의 싸움에 휘말리고 말리라.

창천존의 가슴이 철렁 내려앉았다.

'오지 마, 오지 마라.'

창천존은 진유선을 모른 척하고 싶은 강렬한 욕망을 느꼈다.

진유선을 모른 척하고 도망치면 된다. 혈마의 공격에 진유선이 휘말리면 틀림없이 죽고 말겠지만 그것을 모른 척하면 지금처럼 계속 도망칠 수 있다.

그렇게 도망치면 하늘 끝에 오를 기회를 만들어낼 수 있다.

가슴속 깊은 곳에 숨어 있던 욕망이 그렇게 하라 부추겼다.

'왜, 도대체 왜……'

욕망과 함께 진유선에 대한 원망도 떠올랐다.

도대체 왜 하필 이때 나타난 것일까?

나타나지 않았더라면, 이 산에 있지 않았더라면!

"할아버지? 아악! 할아버지! 피가! 많이 다치셨어요, 할아버지!"

창천존을 발견한 진유선이 허겁지겁 달려오기 시작했다. 그 뒤에는 도천존의 제자, 연호진도 함께 있었다.

진유선의 눈동자, 오직 걱정만을 담고 다가오는 그 순진무구한 눈동자를 발견한 창천존이 붉어진 눈을 질끈 감았다. 굵은 눈물 몇 방울이 볼을 따라 흘러내렸다.

'나는, 나는……'

그가 평생 이루고자 했던 꿈을 이루려면 그 맑은 눈동자를 밟고 지나가야 했다.

하지만 그 맑은 눈동자 안에는 정(情)이 숨어 있었다.

창천존의 머릿속에 처음 진유선을 만났던 서원에서부터 함께 관도를 걷던 때, 소량과 당유회의 대작을 몰래 구경하던 때, 함께 소면을 먹으며 웃음을 터뜨리던 때의 기억이 한꺼번에 떠올랐다.

'나는 못하겠어. 못하겠어……'

창천존은 눈을 질끈 감고 흐느끼는 듯한 한숨을 토해내었다. 가슴속에서 무언가 울컥 올라오는 것을 참아내는 것이 너무나도 어렵게 느껴졌다.

창천존은 짙은 슬픔과 혼란 속에서 다시 진유선을 돌아보았다.

진유선의 걱정 어린 얼굴을 보자 왠지 모르게 웃음이 새어 나온다.

저 아이는 평생 자신이 무엇을 방해했는지 모르리라……

그렇다면 평생 모르는 것이 낫겠지.

"으하하! 지괴, 이 친구야! 자네는 여기 웬일인가?"

창천존이 너털웃음을 터뜨리며 창으로 바닥을 내려찍었다.

쿠웅—!

"꺄아악!"

창천존의 지근거리에 이르렀던 진유선이 비명을 지르며 뒤로 튕겨났다. 우스꽝스럽게 바닥을 나뒹구는 진유선을 본 창천존이 남은 한 손으로 배를 붙잡고 웃음을 터뜨렸다.

"으하하! 원숭이! 나뒹구는 모습이 원숭이 같아! 으하하!"

"이씨! 할아버지!"

진유선이 일순간 창천존이 피를 흘린다는 사실마저도 잊고 화가 난 표정을 지었다.

창천존이 고개를 절레절레 저으며 말했다.

"이보게, 지괴. 지금은 가까이 와서는 안 돼. 나는 아주 무서운 사람과 술래잡기 중이었거든. 원래대로라면 내가 이긴 거였는데, 자네 때문에 그만 지고 말았어."

"어? 무서운 사람이요?"

창천존의 말을 들은 진유선이 창백해진 얼굴로 고개를 이리저리 돌렸다. 그녀도 눈치가 있으니, '술래잡기'가 의미하는 바가 무엇인지 모를 리가 없다. 그리고 천하의 창천존에게 이와 같은 상처를 입힐 수 있는 사람이 많지 않다는 것 역시 알고 있었다.

"내 뒤로 숨게, 지괴. 그 무서운 사람이 해코지를 할지도 몰라."

창천존이 그렇게 말하자 진유선이 허겁지겁 자리에서 일어났다. 어느새 가까이 다가와 진유선을 부축해 준 연호진이 창천존을 바라보며 짧게 읍을 해 보였다.

"제, 제자 연호진이 숙부님께 인사를 올립니다."

"오냐, 오냐… 음? 지금 보니 둘 사이의 분위기가 좀 이상하구나? 많이 친해 보이는 것이 설마 연분이라도 난 건……."

"천괴 할아버지!"

"아니, 아닙니다!"

진유선이 얼굴을 붉히며 고함을 빽 질렀고, 연호진은 화들짝 놀라 진유선에게서 몇 걸음 떨어져 섰다.

그 모습이 귀여운 꼬마 신랑과 신부 같아서 창천존은 또다시 웃음을 터뜨리고 말았다.

잠시 뒤, 연호진이 정신을 차리고서는 한 걸음 앞으로 다가가 몇 마디를 주워섬기기 시작했다. '무림맹이 대패해서 큰일이다, 사부님과 창천존 숙부님께 무림맹을 도와달라고 청하기 위해 신객 왕안석 아저씨를 찾아왔다, 많은 사람들이 죽어가니 도와달라'는 내용이었다.

창천존은 또다시 서글픈 미소를 짓고 말았다. 두 명의 아이는 너무나도 순수한 선의(善意)로서 자신을 찾아왔던 것이다.

연호진의 말을 듣는 둥 마는 둥 진유선의 얼굴을 바라보던 창천존이 질문했다.

"이보게, 지괴. 혈색이 좋은 것이 보기 좋네. 강호행이 재미있었나 보지?"

"네?"

걱정스러운 얼굴로 창천존을 살피던 진유선이 눈을 휘둥그레 떴다. 평소라면 '그렇게 다쳤으면서 왜 가까이 오지 못하게 하느냐'고 따지고 있었을 텐데 지금은 그럴 수가 없다.

창천존 할아버지의 눈을 보니 갑자기 가슴 한구석이 시려오기 시작한 것이다.

창천존이 한없이 따스한 눈으로 진유선에게 말했다.

"앞으로도 그래야 하네. 응? 장난도 많이 치고, 맛있는 것도 많이 먹고, 웃기도 많이 웃고 살아야 해. 천지이괴라는 명성에 먹칠을 하면 안 돼. 알겠지, 우리 착한 아가씨?"

"할아버지, 왜 그런 말씀을 하세요? 그런 거라면 할아버지도 같이……."

"꼭 그래야 해, 꼭. 아니면 내 화를 낼 테야."

창천존이 푸근하게 웃고는 몸을 뒤로 돌려 그들을 등지고 섰다. 그리고 묵철 장창을 만지작거리며 편안하게 중얼거렸다.

"…기다려 줘서 고맙다."

"인사는 끝났나?"

곧이어 허공에서 혈마가 모습을 드러냈다.

2

혈마는 조용히 창천존의 눈을 바라보았다.

마지막 순간을 피해 달아나던 창천존은 더 이상 죽음을 회피하려 들지 않았다. 혈마가 그 이유를 알아내는 데에는 그리 오랜 시간이 필요치 않았다.

"제자인가?"

혈마가 연호진과 진유선을 흘끔 보며 질문했다.

창천존이 긴장감이라고는 느끼지 못한 사람처럼 느긋하게 혈마를 따라 고개를 돌렸다.

"푸흐흐! 사내 쪽은 단천화의 제자고 여아 쪽은 내 친구야, 마음이 아주 잘 맞는."

"그렇군."

잠시 진유선의 이모저모를 살펴보는가 싶던 혈마가 무심한 얼굴로 시선을 돌렸다. 어렴풋이 귀곡자에게서 받은 보고가 떠올랐지만 그뿐이었다. 그에게 있어서 진유선은 길가의 돌멩이만큼의 가치도 없었던 것이다.

창천존이 치밀어 오르는 독기를 누르기 위해 희미한 신음을 내뱉으며 혈마에게 말했다.

"보내주겠나?"

혈마는 대답 대신 눈을 지그시 감았다. 굳이 후환의 씨앗을 남길 필요가 어디에 있겠는가? 진유선에게 관심이 없었지만 그렇다고 살려줄 생각은 없는 혈마였다.

"보내주자. 원래대로라면 상관없는 아이잖나."

창천존이 체면마저도 잊은 듯 애절하게 말했다. 무극의 경지에 올라 천존이라 불리는 그였지만, 적어도 지금 그의 표정은 아무런 무력도 없는 촌로의 것과 다를 바가 없었다.

"하, 할아버지."

창천존의 약한 모습을 처음 본 진유선이 당황한 표정으로 중얼거렸다. 원래는 혈마에게 욕이라도 실컷 해주려고 했는데, 긴장한 할아버지를 보니 그럴 수가 없다.

연호진이 진유선의 입을 틀어막으며 뒷걸음질 칠 때였다.

"얼마 전에 귀곡이 그러더군. 하늘 끝에 오르고 싶다면 복수를 마치라고 말이야."

귀곡자는 내상을 입은 혈마를 찾아와 애절하게 간청했다.

아이처럼 울부짖으며 '혈마곡을 버릴 거냐'고 묻기도 했고, 처참했던 일월신교의 몰락 과정을 세세하게 읊조리며 혈마의 가슴속에 남은 분노를 되살리려 애쓰기도 했다.

'하늘 끝에 오른 자는 인세에 개입하지 않는다'는 진실을 깨달은 바, 귀곡자는 역설적이게도 혈마의 진전을 막아야만 하는 입장이 되고 말았던 것이다.

물론 혈마는 귀곡자의 말에 조금도 현혹되지 않았다. 고작 그 몇 마디 말에 넘어갈 거였다면 애초부터 하늘 끝을 꿈꾸지도 않았으리라.

하지만 떠나기 전, 귀곡자가 내뱉은 말만은 달랐다.

"일월신교의 복수를 마무리하면 자연스럽게 미련이 사라지지 않겠느냐고, 검천존은 화마를 죽임으로써 복수를 했지만, 당신은 복수를 하지 못하지 않았느냐고 말하더군."

온전히 버리지 못한 혈마에게 그 말은 지독하게 달콤한 유혹이었다.

모든 복수를 완료하는 것, 일월신교를 절멸시킨 조정에 복수하고 무림을 말살하는 것… 그것을 누구보다 바란 이가 바로 혈마 본인이 아니었던가?

복수를 완료하면 진실로 미련을 버릴 수 있지 않을까?

"그러므로 나는 보내주겠다고 약속할 수 없다."

혈마의 눈에 차가운 분노가 깃들었다.

진유선은 천괴 창천존의 벗인 동시에 그 무공을 익힌 전인이거니와, 자신을 가로막음으로써 일월신교의 복수마저 가로막은 태허일기공의 전인이다.

너무 뜨거워서 도리어 차갑게 느껴지는 분노를 느낀 창천존이 신음을 토해냈다.

"들었지? 아무래도 나는 저놈과 한판 크게 붙어야 할 모양이다. 이곳이 아미산이라면 근처에 복호사가 있을 터이니 그쪽으로 가게, 지괴. 내 금방 따라갈게."

"하, 할아버지."

"어서 가야 해, 진 누이."

연호진이 잡아끌자 진유선이 떠나지 않으려는 듯 몸부림을 쳤다. 창천존은 고개를 돌려 진유선의 얼굴을 보고는 가슴속에서 무언가 울컥 올라오는 듯 눈을 질끈 감았다.

하지만 그가 마음을 추스르는 데에는 그리 긴 시간이 걸리지 않았다.

"으하하! 울보 같으니. 금방 따라갈 텐데 뭐가 그리 걱정인가, 자네는?"

'글씨가 엉망이다'라는 놀림을 받고서 엉엉 울던 진유선을 달랠 때처럼, 창천존이 얼굴을 괴상하게 일그러뜨리며 우스꽝스러운 표정을 지었다.

진유선의 표정이 멍하니 변해갔다.

그 표정에 한 번 더 웃음을 터뜨린 창천존이 고개를 절레절레 젓더니 혈마에게로 고개를 돌렸다. 그러고는 발로 창대를 툭 차더니 창을 단단히 움켜쥔다.

"그거 아나, 혈마? 사실 네놈이 쓴 독은 당염의 두드러기 독만 못해. 암."

쐐애액—

그와 동시에 창천존의 신형이 앞으로 쏘아졌다.

혈마가 그것을 막는 순간 천지사방에 굉음이 울려 퍼졌다.

콰앙!

그 소리가 기점이 된 것일까!

떠나지 않으려는 듯 몸부림을 치던 진유선과 그녀를 끌고 가기 위해 애를 쓰던 연호진이 빠르게 뒤로 물러나기 시작했다. 그들의 의지라기보다는, 창천존의 공력이 일으킨 변화였다.

[웃게, 지괴. 우는 얼굴은 보기 흉해.]

진유선의 귓가에 너무나도 평온한 목소리가 들려왔다.

연호진과 진유선이 사라진 것을 본 혈마가 눈을 지그시 감았다. 단 일 수만에 창천존을 뒤로 밀어버린 혈마는 천천히 눈을 뜨고는 그들의 빈자리를 바라보았다.

"저 아이들 근처에 있으면 그대가 더 도망갈 일은 없겠군."

"에헤이, 이 치사한 놈."

창천존이 창을 한차례 흩뿌리며 달려들었다. 강기일까, 아니면 그보다 더한 무엇일까? 수십, 수백 개로 분열된 창천존의 창에는 묵철보다도 단단한 기운이 배어 있었다.

하지만 창로를 펼치는 창천존의 안색은 점점 어두워져 가고 있었다. 창에 배인 기운이 강맹해지면 강맹해질수록 그의 얼굴은 새카맣게 변해가고 있었던 것이다.

창천존은 가슴이 찢어질 것 같은 통증을 느꼈다.

'평생을 하늘 끝을 위해 살아왔는데……'

하늘 끝을 위해 모든 규율과 규범을 무시하며 살아왔던 창천존이었다. 그렇게 살아온 사람이 하늘 끝에 대한 미련을 한순간에 버릴 수 있으면 그게 더 이상한 일일 것이다.

"으음!"

혈마는 세상에 다시없을 진지한 얼굴로 창천존의 창로를 관찰했다. 검천존과의 생사결에서 그러했듯, 창천존의 창로가 그에게 새로운 지평을 열어줄 것이라 기대한 탓이었다.

"만류귀종이라. 닮았군."

창천존의 창로는 검천존의 것과 닮았으며, 또한 혈마의 것과도 닮았다.

혈마의 눈에 잠시나마 희열이 감돌았다.

하지만 창천존은 혈마의 눈은 바라보지도 않았다. 눈 깜짝할 사이에 혈마와 삼사십여 초식을 교환한 창천존은 뒤로 몇 걸음 물러나 한 손을 들어 올리며 기침을 토해냈다.

"쿨럭, 쿨럭!"

혈마는 창천존의 입에서 쏟아지는 검붉은 피를 물끄러미 바라보았다. 복수를 마치면 미련이 사라질지도 모른다는 말을 듣지 아니했더라면 그를 보내주었을지도 몰랐지만, 지금은 아니었다. 혈마는 그를 죽이기로 작정한 차였다.

창천존은 입가를 닦으며 하늘을 올려다보았다.

그가 가질 수 있었던, 하지만 이제는 영영 가져보지 못할 것에 대한 희구(希求)……

창천존의 입술이 파르르 떨려왔다. 붉어진 눈시울 사이로 굵은 눈물이 몇 방울 떨어져 내렸다. 하늘 끝에 대한 미련을 버리는 것이 생살을 떼어내는 것보다 아팠던 탓이었다.

창천존은 억지로, 억지로 입꼬리를 들어 올렸다.

"푸흐흐, 푸하하하!"

창천존이 일부러 내력까지 쏟아내 가며 웃음을 터뜨렸다. 실제로 즐거워서도 아니었고, 혈마에게 보여주기 위함도 아니었다.

도망치고 있을 아이가 마음 편했으면 좋겠어서, 그래서 웃었다. 혹시 자기 때문이라고 자책할까 봐, 그 개구지고 웃음 많던 아이가 괴로워하고 슬퍼할까 봐 웃었다.

장난기 많은 할아버지에게는, 언제나 즐거운 어린 친구가 있었다.

"푸하하! 그래, 맞아! 알고 보면 모든 게 집착이고, 모든 게 미련이지!"

창천존이 껄껄 웃으며 혈마를 바라보았다.

독에 당한 탓에 창천존을 손쉽게 압도할 수 있었으면서도 혈마의 눈에는 조금의 기쁨도 보이지 않았다.

"이제야 알겠구나, 이제야 알겠어! 규율을 버리고, 규범을 버리고… 만 가지를 버리고자 하였는데, 버리고자 하는 마음이 만 가지를 합친 것보다도 컸던 것이로구나!"

창천존이 슬픔 가득한 눈으로 혈마를 바라보며 창을 겨누었다.

혈마는 벼락이라도 맞은 듯한 충격을 느꼈다.

만 가지를 버리고자 하였는데, 그 마음이 만 가지를 합친 것보다 컸다?

하지만 생각할 겨를도 없이 창천존이 다시 덤벼들었다.

쾅, 쾅, 콰콰쾅!

창천존의 지휘가 바닥을 내려찍으면, 혈마가 도로써 허공을 베어 나간다. 반으로 갈라진 창천존의 기운이 혈마를 스치며 어깨에 실금을 긋고, 등에 날카로운 상흔을 남겼다.

창천존의 지휘는 혈마가 서 있던 자리를 엉망진창으로 만들고 말았다.

콰쾅!

바위가 으깨지는 소리를 들으며 혈마가 일도를 떨쳐냈다.

도에 어려 있던 혈마공이 창천존 주변을 파괴했다.

창천존의 것과는 다른 완전한 절멸, 완전한 파괴였다.

"그래, 만 가지를 버리고자 하였지. 틀림없이 그러했다. 그대가 말한 대로 그 마음은 만 가지를 합친 것보다 무겁구나. 그렇다면 나는 어찌해야 하는가? 어찌해야 그것을 버릴 수 있는가."

혈마가 혼잣말을 주워섬기며 창천존의 눈을 바라보았다. 그는 자신과 창천존이 똑같은 고뇌를 하고 있다는 것을 깨달았다.

그동안 모든 것을 비우며 천하를 떠돌았던 창천존은, 역설적으로 진유선 덕분에 자신의 상태를 명확하게 파악하였던 것이다. 버리고자 하는 마음, 그 한 가지를 버리지 못했음을.

"내가 보지 못한 것을 봤었나, 창천존?"

혈마가 차디찬 얼굴로 질문했다.

그와 동시에 혈마의 신형이 사라졌다. 유영평야에서 검마존이 펼쳤던 것처럼, 대지가 일어나 창이 되고 공기가 칼날 되어 창천존에게로 쏟아졌다.

창천존은 내력으로 호신강기를 일으켜 그것을 막으며 혈마에게로 덤벼들었다.

콰아아앙!

창천존과 혈마가 재차 부딪히자 천지간에 굉음이 일어났다.

그 후로 눈 깜짝할 사이에 십오 초식이 더 지나갔다. 서로가 서로에게 창과 도를 들이대면서도 그들은 자신의 내면을 관찰하고 있었다.

다만 이 경우, 더 유리한 것은 혈마라 할 수 있었다. 창천존은 자신과 혈마의 위치가 진유선과 연호진 쪽으로 이동하는 것을 신경 쓰느라 온전히 집중하지 못하였던 것이다.

거기에 더해 독에까지 당했음에야.

콰아앙―!

충격을 이기지 못한 산봉우리 귀퉁이 한쪽이 벼락이라도 맞은 것처럼 갈라지더니, 이내 파편이 되어 우수수 무너져 내렸다.

혈마는 그 와중에서 일종의 희열을 느꼈다.

만약에 버리고자 하는 마음마저 비운다면, 일월신교의 복수를 하는 것과, 하지 않는 것과 무슨 차이이겠는가? 창천존을 죽이는 것과 죽이지 않는 것의 차이는 무엇이겠는가?

나의 마음은 지금 무엇에 얽매여 있는가!

"하하하! 이런 것이었나? 이런 것이었어?"

혈마의 입에서 커다란 웃음소리가 새어 나왔다.

물론, 혈마가 모든 것을 깨달은 것은 아니었다. 만약 그러했더라면 검천존이 그러했듯 그 역시 하늘 끝에 이르렀으리라.

하지만 적어도 깨달음의 단초 정도는 느낄 수 있었다. 뒤로 몇 걸음 물러난 혈마는 자신의 도를 물끄러미 내려다보더니 쓸쓸한 얼굴로 눈을 지그시 감았다.

"생각보다 덧없구나……."

"쿨럭, 쿨럭!"

창천존은 자신의 아랫배를 물끄러미 내려다보고 있었다.

이제는 독이 문제가 아니었다. 단전께에 주먹 하나가 들어갈 만한 커다란 구멍이 나 있었으니까 말이다. 지금 살아 있는 것은 전신세맥에 흩어진 공력 덕택이라 할 수 있었다.

창천존은 이미 독에 당한 탓에 완벽하게 패하고 말았던 것이다.

어린 소년 소녀가 근처에 있음을 느낀 창천존이 시선을 돌려 그들을 바라보았다.

"푸흐흐! 고작 여기까지밖에 도망을 못 친 게야?"

"할아버지! 아악! 할아버지!"

진유선이 말리는 연호진을 뿌리치며 창천존에게로 달려들었다. 일순간 진유선을 놓친 연호진이 잇, 소리를 내더니 도를 뽑아 들고 혈마를 겨누었다. 중과부적이었지만 진 누이를 이렇게 죽게 둘 수는 없는 것이다.

혈마는 물끄러미 그 광경을 바라보았다.

'죽일까?'

죽여도 괜찮겠고, 죽이지 않아도 괜찮으리라. 오욕칠정까지 버리고자 하였는데 그까짓 것이 무슨 대수겠는가?

하물며 그 길의 단초가 되어준 창천존이 눈앞에 있는 지금임에야.

"……."

혈마는 연호진을 공격하는 대신 몸을 돌려 걸음을 옮겼다.

천하의 창천존의 목숨을 거두었음에도 불구하고 그의 걸음은 담담하기만 했다.

아니, 어떤 의미로는 허탈한 듯했다. 삼천존 중 하나인 창천존과의 결전이 이토록 허망하게 끝날 줄은 그 역시 미처 몰랐으리라.

허망한 결말만큼이나 그가 사라지는 것 역시 빨랐다.

혈마가 사라지는 모습을 본 창천존이 안도한 듯 무너져 내렸다. 창천존이 유선이 있는 쪽을 바라보며 실웃음을 지었다.

"푸흐흐! 울지 말라니까."

"할아버지, 으아앙! 천괴 할아버지!"

진유선이 다가와 양손으로 창천존의 아랫배를 틀어막았다.

창천존은 희미한 시선으로 진유선을 바라보았다.

"봐, 얼굴이 미워졌지 않나."

창전존이 주름진 손을 들어 진유선의 볼을 쓰다듬었다. 그러고는 가볍게 꼬집어 볼을 흔든다. 마치 친손녀를 보듯 자애로운 눈이었고, 또한 장난기 어린 손길이었다.

"이보게, 지괴. 큭, 쿨럭! 쿨럭! 지난 강호행, 제법 재미있었지?"

"나 때문… 나 때문이야."

진유선이 멍하니 중얼거렸다. 무림맹의 사람들이 너무 많이 죽어서, 완동판관이라며 웃어주고 귀여워해 주던 사람들이 너무 많이 죽어서 할아버지에게 도와달라고 말하려 왔다.

그 결과가 무엇이던가?

그 결과가 이토록 참혹하게 끝날 줄 알았더라면, 그랬더라면!

"나 때문이야. 나는, 나는 살 가치가……."

"아니. 자네 때문이 아니야."

천괴가 희미한 미소를 지으며 말했다. 어찌 아이의 탓일 수 있겠는가? 우연과 우연이 겹친 끝에 필연이 되어버린 탓이었다. 천기의 흐름이 이렇게 그를 인도한 탓이리라.

"자네는 아주 착한 마음으로 왔는걸. 스스로를 원망해서는 안 돼. 좋은 의미로 한 일이 나쁜 결과를 낳을 때도 있지만… 쿨럭, 쿨럭! 그렇다고 손을 내밀지 않아서는 안 돼. 우리 착한 아가씨는 지금처럼 남을 돕고… 장난도 잘 치고 많이 웃고……."

창천존이 눈을 지그시 감고 격동하는 심정을 참아내려 애썼다.

진유선은 그 말을 듣고도 자책과 자괴감을 멈추지 못했다. 무릎을 꿇고 앉아 있던 창천존이 피곤한 얼굴로 고개를 들었다.

"대답해 주게. 지난 강호행, 재미있었지?"

창천존과 시선을 마주한 진유선이 석상처럼 딱딱하게 굳어갔다. 자괴감과 괴로움도, 슬픔과 고통도 적어도 지금 이 순간만큼은 느껴지지 않았다.

창천존의 입가에 어린 웃음은 그를 처음 만났을 때와 똑같았다.

"못된 벼슬아치에게는 똥물을 뿌리고, 나쁜 거부들의 볼기도 후려치고… 맛있는 것들도 많이 먹고 신기한 것도 많이 보고 말이야. 쿨럭, 쿨럭! 재미있었, 재미있었지?"

진유선이 눈을 질끈 감았다.

잠시 뒤, 진유선이 천천히 고개를 끄덕였다.

"응. 아주 재미있었어."

"푸흐흐!"

창천존이 진유선의 머리를 한차례 쓰다듬어 주었다. 아직 모든 미련을 버리지 못했지만, 그래도 웃으면서 죽을 수는 있을 것 같았다. 이만하면 세상 재미나게 잘 살지 않았던가? 누구보다도 즐겁고 유쾌하게 살지 않았던가! 그럼 된 거다.

창천존은 천천히 자리에서 일어났다. 진유선은 다리에 힘이 풀린 듯 주저앉아 멍하니 창천존의 얼굴을 바라보았다.

"세상아, 들어라! 들어라, 세상아!"

창천존이 마지막 호흡을 들이켜며 외쳤다.

"나 창천존, 한바탕 즐거운 단도려행(短途旅行: 소풍)을 즐기고 떠났음을!"

창천존의 목소리가 메아리가 되어 사방으로 흩어졌다.

그와 동시에 창천존이 풀썩 무릎을 꿇었다. 들썩이던 어깨가 조금씩 가라앉고, 마침내는 정적조차 사라진다. 진유선이 비틀거리며 일어나 창천존에게로 걸어갔다.

창천존이 고개를 들어 올린 것은 바로 그때였다.

"왁!"

진유선이 깜짝 놀라 멈칫했다.

창천존의 입가에 마지막으로 미소가 어리더니 바닥에 풀썩 쓰러졌다. 그것이 마지막이었다. 일대를 풍미했던 일세의 거인이 마침내 거꾸러지고 만 것이다.

"…할아버지."

진유선이 흐느끼며 그 앞에 무릎을 꿇었다.

어린 소녀에게는 장난기 많은 할아버지 친구가 있었다. 슬플 때는 웃어주고, 추울 때는 꼭 안아주던 할아버지 친구였다. 세상 어느 것에도 신경 쓰지 않고 온전히 아이의 눈으로만 세상을 바라볼 수 있게 해주었던, 현실이라기보다는 꿈에서 튀어나온 듯한 할아버지 친구였다.

"할아버지, 할아버지……."

진유선은 억지로 미소를 지으며 할아버지를 바라보았다.

서글픈 미소 속에서, 그녀는 비로소 자신의 유년기(幼年期)가 끝났음을 깨달았다.

지독하게도 가슴 시린 성장통과 함께였다.

第三章
영락(永樂)

1

경공을 펼쳐 달려가던 소량은 서늘한 감각을 느꼈다. 이전에는 거리가 멀어 정확히 파악하지 못했던 정황들이 가까워지면 가까워질수록 선명하게 느껴지기 시작했다.

이는 소량의 무공이 경지에 올랐기 때문이거니와, 또한 혈마와 창천존이 드러내는 기운이 워낙에 거대했기 때문이었다. 소량은 혈마와 창천존이 어떻게 겨루었는지, 또 창천존이 어떻게 패배하였는지 잔혹하리만치 생생하게 느낄 수 있었다.

'창천존 노선배……'

저도 모르게 경공을 멈춘 소량이 어두운 얼굴로 눈을 질끈 감았다. 한때는 혈마와 비견될 정도로 강맹하던 창천존의 기운이 희미한 촛불처럼 아른거리고 있었다.

창천존의 죽음을 확신하기라도 한 것일까.

혈마는 그가 완벽한 죽음을 맞기 전에 자리를 비우고 있었다.

하지만 소량은 혈마를 쫓을 생각조차도 하지 못했다. 하나는 만에 하나 창천존이 살아 있을지 모른다는 기대감 때문이었고, 또 하나는 그의 주변에 있는 작은 두 개의 기운 때문이었다.

작은 두 개의 기운을 느낀 소량이 다시 경공을 펼쳤다. 가진 바 공력을 태반이나 쏟아부어 가며 경공을 펼쳤음에도 불구하고, 소량이 도착한 건 창천존 사후 이각이 지난 후였다.

"…아아."

작은 두 개의 기운, 아니, 연호진과 진유선 앞에 당도한 소량이 좌절한 듯 어깨를 늘어뜨렸다. 혹시나 하는 심정으로 달려왔지만 창천존 노선배는 이미 죽음을 맞이하고 만 것이다.

"오빠, 큰오빠."

창천존의 다리를 들고 있던 진유선이 눈물이 한가득 고인 눈으로 소량을 바라보았다.

창천존의 어깨를 들고 있던 연호진도 같은 얼굴이었다.

"진 사형."

창천존의 시선을 멍하니 바라보던 소량이 눈물로 얼룩진 아이들에게로 고개를 돌렸다. 두 소년 소녀는 자신들의 행동이 어떤 결과를 가져올지 꿈에도 상상하지 못했다.

많은 사람들이 죽어가는데 도울 수 있는 길이 없었으므로, 자신들이 생각하기에 가장 어른인 사람들을 부르려 했었다. 사람들을 도와달라고, 구해달라고 말하고 싶었던 것뿐이었다.

진유선이 눈물을 방울방울 흘리며 창천존의 다리를 바닥에 내려놓았다.

"소량 오빠. 천괴, 천괴 할아버지가……."

창천존을 바닥에 놓았음에도 불구하고 진유선은 무거운 짐이라도 든 양 비틀거렸다. 평생 의지해 왔던 큰오라버니를 앞에 두고서도 가까이 다가가지도 못했다. 모두 자신의 책임인 것 같아서, 아무 죄도 없는 큰오라버니와 달리 자신은 큰 죄를 진 것 같아서 그랬다.

연호진은 부들부들 떨리는 손을 모아 짧게나마 읍을 해 보였다.

"여, 연호진이 진 사형을 뵙습니다."

"모두 무탈하냐?"

"네……."

연호진의 대답을 들은 소량은 고개를 두어 번 끄덕이며 아이들에게로 걸어갔다.

정확한 사정도 모르고, 또 그들이 여기에 있는 이유도 몰랐지만 소량은 가까이 다가가자마자 아이들을 동시에 품에 안았다. 이제 제법 큰 아이들이 소량의 어깨에 얼굴을 묻었다.

겁에 질린 듯 창백한 얼굴을 하고서도 티를 내지 못하던 연호진의 얼굴이 일그러졌다. 나름 사내라고 참고 있었는데, 사형의 품에 안기자 눈물을 감출 수가 없다.

"죄송… 죄송합니다, 사형. 진 누이가 아니라 제가 가자고 한 거였어요. 왕 아저씨를 찾아서 사부님과 숙부님을 부르려고… 도와달라고… 죄송합니다, 사형. 죄송합니다."

"큰오빠, 천괴 할아버지가 죽었어. 소량 오빠아."

제법 컸음에도 불구하고 두 아이들은 아이처럼 눈물을 방울방울 떨어뜨렸다. 그러고는 제각각 무어라고 횡설수설 떠드는데, 그 내용이 하나같이 자책하는 내용뿐이었다.

"그랬구나. 그렇게 된 것이었구나."

소량은 눈을 질끈 감고는 아이들의 등을 두드렸다.

그와 동시에 소량은 옛 기억 하나를 떠올렸다. 과거, 유영평야
에서 구출을 받은 소량은 무림맹으로 떠나기 직전, 창천존 노선
배에게 한 가지 부탁을 했었다.

유선을 맡아달라는 부탁.

어찌 보면 막무가내였음에도 불구하고 창천존은 껄껄 웃으며
흔쾌히 승낙했다. 그리고, 마침내는 그 약속을 지켜주었다. 스스
로의 목숨까지 바치면서 말이다.

아이들을 품에 안은 소량의 팔에 힘이 들어갔다.

두 아이들의 따스한 체온을 느끼며 소량이 고개를 끄덕였다.

"괜찮다, 얘들아. 괜찮아……"

소량의 입에서 나지막한 목소리가 새어 나왔다.

두 아이들이 진정되는 데에는 한참의 시간이 걸렸다. 소량 역
시 창천존의 죽음 앞에서 자유로울 수는 없었으므로 한동안 아
이들을 품에 안고 그 등만 두드려 줄 뿐이었다.

잠시의 시간이 지난 후, 소량이 아이들 대신 창천존의 시신을
들어 올렸다.

"내려가면 관을 하나 구해야겠다. 무림맹으로 모셔야겠어."

조심스럽게 창천존의 시신을 품에 안은 소량이 나지막하게 중
얼거렸다. 좋은 관과 수의를 구하여 창천존을 염한 다음, 감여를
불러 양지바른 곳을 찾을 생각이었다.

슬픔에 잠겨 있던 진유선이 고개를 저었다.

"안 돼."

"무어라 했느냐?"

소량이 걸음을 떼려다 말고 진유선을 돌아보았다.

진유선이 창천존의 창백한 얼굴을 멍하니 바라보며 말했다.

"안 된다고 했어, 큰오빠. 그건… 그건 안 돼."

"유선아, 창천존 노선배는 네가 생각하는 것 이상으로 중요한 분……."

"알아. 그걸 모르는 게 아니야."

진유선의 표정이 결심한 듯 굳어졌다.

만약 오라버니의 말대로 관을 구하여 무림맹으로 가면 어떻게 되겠는가? 평생 당당하였고 세상 그 무엇보다 자유롭던 할아버지가 수많은 사람들의 구경거리로 전락하고 말 것이다. 물론 그 사람들의 시선은 애도의 시선일 테고, 위로의 시선일 테지만…….

"그건 할아버지에게 맞지 않아."

할아버지는 애도의 시선도, 위로의 시선도 필요 없는 사람이었다. 항상 장난기 어린 목소리로 껄껄 웃던 사람이고, 천지가 좁다 하고 강호를 떠돌던 사람, 또 누구보다도 강한 사람이었다.

할아버지에게 무림맹과 같은 좁은 곳은 어울리지 않았다.

진유선이 멍하니 주위를 둘러보며 말했다.

"산에… 세상이 보이는 곳에 모실 거야."

"뭐?"

소량이 놀란 얼굴로 진유선을 바라보았다. 감여를 불러 양지바른 길지를 찾는 것은 고사하고, 심지어 평범한 장지에 모시는 것도 아니다. 세상이 보이는 곳이라는 기준은 얼핏 들어도 이상했다.

하지만 진유선의 표정은 확고했다. 나이도 어리고 철도 없는데 고집만 강했던 이전과 달리, 진유선의 생각에는 바탕이 있었고, 확신이 숨어 있었다.

어째서인지는 모르겠지만, 소량은 진유선이 어른처럼 보인다고 생각했다.

"유선아. 네 마음은 알겠지만 그건 어른들에게 맡겨야 할 문제 같구나."

"아냐, 내가 결정해야 해."

진유선이 단호한 얼굴로 중얼거렸다.

"할아버지에게는 자식이 없으니까 상주도 없고, 친구들은 많지만… 임종을 지킨 것은 나뿐이야. 내가 상주야, 오빠. 할아버지는 평생 자유롭게 사셨으니 무림맹에서 추앙받는 건 조금도 좋아하지 않으실 거야. 심산유곡… 아니, 세상이 다 보이는 곳을 좋아하실 거야."

지금 이 자리에 있는 사람 중, 아니, 천하를 통틀어도 진유선만큼 창천존을 이해할 수 있는 사람은 몇 없을 터였다.

비록 나이가 어려 명쾌하게 정리하진 못했지만, 진유선은 천괴 할아버지의 삶을 이해하고 있었고 그를 기리는 방식이 달라야 한다는 것을 명확하게 이해하고 있었다.

소량은 더 이상 유선의 말에 반대하지 못했다.

"할아버지는 번거로운 것도 좋아하지 않으셨지."

진유선은 심지어 사람들에게 알리는 것도 원치 않았다. 자랑하기를 좋아하고 까불거리기를 좋아하는 평소의 말괄량이 같은 모습과는 너무나 다른 태도였다.

진유선은 할아버지의 시신을 바라보며 희미하게나마 미소를 지어 보였다. 아직도 슬프고 모두가 제 탓인 것 같아 괴롭지만, 그래도 억지로나마 웃음을 지어 보인다.

할아버지가 그걸 원했으니까.

2

시간을 거슬러, 소량과 검천존이 혈마와 한바탕 일전을 겨룰 때였다.

진태승은 청색 학창의를 입고 차를 한 모금 들이켜고 있었다. 큰돈을 주고 구해 온 혁살인향인가 하는 차라던데, 차의 맛도, 향기도 느껴지지 않는다.

젊은 유자(儒者)의 가슴속을 가득 채운 것은 괴로움이었다.

안민, 안백성, 민유방본……

학문을 하는 이들이 기본적으로 배우는 것이 바로 그것인데, 그 당연한 상식은 현실 정치에서는 조금도 통용되지 않았다. 말로는 그와 같은 가치를 떠들지만, 그건 자신의 정치를 밀고 나가기 위한 공허한 명분에 불과할 따름이었다.

실제로 그 가치를 대신한 것은 조잡한 가치들이었다.

협잡, 타협, 이합집산, 비방.

진태승은 눈을 질끈 감았다.

'내가 틀렸어, 유선아. 나는 공의로서 사람들을 대하고, 그럼으로써 억울한 사람이 없게 만들고 싶었지. 하지만 현실에서는 그게 통하지 않는구나. 헛배운 거였어.'

언젠가 진유선과 나누었던 대화를 떠올린 진태승이 괴로운 듯 한숨을 길게 내쉬었다.

"생각이 깊은 모양이군."

대장군 진무룡이 진태승을 흘끔 바라보며 말했다. 생각에 잠겨 있던 진태승이 멍한 표정으로 고개를 들더니, 아차 한 듯 일어나 진무룡에게 머리를 숙여 보였다.

"죄송합니다, 소백부님."

진무룡에게 사죄한 진태승이 이번엔 그의 수하인 하주양에게 고개를 숙여 보였다.

　"죄송합니다, 하 어르신. 제가 그만 다른 생각을 하고 있었습니다."

　지금 자신이 어디에 있던가!

　군관 하주양이 대장군인 진무룡에게 보고를 하는 자리에 앉아 있었다. 놀랍게도 진무룡은 당대의 정치를 논하는 자리에 진태승을 포함시켰던 것이다.

　거기에는 두 가지 이유가 있었는데, 하나는 진무룡이 군문과 자신을 분리한 탓이요, 하나는 믿을 만한 수하만을 동석시키느라 인원에 제한을 둔 탓이었다.

　만에 하나 작금의 일이 잘못되면 탄핵을 당하여 목이 달아나게 될 터. 군문에 피해가 가지 않도록 인원을 최소화해야 했고, 또한 정보의 유출을 최대한 차단하기 위해서는 믿을 수 있는 수하들만 동석시켜야 했던 것이다.

　말하자면 결사(結社)의 형식을 띤 셈, 천하의 대장군이 이리 조심하는 것을 보면 당금 조정의 상황이 얼마나 심각한지 짐작할 수 있으리라.

　"되었다. 얼마 전의 대화를 반복하고 싶지 않구나. 하지만 하나는 명심해 두어야 할 것이다, 조카야. 이상은 가슴에 품고……."

　"…현실은 머리에 품어라. 잊지 않았습니다, 소백부님."

　진태승이 다시 한번 읍을 해 보이며 말했다. 안민, 안백성, 민유방본은 가슴에 품되, 현실 정치는 차가운 이성으로 판단하고 적응해야 했다.

　진무룡이 흡족한 얼굴로 진태승을 바라보며 고개를 끄덕였다.

그는 젊은 유자의 혼란에서 오히려 희망을 보았다.

지금과 같은 정국에서는 더더욱 그러했다.

"다시 보고를 시작하게."

진무룡이 엄숙한 얼굴로 말하자 하주양이 고개를 꾸벅 숙여 보였다.

"하여 조왕 전하께서 입 밖으로 꺼내기도 망측한 생각을 하신 게 아닌가 사료됩니다."

당금 조정은 태자 주고치를 지지하는 쪽과 한왕 주고후를 지지하는 쪽, 그리고 삼남인 조왕 주고수를 지지하는 쪽으로 나뉘어 있다.

태자 전하는 대체적으로 문사들의 지지를 받고 있는데, 그를 지지하는 무장이라고는 진무룡 한 사람뿐이라 할 수 있었다. 반면 한왕 주고후의 경우에는 무장들의 지지를 받고 있는데, 대장군인 진무룡 때문인지 최근엔 무장들의 지지 또한 조금씩 분산되고 있었다.

마지막으로, 조왕 주고수의 경우에는 지지하는 자들의 수가 가장 적다. 황제의 아들들 중 가장 초조해하는 사람도 그였다.

"조왕 전하께서 초조해한다는 것은 알고 있다. 하지만 그렇다고 해서 반드시 실패할 일을 저지르기야 하겠는가? 이는 신중하게 생각지 않을 수 없는 일일세, 대검."

대검이라는 별명을 가진 하주양이 침중한 얼굴로 다시 읊조렸다.

"한림학사 해 대인께서 우왕좌왕하는 지금이 기회라고 판단한 모양입니다. 가장 세가 적으니 판을 뒤집으려면 이때뿐이라고 생각하는 모양이지요. 그리고 이것이 가장 중요한데… 누군가 자꾸

바람을 자꾸 불어넣고 있습니다."

"누군가? 설마……."

"예, 호위지휘 맹현입니다."

"으으음."

진무룡이 심각한 얼굴로 미간을 찌푸렸다.

얼마 전, 진무룡 앞으로 한 장의 서신이 날아온 적이 있었다. 일종의 투서였는데, 신양상단이라는 곳에서 날아온 것으로 그 안에는 쉽게 무시할 수 없는 정보가 들어 있었다.

바로 승조가 혈마곡에 직접 잠입하여 얻은 단서!

신양상단은 그 단서를 무림맹의 수뇌부들 중에서도 반드시 믿을 수 있는 사람에게만 전하였고, 조정에서는 오직 대장군 진무룡에게만 보냈던 것이다.

그 안에는 호위지휘 맹현의 이름이 들어 있었다.

"자주 듣는 이름이로군. 두 번 반복된 일은 세 번 반복되는 법! 이쯤 되면 조왕 전하께서 역모의 마음을 품었다는 것을 진지하게 생각해 봐야겠다."

진무룡이 진태승을 흘끔 돌아보았다.

진태승 역시 그것이 제 형, 진승조가 얻어온 정보라는 것을 알고 있었다. 그리고 제 형을 잘 아는 진태승에게 이것은 믿을 만한 정보가 아니라 그냥 진실이나 다름이 없었다.

진태승이 혀로 침을 축이며 질문했다.

"호위지휘 맹현이 조왕 전하를 부추겨 역모를 일으키려 한다면, 어떤 방식이겠습니까?"

하주양은 바로 대답하지 않았다. 대신 말을 해도 괜찮겠냐는 듯 진무룡을 흘끔 바라볼 뿐이었다.

진무룡이 고개를 끄덕이자, 하주양이 작은 한숨과 함께 입을 열었다.

"아마 독살(毒殺)일 가능성이 가장 클 거요, 진 공자."

"독살? 태자 전하를?"

진태승이 깜짝 놀란 얼굴로 되묻자 하주양이 고개를 절레절레 저었다.

"설마……."

진태승은 머리에서 발끝까지 벼락이 관통하는 기분을 느꼈다.

"황상께서 북평부에 와 계십니까?"

"아직 도착한 것은 아니지만, 보름이면 당도하시겠지요."

하주양이 태평한 얼굴로 읊조렸다.

천하의 주인이 제자리를 찾아오고 있었다.

"황상께서 돌아오신다……."

진태승이 긴장한 얼굴로 소백부 진무룡을 바라보았다.

당금 조정이 어떠한 형국이던가! 호랑이가 없으니 여우가 왕 행세를 하는 것이나 진배없는 상황이었다. 천하의 중심인 황제가 자리를 비우자 그 아들들이 치고받고 있었던 것이다.

그러나 황제가 돌아오는 순간 이야기가 달라진다. 고금에 드물 정도로 황권을 단단히 한 황제가 돌아오는데 누가 있어 그에게 대항하겠는가!

하물며 천도(遷都)까지 시행하는 지금임에야.

"이해하기가 어렵군요. 당금 황상께서 어떤 분이신데… 호위지 휘 맹현이 무어라 했는지는 모르지만 이건 승산 없는 도박이지 않습니까?"

진태승이 하주양에게로 시선을 돌렸다.

하주양이 고개를 주억거리며 대답했다.

"정확히 말하면, 도박이 아니라 아예 판을 뒤집어 버리겠다는 뜻이지. 판을 뒤집지 않으면 승산이 없다는 뜻이기도 하고. 모르긴 모르겠으나 셋째 조왕 전하뿐 아니라 둘째 한왕 전하께서도 마음이 조급하실 것이오. 태자 전하의 위치가 점점 더 확고해지고 있으니……"

당금 황제는 조카를 죽이고 황위에 오른 사람으로, 그때를 기억하는 문신들은 대부분 '다시는 그와 같은 일은 벌어져서는 안 된다'는 데에 인식을 같이하고 있었다. 때문에 군부를 견제하고 문신을 격상시키려는 한림학사 해진마저도 공식적으로는 태자를 지지하고 있었다.

그런 상황에서 셋째 아들인 조왕이 황제를 독살하고 유언을 위조한다?

성공할 리가 없다.

아니, 성공을 해도 문신들을 설득할 수 있을 리가 없다.

"하지만 이건 너무 무모해요. 멍청한 짓입니다."

진태승이 무어라 반박할 때였다.

묵묵히 앉아 있던 진무룡이 하주양 대신 대답했다.

"조정 대신, 강호로 시선을 잠시 돌려보아라. 우리가 독살설에 신빙성을 가지기 시작한 것은 호위지휘 맹현이 아니라 그 배후 때문이 아니었더냐. 그의 뒤에 누가 있겠느냐?"

"…혈마곡."

"그래, 그놈들이 조왕 전하 쪽에 붙었다면 충분히 가능한 일이지."

진무룡의 말이 끝나자 진태승의 등골에 소름이 오싹 돋아 올랐다. 혈마곡은 고작 사천에서 민란을 벌인 야인들의 조직이 아니라 진실로 나라를 전복시키려는 세력인 것이다.

생각에 잠긴 진태승을 바라보던 진무룡이 눈을 지그시 감았다.

"새로 생긴 나의 조카들은… 내 자식과는 다르구나."

무신(武臣) 중에도 정치에 관여하는 자들이 적지 않지만, 할머니의 가르침이 어디 가랴? 진무룡만큼은 한 번도 정치에 휘둘리지 않았고, 세력 다툼에 관여하지 않았다. 대쪽처럼 중심을 잡고 서서 오직 황상에게만 충성을 바칠 따름이었다.

조정이 혼란스러워지고 아귀나 다름없는 것들이 이곳저곳에서 튀어나올 때에도, 그들이 하나둘씩 다가와 진무룡을 회유하려 들 때에도 그는 흔들리지 않았다.

"아느냐? 진경운, 내 아들은 나를 이해하지 못했다."

진무룡이 긴 한숨을 토해냈다.

진무룡의 아들, 진경운은 그런 아버지가 마음에 들지 않았다. 아버지가 가진 군권이면 천하를 이보다 훨씬 나은 곳으로 만들 수 있는데도 결코 나서려 들지 않는 것이다.

진경운이 보기에 아버지는 진흙에 발을 담그기 싫어하는 사람 같았다. 진경운은 그것을 청렴에 대한 결벽증이요, 현실에는 아무런 도움이 되지 않는 쓸데없는 고집으로 이해했다.

"표형께서 보이지 않는 이유가 바로 그것이었군요."

"그래, 그렇다."

진태승의 말에 진무룡이 희미한 미소를 지어 보였다.

"어쩌면 아들의 말이 옳을 수도 있겠지. 조정의 권력 다툼은 가라앉는 대신 극심하게 변해갔고, 고고한 학처럼 서 있던 나 역시 이처럼 뛰어들게 되었다. 어차피 그럴 거라면 일찍 끼어드는 수도 있었겠지. 권신을 꿈꾸었더라면 고작 이 정도의 인원으로 일을 진행하지도 않았을 것이다."

진무룡이 주위를 한차례 둘러보았다.

몇 사람 없는 단출한 구성이었다. 스스로 죽음을 자청한 자들만이 이 일에 끼어든 셈. 권신이 되기로 했더라면 지금보다 더 많은 사람들이 주위에 있었으리라.

"하지만 내가 옳았을 수도 있겠지. 기둥은 함부로 움직이지 않는 법! 기둥이 움직이면 가옥 전체가 무너진다. 나는 기둥을 꿈꾸었고, 실제로도 그러했었다."

진태승은 진무룡의 말에 완전히 공감할 수 있었다. 물론 경우는 다르지만, 그 역시 '이상은 없고 오직 현실만이 존재한다'는 참혹한 진실 속에서 혼란을 겪는 중이었다.

그러므로 진태승은 진무룡을 존경했다.

자신과 같은 야인이 권력을 욕하기는 쉽다. 하지만 권력을 쥔 사람이 그것을 휘두르지 않기란 몹시 어렵다. 소백부는 군문제일 검이라는 권위에 누구보다 어울리는 사람이었다.

그때, 진무룡이 씁쓸한 얼굴로 질문했다.

"너는 후회하지 않느냐?"

"예?"

"상황이 이러하니 앞으로 네게 맡길 일이 적지 않을 것이다. 이것 역시 전쟁이나 마찬가지, 패한 자에게는 죽음뿐이겠지. 목숨을 걸게 되었는데… 후회는 없느냐?"

진무룡의 눈이 워낙에 진지하였으므로 진태승은 쉽게 대답을 하지 못했다.

대신, 진태승은 소량을 떠올렸다.

유영평야에서 무릎을 꿇은 채 죽어가던 형을.

"조금의 후회도 없습니다."

진태승이 단호하게 대답했다.

진무룡의 입에서 긴 웃음이 터져 나왔다.

그로부터 두어 달의 시간이 흘렀다.

북평부는 이제 더 이상 북평부가 아니었다.

북경(北京).

친정을 마치고 돌아온 황제가 마침내 천도를 선언한 것이다.

이미 자금성(紫禁城)은 완성이 되었거니와 중앙 정권의 대소신료들도 북평부에 입성한 후였으므로, 남직례, 아니, 남경에서 짐을 옮기거나 하는 일은 없었다.

다만 하늘에 고하여 제를 지내거나, 사면령을 내리고 백성들을 위무하는 등 상징적인 행사는 열렸다.

북경의 백성들은 하나같이 기뻐하며 크게 축제를 벌였다.

하지만 진태승은 축제를 조금도 구경하지 못하였다. 애초부터 구경할 마음도 없긴 했지만, 무엇보다도 그럴 수 없는 사정이 있었던 탓이었다.

지금 진태승의 앞에는 천하에서 가장 귀한 소년이 서 있었던 것이다.

"며칠째 궐 밖이 소란스럽다지? 한번 구경이나 가보면 좋겠구나."

태자 전하의 아들, 황태손 주첨기가 중얼거렸다.

진태승은 대답 대신 머리를 숙였다.

"송구하옵니다, 저하."

"흐음, 송구하다? 그건 또 참으라는 이야기로군. 그래, 이번엔 어떤 이유로 송구한가? 궁 안에 내가 참석해야 할 제회가 더 있는가?"

"물론 오늘은 더 없습니다만."

진태승은 작게 한숨을 내쉬었다.

아버지인 태자 전하보다 당금의 황상을 더 닮았다는 평가를 받는 황세손이시다. 그 말은 즉, 문에 가깝다기보다는 무(武)에 더 가까운 호방한 기질이 있다는 뜻이다.

황상께서는 유약한 태자 전하보다도 강건한 태손 저하를 더 기꺼이 여겨 가까이하시곤 했는데, 실제로 이번 원정에도 태손 전하를 대동했을 정도였다.

"하면 어찌하여 그리 송구한가?"

"태손 저하께서 움직이게 되면 시종을 맡을 궁인들과 호위를 맡을 금의위가 따라야 하옵고, 궁인과 금의위가 따르면 천도를 기뻐하는 백성들이 두려워하는 까닭입니다. 물론 태손 전하께서 위엄을 떨치시는 것은 마땅한 일이오나 그리되면 어차피 기대하시는 것을 볼 수 없기로……."

"어차피 축제를 구경하지 못한다?"

진태승이 희미한 미소를 지으며 '그러하옵니다'라고 말하며 고개를 끄덕였다.

"말은 그렇게 하지만 이건 백성들의 눈치를 보라는 뜻이 아닌가? 새로 종학에 들어온 이가 대장군의 조카라기에 내심 기대했는데, 자네는 꼭 유자(儒者)처럼 고리타분해. 변복을 하고 나가는 수도 있는데, 그것을 권하여 나를 기쁘게 해볼 생각은 없는가?"

"모자란 배움이오나, 소인은 군주의 귀를 즐겁게 하는 것보다 옳은 것을 간하라 배웠습니다. 백성들의 삶을 살피시고자 한다면 모르겠으나, 홍미 본위라면 간할 수 없습니다."

"쯧! 틀린 말은 아니다만."

주첨기가 콧방귀를 흥 뀌고는 성큼성큼 걸음을 옮겼다.

지금 진태승은 일종의 귀족 학교인 종학에 든 상태였다. 원래 대로라면 지금쯤 성리서(性理書)를 읽고 있을 테지만, 어째서인지 황궁에 들어 원정에서 돌아온 황태손 저하를 모시게 되었다.

독살 사건을 대비하여 궁내에 진입한 셈⋯⋯.

말하자면 암중호위(暗中護衛)였다.

처음에는 굳은 마음을 가지고 들어왔지만 예상외로 황태손을 모시는 것은 꽤 즐거운 일이었다. 호방한 기질을 품고 있긴 하지만 그는 틀림없는 왕재요, 천품을 가진 천기였다.

주첨기는 거대하게 늘어선 수많은 궁을 보며 고개를 갸웃했다.

"원정에서 돌아오니 알아보기 어지럽구나. 덕경에게 안내하여라."

"예, 저하."

환관 한 명이 주첨기의 앞으로 가 허리를 절반으로 굽히며 길을 안내했다.

주첨기는 환관의 안내를 쫓아 성큼성큼 걸음을 옮겼다.

"나를 말리는 까닭이 더 있느냐?"

주첨기가 걸어가며 재차 질문을 던졌다.

진태승이 겸손한 어조로 대꾸했다.

"백옥은 흠결이 없어야 백옥인 줄 아옵니다."

진태승의 말을 들은 주첨기의 눈에 이채가 감돌았다. 은근히 돌려 말하기는 했지만 진태승은 '흠이 생길 만한 일은 하지 마시라'는 말을 한 것이나 다름없는 것이다.

그리고 주첨기 역시 아바마마의 입지에 도전하는 숙부들에 대해 잘 알고 있었다.

"하하하! 이거 재미있구나. 아느냐? 내 또래 중에 자네 같은 사람은 없었다."

"송구하옵니다."

"강직한 듯하면서도 현실에 밝고, 탐하는 것도 없거니와 아첨하지도 않는다. 재미없지만, 재미있어. 음, 음. 재미없지만 재미있네. 진심이야. 이런, 다 온 모양이로군."

주첨기가 걸음을 멈추어 앞을 흘끔 바라보았다.

진태승이 대경하여 무릎을 꿇고 머리를 숙이며 천세를 외쳤다. 진태승의 앞에는 주첨기보다 조금 작은 아리따운 소녀가 화려한 비단 정장을 입고 서 있었던 것이다.

아리따운 소녀가 머리를 꾸벅 숙여 보였다.

"오라버니 태손 저하."

"덕경은 외인을 신경 쓰지 말라. 놀러 온 것이니 머리 숙일 것 없고."

주첨기가 어깨를 으쓱해 보이고는, 무릎을 꿇고 엎드린 진태승을 흘끔 바라보았다. 주발도 없는데 감히 공주마마의 얼굴을 볼 수가 없어 고개를 처박은 진태승을 바라보던 주첨기가 실웃음을 지었다.

"그래, 한 가지 시험을 해볼까? 노리개 하나만 빌려다오."

주첨기가 아리따운 소녀, 덕경 공주의 머리로 손을 가져가더니, 대뜸 비녀 하나를 뽑아 들었다. 덕경 공주도 물론 당황했지만, 그 뒤편의 궁녀들이 몹시 놀라 어쩔 줄 몰라 했다.

주첨기가 머리를 숙인 진태승을 바라보며 물었다.

"종학의 태승은 듣게."

"명을 받듭니다."

"황태손이 던진 것이라고 멍청하게 가만히 앉아서 죽지는 말게. 이건 명령이야. 이 자리에서 벌어진 일은 불문에 부칠 터이니 걱정 말고."

"…예?"

쐐애액—

주첨기가 비녀를 암기 쥐듯 고쳐 쥐더니, 대뜸 진태승의 머리로 날려 보냈다. 물론 림호무림인들의 것에 비하면 부족하지만, 제법 날카로운 파공성이 났다.

물론, 진태승이 피하지 못할 것은 아니었다.

알고 보면 진태승 역시 태허일기공의 전인이 아닌가!

텅—

엎드려 있던 진태승이 쌍장으로 바닥을 한차례 후려치더니, 몸을 두 번이나 회전하여 주첨기가 던진 비녀를 피해내었다. 주첨기가 근처에 서 있던 금의위 무사의 검을 검집에서 뽑고는 크게 웃음을 터뜨렸다.

"하하하! 제법!"

"꺄아악!"

깜짝 놀란 궁녀들이 비명을 토해냈다.

주첨기가 금의위의 검으로 뭔지 모를 검로를 펼쳐가기 시작했다. 비록 고절한 무공이라고 할 수는 없겠으나 제법 영자팔법의 도리에 맞춘 것이 이치에 충실하다 할 수 있었다.

진태승은 오행권의 보보를 밟아 대수롭지 않게 주첨기의 검로를 피해냈다.

"좋아, 피하는 건 잘 보았다. 반격은 허할 수 없겠다만… 막아보기는 해보아라. 이것도 명령이야."

주첨기가 다시 한번 껄껄 웃더니 다시 검로를 펼치기 시작했다. 오행보의 보법을 밟아 피하던 진태승이 쓴웃음을 짓더니 육합권의 첩신고타의 초식을 펼쳐 주첨기 쪽으로 파고들었다. 그러더니 검지와 중지로 주첨기의 검날을 잡아버린다.

턱—

아무런 소리도 들리지 않았지만, 무언가 막히는 소리가 들리는 듯한 착각이 느껴졌다. 주첨기의 검날을 잡은 진태승이 어두운 얼굴로 그를 바라보았다.

"황태손 저하, 어찌……."

"무신 가문의 사람이 맞긴 하군. 금의위!"

주첨기가 버럭 외치자마자 그를 호종하던 다섯 명의 금의위가 사방을 막아갔다. 비록 한 겹뿐이었으나 인의 장막이 쳐진 것이다.

"황태손 저하! 명을 거두어주십시오!"

'황태손 저하께서 나를 죽이려는가?' 싶어진 진태승이 눈을 휘둥 그레 떴다. 폭군의 기질을 보일 경우에는 대장군이라는 배경이니 뭐니 하는 걸 안 가리고 이와 같은 일을 벌이게 마련인 것이다.

인의 장막이 완성되자, 주첨기가 싸늘한 눈으로 진태승을 노려보았다.

"자네는 내가 바보로 보이는가? 여태까지 없던 대장군의 조카가 갑자기 종학에 입학하더니, 마침내는 나에게까지 접근하였다. 그런데 내가 아무 이상도 느끼지 못할 것 같았는가?"

"황태손 저하."

"대답하게, 무엇으로부터 날 호위하는 거지?"

진태승이 긴장한 듯 침을 꿀꺽 삼킬 때였다.

주첨기가 확신 어린 어조로 질문을 던졌다.

"도대체 성 밖에서 무슨 일이 벌어지고 있었던 거야?"

어린 군주의 음성은 놀랍도록 서늘했다.

3

덕경 공주 주첨화는 참으로 낯선 기분을 느끼고 있었다. 남직 례에서 태어나긴 했으나, 워낙 어린 나이에 북평부로 온 탓에 그 녀는 세상 밖의 모습을 제대로 보지 못했다.

북평부에 이르러서도 그녀가 본 세상은 오직 성안의 것뿐이었 다. 원래부터 호기심이 강하지 않고 자기주장이 센 편도 아니었던 주첨화는 소박하게 자신의 일상에 만족했다.

하지만 지금은 낯설고 무서워서 견딜 수가 없다.

오라버니 태손 저하께서 갑자기 검을 뽑고, 그 신하로 보이는 잘생긴 소년은 '도대체 사람이 어떻게 저럴 수 있을까' 싶은 놀라 운 재주를 보여 그것을 피해낸 것이다.

어찌나 놀랐는지 가슴이 두근두근하기까지 했다.

'마, 말려야 하는데. 오라버니께서는 훗날 높은 자리에 오르셔 야 해서, 저렇게 나쁜 짓을 벌이면 안 되는데.'

덕경 공주 주첨화는 어쩔 줄 몰라 하며 궁녀들을 바라보았다. 그녀의 유모가 끼어들지 말라는 듯 고개를 절레절레 저었다. 덕경 공주는 '그럼 어떡해, 유모?'라고 애절하게 읊조렸다.

진태승이 입을 연 것은 바로 그때였다.

"말씀 올리겠습니다. 다만 예를 따를 수 있도록 허하여 주십시 오."

"대답을 듣기 전에는 허하지 않겠다."

주첨기가 단호한 어조로 말하자 진태승이 눈을 질끈 감았다.

"재차 청하옵건대, 예를……."

"답하라! 무엇으로부터 나를 호위하느냐?"

소년 군주가 엄한 어조로 질책하였다.

진태승은 지친 듯 어깨를 늘어뜨렸다.

"태손 저하, 뜻은 가상하시오나 방법이 틀리셨습니다."

"무어라?"

주첨기의 눈에 한 줄기 불길이 타올랐다. 팔에 힘이 가득 실리더니, 검이 조금씩 진태승의 목을 향해 다가갔다. 공력을 실으면 얼마든지 막을 수 있었으나 진태승은 그리하지 않았다.

"태손 저하께서는 호방한 기질을 타고나셨습니다. 덕경 공주마마를 찾아 저를 안심시킨 후 불시에 허를 찌르셨으니 병략으로 따지면 필승인 셈일 테지요. 만약 태손 저하께서 문(文)에 가까우셨다면 부드럽게 달래어 제게서 대답을 이끌어내셨겠습니다만."

"흥! 문무로 나를 가리려 하는군. 내가 문에 가깝지 않다고 비방하는 게냐?"

"아니옵니다. 굳이 따지자면 둘 다 틀렸다 해야겠지요. 굳이 논하자면 저하께서는 제게 명을 내리셔야 했습니다."

주첨기의 미간이 잔뜩 일그러졌다.

"그, 그렇게 말하면 안 돼요."

오라버니 태손 저하가 화가 잔뜩 난 것을 본 덕경 공주가 어쩔 줄 몰라 하며 진태승을 바라보았다. 이대로라면 저 젊은 신하가 단숨에 목이 달아나게 생긴 것이다.

진태승과 시선이 마주치자, 덕경 공주가 부끄러워하며 고개를 숙였다.

"그대는 황태손 저하께 예를 갖추어야 해요······."

진태승은 덕경 공주를 흘끔 보고는 고개를 절레절레 저었다.

"그럴 수 없습니다, 공주마마. 이 나라는 대명률을 따르고 있고, 천자와 천자의 피를 이은 분은 대명률의 화신이나 다름없습니다. 그러므로 태손 저하는 힘으로 겁박을 해서도, 문으로 속여서도 아니 됩니다. 오직 법에 따라 제게 명을 하셨어야 합니다."

"하, 하지만 우리 오라버니는 황태손 저하셔서······."

"북경으로 오면서 대명률을 무시하는 자들, 안백성 대신 오직 힘으로 겁박하고 권력으로 위세하는 자들을 보았지요. 저는 눈물을 흘리는 힘없는 백성들을 많이, 많이 보았습니다."

덕경 공주가 우물쭈물하며 말하자 진태승이 쓴웃음을 머금었다. 공주라는 권위로 떼라도 쓰려던 덕경 공주가 무어라 하려다 말고 멍하니 진태승을 바라보았다. 진태승에게서 기묘한 쓸쓸함과 허망한 고통을 느낀 탓이었다.

덕경 공주는 진태승의 눈에서 쉽게 시선을 떼지 못하였다.

"훗날 이 나라의 지존이 되실 분. 그런 분마저 힘으로 상대를 겁박한다면 천하에 누가 있어 그의 위엄을 좇겠습니까? 어찌 부정한 관리를 벌할 수 있을 것이며, 어찌 백성들에게 법에 따르라 명을 내릴 수 있겠습니까? 이 나라에서 어찌 희망을 찾을 수 있겠습니까?"

진태승의 시선이 천천히 주첨기에게로 옮겨갔다.

"흥!"

주첨기가 눈을 질끈 감더니 콧방귀를 뀌며 검을 거두었다. 진태승의 말에 반박할 수 없었거니와, 그의 눈빛에 담긴 감정을 감당하기도 어려웠다. 비록 나이도 어리고, 관직도 없지만 그는 충언을 간하는 신하였다.

"좋아. 네 말대로 명을 내린다 치자. 만약 네가 명령을 따르지 않아 답을 듣지 못한다면 나는 어찌해야겠느냐? 군주는 무치인데 법을 따르다 도리어 실익을 잃는 셈이 아니겠느냐?"

"그때는 군주의 명을 좇지 않는 신하를 벌하셔야지요. 그것이 왕도입니다. 군주가 무치인 까닭은, 아무렇게나 해도 되기 때문이 아니라 사사로움이 없이 오직 공의여야 하기 때문입니다."

"만약 그가 충신이어서 군주를 위해 진실을 감춘다면?"

"그래도 상관없습니다. 그는 그 대가로 죽음을 맞는다 해도 결코 군주를 원망하지 않을 것입니다. 당연히 주위에서 군주를 폭급하다 말하지도 않을 테지요."

유자의 말에 찔리지 않는 군주가 어디 있으랴.

주첨기는 할 말을 잃고 말았다.

진태승이 그런 주첨기를 바라보며 다시 한번 청했다.

"소신이 예를 갖출 수 있도록 허하여 주십시오, 황태손 저하."

"⋯허하겠다."

허락을 내린 주첨기가 금의위에게 턱짓을 해 보일 때였다.

다시 예법에 따라 엎드리는 진태승을 바라보던 덕경 공주가 아쉬운 듯 탄식을 토해냈다.

"자, 잠깐만⋯⋯."

주첨기가 '음?' 소리를 내며 덕경 공주를 바라보았다.

멍하니 진태승의 뒤통수를 바라보던 덕경 공주의 얼굴이 홍시처럼 달아올랐다. 천하의 황태손 저하를 앞에 두고도 올바른 것을 말하는 사람은 처음 본 그녀였다. 그의 쓸쓸한 눈을 보면 단순히 서책의 내용만을 읊는 것이 아니라 실제로 겪고 느낀 것을 말하는 것 같았다.

진태승이 태산처럼 커다랗게 보인 탓에 그녀는 그만 예의마저 잃고 말았다.

'앗! 잠깐만이라니, 내가 무슨 짓을!'

덕경 공주가 깜짝 놀라 얼굴을 숙이자 주첨기가 다시 진태승에게로 시선을 돌렸다.

"하면 다시 명하지. 그대는 답하라. 나를 누구로부터 호위하는 것이더냐?"

"하문하신 바에 답을 올리기 전에… 주위에 있는 자들이 믿을 만한 자들인지요?"

엎드린 진태승이 반문하자 주첨기가 미소를 지었다. '충신이라 군주에게 진실을 감추는 사람'의 예시를 들기에 끝까지 말하지 않을 줄 알았는데 예상 밖의 말을 들은 것이다.

주첨기는 흡족한 얼굴로 덕경 공주를 바라보았다.

"이자와 후원에서 차나 한잔 마셔야겠구나. 준비해 두어라."

"예, 오라버니 태손 저하."

덕경 공주가 얼른 고개를 숙여 보였다.

도대체 어째서일까? 덕경 공주의 눈빛에는 호기심이 섞인, 가벼운 설렘이 숨어 있었다.

그로부터 보름여의 시간이 더 흘렀다.

주첨기는 보름 전부터 세인들의 이목을 피할 수 있는 곳, 즉, 덕경 공주의 궁을 자주 찾았다. 말로는 제 여동생을 어여삐 여겨 담소를 나눈다는 것이었지만 실제로는 진태승과 대화를 나누기 위함이었다.

오늘도 주첨기는 덕경 공주의 궁을 찾아 후원에 든 상태였다.

덕경 공주는 후원을 관찰하는 체하며 먼발치에서 차를 마시는 오라버니 태손 저하와 진태승이라는 종학의 학생을 흘끔거렸다.

"종학은 멋진 곳인 것 같아, 유모."

"왜 그렇게 생각하시는지요, 공주마마?"

덕경 공주의 뒤에 서 있던 유모가 얼굴을 딱딱하게 굳히며 질문했다.

"나도 공주니까, 적지 않은 서책을 읽었거든. 하지만 저 학사만큼 생각이 깊지는 못해. 아마 종학에서 가르쳐 준 것이겠지? 물론, 세상도 많이 다녀보았을 테지만……."

"아마 그럴 테지요. 대장군의 조카라니 명가의 가르침을 받기도 했을 테고요."

유모는 대답을 하는 가운데 조심스럽게 덕경 공주를 살폈다. 유모 역시 며칠 전에 있었던 태손 저하와 진 학사의 대화를 들을 수 있었다.

그런 의미에서 짐작컨대, 아마 죽음 앞에서도 의연한 진 학사의 태도와 경험과 지혜에서 우러나온 논리가 우리 소심하고 귀여운 공주님의 관심을 끈 모양이었다.

하긴, 태손 저하께 저렇게 당당하게 군 사람은 진 학사가 처음이니 관심을 가질 법도 했다.

덕경 공주가 부드럽게 유모를 바라보며 명령했다.

"저 학사는 틀림없이 아바마마와 태손 저하께 크게 도움이 될 거야. 그러니까 오라버니 태손 저하를 돕기 위해서는 저 학사에게 잘 대해줘야만 해. 꼭 그래야 해. 알았지, 유모?"

"정성스레 모시겠습니다, 공주마마. 이만 들어가시지요. 조금 더 가까이 가면 저 학사는 또다시 예를 취하느라 태손 저하와 대화를 나누지 못하게 될 거예요."

"으응."

덕경 공주가 얌전히 고개를 끄덕이고는 몸을 돌려 궁을 향해 걸어갔다.

유모는 눈을 가늘게 뜨고 그런 덕경 공주의 뒤통수를 바라보았다. 나흘 전에도 눈빛을 반짝반짝 빛내며 '무공도 고강하고 학식도 그렇게 높은 사람은 처음 보았다, 훌륭한 충신이 될 거다'라고 마구 떠들더니 오늘은 아예 구경까지 하러 나왔다.

물론 만난 시간이 고작 나흘 전이니 연정이니 뭐니 하는 말을 붙일 수는 없겠지만, 적어도 호감을 가지고 있는 것만은 분명했다.

문제는 그녀가 대소신료의 딸이 아니라 황태자의 딸이라는 점이었다.

'이거 큰일 났구나. 우리 공주마마께서……'

유모의 얼굴이 어두워졌다.

반면, 황태손 주첨기의 얼굴은 평안했다. 그 역시 덕경 공주가 기웃거리는 것을 알고 있었으나 그는 까짓 걸릴 것도 없다고 생각하고 있었다.

"흐음. 뭐, 부마도 나쁘지 않지."

"예? 송구하오나 하문하신 바를 잘 못 들었습니다."

진태승이 의아한 얼굴로 눈을 둥그렇게 뜨자 주첨기가 고개를 절레절레 저었다.

"아니야, 별일 아니다. 전에 듣기로 아바마마께서도 그 역도들에 대해 알고 계신다고 들었다. 하긴 사천 지역에 민란이 일어난 것으로 근심하시는 모습을 직접 뵙기도 했었지. 최근에 대장군이 황상께 그… 혈마곡이라는 놈들에 대해 주청을 올린 적이 있더냐?"

혈마곡이라 말하는 주첨기의 얼굴은 잔뜩 구겨져 있었다.

혈(血)에 마(魔)라니, 궁에서는 절대 쓸 일이 없는 말이었다.

"있었던 것으로 알고 있습니다."

"하면 어떤 답을 내리셨더냐?"

진태승이 어두운 얼굴로 눈을 질끈 감았다. 황제는 아직도 몽고달자들을 쫓아내는 데 골몰하고 있었던 것이다. 내치보다는 세외로, 세외로 나가는 꿈을 꾸는 듯도 보였다.

"소인이 그 크신 뜻을 어찌 알겠느냐마는, 부족한 머리로나마 짐작해 보기로 원정을 재차 계획하시는 것이 아닐까 싶습니다."

"황상이시라면 응당 그러실 만하지. 끄응, 이거 골치 아프게 되었군. 물론 몽고달자들을 쫓아내는 것도 중요한 일이기는 하지만, 사천의 민란 역시 천하를 가늠할 큰일이거늘."

나흘 전, 진태승은 주첨기에게 강호무림의 일에 대해 설명했다. 혈마곡과 무림맹, 현재 사천에 벌어진 온갖 혈사들에 대해 이야기하고, 그 끈이 마침내는 황궁에까지 이르렀다고 말했다. 황상의 셋째 아들, 조왕 주고수의 측근 중에 혈마곡의 끈이 있다고 말이다.

주첨기는 강호무림의 일을 주의 깊게 묻고, 삼숙부 조왕 전하에 대한 이야기도 주의 깊게 들었다. 아직 어린 나이였지만, 놀랍게도 주첨기는 대장군의 뜻을 곧바로 이해했다.

"지금은 황상께서 몸이 좋지 않으시지만, 필시 쾌차하실 것! 일어나시면 틀림없이 친정을 계획하실 것이다. 그렇다면 지금 출병해야만 해. 그래야만 사천의 민란을 막을 수 있고, 감히 조왕 전하께 불측한 마음을 먹게 만든 그놈들을 벌할 수 있다."

"황상께서 뜻을 강건하게 세우셨습니다만, 소백부께서 지금 충심으로 간하고 있습니다. 황상의 친정이 끝나 명분을 잃은 한림학사 해 대인께서도 슬슬 마음을 바꾸시려 하니 필시 성사될 것이라고 믿습니다. 아니, 성사되어야만 합니다."

"나 역시 한 번 주청드려 보지. 사람들이 없는 곳이라면 할바마마라 부르라 허락하실 정도로 나를 귀여워하시니 한 번쯤은 주청을 드려볼 수 있을 것이다."

"망극하옵니다!"

진태승이 양손을 모으며 천세를 외칠 때였다.

삐이이익—

아직 날이 완전히 어두워지지도 않았는데 허공에 한 줄기 빛살이 솟구쳐 올랐다.

화약을 넣어 만든 폭죽이 올라가는 모양이었다.

진태승이 머리를 숙인 채로 딱딱하게 굳었다.

잠시 뒤, 정지되어 있던 진태승이 버럭 고개를 들고는 하늘을 올려다보았다. 곧이어 삐이익 소리가 두어 번 더 들리는데, 그럴 때마다 녹빛과 붉은빛, 파란빛과 노란빛을 띠는 불빛이 연달아 하늘을 수놓았다.

도성의 백성들은 저것을 천도를 축하하는 폭죽으로 여길 테지만, 진태승만은 그것이 무엇인지 명확하게 알 수 있었다. 저 폭죽은 자신을 황궁에 보내기 직전, 소백부님이 설명해 주셨던 밀마였다.

"군문의 신호군. 원정 때 본 적이 있어. 무슨 뜻인가?"

주첨기의 표정 역시 딱딱하게 굳어 있었다.

진태승이 멍하니 중얼거렸다.

"역모 발견, 제압 성공. 잠입……."

"녹색, 적색, 청색… 가장 마지막은?"

가장 마지막은 노란색이었다.

진태승이 눈앞에 황태손이 있다는 것조차 잊고 벌떡 자리에서 일어나며 말했다.

"황궁이라는 뜻입니다."

진태승이 딱딱하게 굳은 얼굴로 주위를 둘러보았다.

황궁은 아무 일도 없다는 듯 고요했다. 지금 무슨 일이 벌어지고 있는지 모르는 궁인들은 때로는 웃으며, 때로는 분주히 이곳저곳을 오가며 궁을 관리하고 있었다.

하지만 진태승만은 그 평온함에 젖어들 수 없었다.

밀마를 해석하면 '역모를 발견하였고, 제압을 성공하였지만 누군가가 황궁에 잠입했'는 뜻…….

바로 이 고요하고 평화로운 황궁 어딘가에, 독을 가진 살수가 있는 것이다.

第四章
주청(奏請)

1

진태승의 시선이 혼란스럽게 흔들렸다. 안타깝게도 그가 있는 덕경 공주의 궁은 내전에서도 외진 곳에 있는 바, 보이는 것은 아무것도 없었다.

진태승이 침을 꿀꺽 삼켰다.

"태손 저하, 황상께서는 지금 건청궁(乾淸宮)… 건청궁에 계시겠지요?"

"앉게."

주첨기가 차분한 얼굴로 차를 들이켜며 말했다.

살수(殺手)가 궁에 잠입한 지금 앉으라니.

진태승의 얼굴이 일그러졌다.

"두 번까지는 참지. 하지만 세 번 명령하진 않겠어. 앉아."

주첨기가 한층 단호한 어조로 명령했다. 진태승이 얼음장처럼 딱딱한 얼굴로 자리에 앉고는, 주첨기의 속내를 알아보려는 듯 그를 주시했다.

주첨기가 다시 한번 명령했다.

"차를 비우게."

"……."

잠시 멈칫했던 진태승이 남은 차를 한입에 털어 넣었다.

마찬가지로 남은 차를 모두 비운 주첨기가 천천히 찻잔을 내려 놓았다. 다만 기이한 것은 잔을 내려놓는 주첨기의 손이 파르르 떨리고 있다는 점이었다.

그 역시 방금 전의 소식에 크게 충격을 받았던 것이다.

'억지로 침착을 찾는 거였나?'

진태승의 눈에 작게나마 찬탄이 떠올랐다.

왕재(王才) 중의 왕재라더니 과연 그 말이 틀리지 않다. 황태손 은 잠시의 시간을 들여 자신의 침착을 찾는 것은 물론, 진태승의 혼란마저 가라앉히려 했던 것이다.

잠시 뒤, 주첨기가 한숨처럼 중얼거렸다.

"입에 담기도 참담하지만, 만약 삼숙부께서 정말로 독살을 기획 하셨다면 그 대상은 셋일 것이다. 하나는 황상 폐하요, 하나는 아바 마마, 그다음은 바로 나지. 어쩌면 지금 이 자리에도 우리를 감시 하는 자가 있을지도 모른다. 차를 비우라는 건 그런 뜻에서였어."

다행히 시간을 들여 주변을 살펴보아도 특별한 차이는 없다.

방금 마신 차에서도 이상은 느껴지지 않았다.

"자네가 내게 붙었듯 아바마마께도 호위가 붙었겠지. 또한 다 행히 아바마마께서도 당금 사태에 대해 알고 계시거니와, 나름의 준비 또한 해두셨다고 알고 있다. 아바마마는 안전하실 거야. 그 리고 내 경우엔… 나 역시 지난 며칠간 믿을 만한 사람들을 추리는 데 열중했네. 적어도 지금은 안전한 것 같은데, 자네가 보기엔 어떠한가?"

"미욱하오나, 적어도 소인이 본 바로 주변에 살기는 없는 듯하옵니다."

그동안 주위를 살펴본 진태승이 침착한 어조로 대답했다.

"끄응, 그럼 역시 할바마마로군……."

주첨기가 눈을 질끈 감은 채 침을 꿀꺽 삼켰다.

"이렇게 되면 건청궁과 태화전 중 하나인 셈인가?"

황제가 집무를 보는 곳을 태화전이라 하고, 황후와 일상을 보내는 곳을 건청궁이라 한다. 문제는 살수가 잠입한 지금, 황제가 어디에 있는지 모른다는 점이다.

만에 하나 허탕을 친다면 하늘이 무너지게 되리라.

잠시 뒤, 주첨기가 결심을 내린 듯 말했다.

"태화전! 비록 건강이 좋지 아니하시지만, 최근 천도 때문에 대소신료를 만나는 일이 잦으시니 태화전, 그중에서도 중화전일 가능성이 크다. 이제 문제는 어떻게 해야 살수를……."

"…자극하지 않을 수 있겠느냐는 것이겠군요."

두 소년들이 시선을 마주하고는 얼굴을 딱딱하게 굳혔다.

만에 하나 금의위를 부르는 등 소동을 일으킨다면 살수들이 그 즉시 암살을 기도할 가능성이 크다. 일이 벌어지기 전에 막으려면 살수들을 자극하지 않는 선에서 은밀히 움직여야만 하는 것이다.

또한 그러면서도 최대한 빨리 태화전에 당도해야 한다. 황제가 시해당한 후에 도착하면 아무리 은밀해도 무용지물인 것이다.

태자와 주첨기, 그리고 살수들이 황제의 목숨을 놓고 한판 내기를 벌이는 셈이었다.

"지금쯤 아바마마께서도 나와 같은 생각을 하고 계실 터, 운이 좋으면 중화전에서 뵙게 되겠지. 바로 이동하세."

주첨기가 태연한 척 자리에서 일어나 수신호를 보내자 환관 셋과 금의위 일곱이 따라붙었다. 다가오는 속도를 보니 금의위는 물론, 환관들 역시도 무공을 익힌 모양이었다.

주첨기는 평소와 똑같은 얼굴로 느긋하게 환관이 길을 안내하기를 기다렸다. 손은 여전히 떨리고 있었지만 적어도 표정만큼은 평화롭기 짝이 없다.

곧이어 황태손의 이동이 시작되었다.

'너무 가혹하구나. 조건 하나라도 틀리면 시간싸움에서 밀리게 되는 셈이다. 젠장! 천운에 달린 것이나 다름없지 않은가?'

걸음을 옮기는 진태승의 머릿속은 그야말로 엉망이 되어 있었다. 노란색 화탄이 알려준 정보가 정확하다면, 지금 이 순간은 황위의 향방을 가르는 순간이나 다름이 없다.

문제는 모든 조건이 맞지 않으면 패배할지도 모른다는 점이다.

그때, 주첨기가 긴장을 달래려는 듯 질문을 던졌다.

"어떤가, 자네가 보기엔 금의위는 믿을 만한가?"

"…적어도 지금 이 순간은 그렇습니다."

당금 금의위의 수장은 기망(紀網)이라는 자로 황제의 둘째 아들인 한왕 주고후를 지지하는 자였다. 그는 태자뿐 아니라 셋째인 조왕까지 견제하고 있으니 적어도 지금의 독살 사건에 개입할 리는 없다.

"하면 한림원은?"

한림원은 한림학사 해진, 해 대인을 기준으로 뭉쳐 있다.

해진은 공식적으로는 태자 전하를 지지하는 동시에, 한왕 주고후와 친한 군부를 견제하고 있다. 비록 지금은 '황제께서 친정을 나가신 틈에 태자 전하와 사적 만남을 가졌다'는 이유로 연금 상태이지만, 여전히 막후에서 한림원을 움직이고 있었다.

"해 대인께서 틀어막고 계시니 그쪽도 상대적으로 안전하지요."

"그렇다면?"

주첨기의 질문에 진태승이 어두운 얼굴로 대답했다.

"나인이나 위병 등의 궁인일 가능성이 가장 클 것입니다."

"그렇다면 그중 몇 명이 살수인가가 관건이 되겠군."

주첨기가 한탄처럼 중얼거렸다. 차라리 특정 집단이라면 모르겠으나, 궁인들의 경우에는 정치와 유리되어 있어 오히려 범인을 특정하기가 어려운 까닭이었다.

그렇게 걸어가다 보니 어느새 태화전의 수많은 궁 중, 중화전 앞이었다.

문가를 지키던 위병 몇 명이 주첨기의 앞에 부복하였다.

"황태손 저하."

"황상 폐하를 뵈러 왔다. 시급한 일이니 어서 들어가 고하여라."

위병 한 명이 눈짓을 주자, 또 다른 위병이 황급히 안으로 들어섰다.

안으로 들어갔던 위병은 그리 오래 지나지 않아 다시 밖으로 뛰쳐나왔다. 어차피 바로 황상을 만날 수 있는 것이 아니니 기당(期堂), 즉 일종의 대기실로 모시려는 것이다.

주첨기가 자신의 목소리가 떨리지 않기를 바라며 질문했다.

"폐하께서… 안에 계시느냐?"

"그러하옵니다."

위병이 순진무구한 얼굴로 고개를 끄덕였다.

주첨기와 진태승, 두 소년은 등골에 소름이 오싹 돋아 오르는 것을 느끼며 서로를 돌아보았다. 천만다행히, 적어도 첫 번째 추측은 온전히 맞춘 것이다.

주첨기가 위병을 바라보며 중얼거렸다.

"허락이 떨어질 때까지 내전 앞에서 기다리겠다. 중화전의 내전까지 안내하라."

"하오나 태손 저하, 그것은 무척 난망한 일로……."

"곧 아바마마께서도 오실 것이다. 아버님도 마찬가지 명을 내리실 터이니 괘념치 말라."

주첨기가 어찌할 줄 몰라 하는 위병을 두고 성큼성큼 걸음을 옮겼다.

내전까지 가는 동안 위병을 몇 번이나 더 만났지만 주첨기의 태도는 단호했다. 그리고 위병들에게 있어 '곧 아바마마께서 오실 것이다'는 압박은 무엇보다도 주효한 것이었다.

중화전의 내전 앞에 이르자, 궁인 몇 명이 조용히 머리를 숙였다.

궁인이 '황태손 저하께서 이르셨습니다'라고 안에 이르는 사이, 주첨기와 진태승은 전신의 털이 날카롭게 곤두서는 것을 느꼈다.

저 안에 살수가 있을 터, 조금도 이상한 태를 내어서는 아니 된다. 최대한 아무렇지도 않게, 별일 아니라는 듯 연기를 해야 한다.

끊어지기 직전의 실처럼 팽팽한 긴장감이 주첨기와 진태승을 감싸 안았다.

"들라 이르신다!"

환관의 목소리가 들리자 스르르 문이 열렸다.

진태승은 문이 열리는 속도가 너무나도 느리다고 생각했다. 가습이 쿵쾅쿵쾅 뛰는 것을 참을 수가 없다. 바로 저 문 너머에 천하의 주인이 앉아 있는 것이다.

감히 황제의 존안을 허락도 없이 볼 수 없으므로, 진태승은 재빨리 허리를 숙였다.

황제의 주위에는 늙은 환관이 공손히 서 있을 뿐 아무도 없었다.

"만세, 만세, 만만세! 소손이 할바마마 황상 폐하를 배알합니다."

안으로 걸어간 주첨기는 옷자락을 털고 고두했다. 진태승은 떨리는 마음을 애써 가누며 그 옆에 엎드려 만세를 외쳤다. 그가 본 것은 오직 옷자락 사이로 나온 황제의 발뿐이었다.

흑석(黑舄: 신발)에 감싸인 발이 너무나도 거대하게 보였다.

"하여 짐은 감찰(監察)에 더 힘을 실을 생각이다. 동안문(東安門) 북쪽을 염두에 두고 있으니 그리 알라. 짐은 더 이상의 혼란을 묵과할 생각이 없어."

황제는 주첨기가 왔음에도 불구하고 환관에게 명을 내리고 있었다. 마지막 명령 몇 마디만 내리면 그만이니 굳이 멈추고 싶은 생각이 없었을 터였다.

"예, 폐하."

환관이 얼른 머리를 조아렸다.

말을 마친 황제가 느긋하게 주첨기를 돌아보았다. 태자를 볼 때와는 다른 희미한 미소가 그 입가에 어렸다.

그러나 미소와 달리, 황제의 목소리는 엄숙했다.

"…무례하구나. 기별도 없이 바로 찾아오는 법도는 일찍이 듣지 못하였거늘."

"소손의 무례를 용서하여 주십시오, 할바마마. 소손은 대장군 진무룡의 조카인 진태승이라는 자와 함께 왔사온데, 소신들에게 이십 보 안을 허락하시면 가까이서 사죄 올리겠나이다."

그와 동시에 장내에 서늘한 기운이 감돌았다.

'진무룡의 조카'라는 말이 시발점이 된 듯, 장내의 기운이 섬뜩하게 변한 것이다.

이상한 기운을 느낀 걸까, 느끼지 못하였던 걸까.

황제가 무심한 어조로 허락했다.

"허하노라."

두 소년이 조심스럽게 자리에서 일어나더니 주첨기는 허리를 펴고 서서, 진태승은 몸을 절반이나 굽힌 채 황제의 이십 보 안으로 다가가 머리를 숙였다.

주첨기가 '할바마마의 업무를 방해한 죄, 소손이 머리 숙여 사죄 올립니다'라고 말하자 황제가 실웃음을 지었다. 그는 '태손은 더 이상 머리를 숙이지 말라'고 명했다.

허리를 펴고 황제의 앞에 선 주첨기가 조심스럽게 말했다.

"시급히 청할 것이 있어 무례인 줄 알면서도 할바마마를 찾았사옵니다."

"시급히 청할 것이라… 무엇이냐?"

황제의 눈에 호기심이 떠올랐다.

주첨기가 가볍게 머리를 숙이며 말했다.

"저와 이자를 십 보 앞에서 뵈올 수 있게 하시면 말씀 올리겠나이다."

"화, 황태손 저하!"

황제의 앞에 시립하여 서 있던 환관이 크게 놀라 말하였다. 아무리 황태손이라지만 설마하니 황제와 거래를 하듯 말할 줄은 몰랐던 것이다.

환관의 말이 끝나자 장내가 얼음물이라도 뒤집어쓴 듯 고요해졌다. 실제로는 너무나도 짧았지만, 주첨기와 진태승에게 있어서는 너무나도 길게 느껴지는 침묵이었다.

"하하하! 네 녀석이 감히 내게 거래를 청하느냐?"

잠시 뒤, 황제가 껄껄 웃으며 고개를 끄덕였다. 무인의 호방한 기질을 좋아하는 황제는 손자의 당돌한 말마저 흔쾌히 웃으며 받아들였던 것이다.

"좋다! 모른 체하기엔 내 호기심이 크구나. 허하노라."

진태승과 주첨기가 십 보 앞으로 다가와 머리를 숙였다.

장내의 긴장감이 커지더니, 살기에 가깝게 변해갔다. 황태손이 다가올 줄은 꿈에도 모른 채 기회를 엿보고 있던 살수들의 입장에서는 그야말로 낭패가 아닐 수 없게 된 셈이었다.

황제가 푸근하게 웃으며 말했다.

"그래, 황태손은 이제 찾아온 까닭을 말할 수 있겠느냐?"

"할바마마, 감히 바라옵건대, 명을 내리시어 지금 즉시 중화전 안의 궁인들을 제압하소서."

주첨기가 청하자 황제가 의아한 표정을 지었다.

"어째서더냐?"

"감히 하늘을 범하려는 자가 있기 때문이옵니다."

"무어라……?"

황제가 웃음을 거두고 눈을 부릅뜰 때였다.

"칫!"

쐐애액—

혀를 차는 소리와 함께 어디선가 파공성이 들리더니, 날카로운 침 몇 개가 황제에게로 쏘아졌다.

"할바마마!"

주첨기가 황좌가 있는 단(壇) 위로 뛰어 올라가는 것과 동시에, 진태승이 벌떡 자리에서 일어나 우측으로 쇄도하며 팔을 뻗었다.

황제의 미간을 노리고 쏘아지던 바늘이 진태승의 옷자락에 휘감겼다.

"흡!"

진태승이 눈을 휘둥그레 뜨며 등 뒤를 돌아보았다. 차와 다과 따위가 든 소반을 조심스레 들고 있던 궁인이 표독스러운 눈으로 황제를 노려보며 단도를 날려오고 있었다.

그 뒤에서 네 명의 궁인과 두 명의 위병이 병장기를 꺼내 드는 것이 보였다.

"빌어먹을 태손 놈 때문에 일이 꼬였구나!"

서걱!

날카로운 외침과 함께 진태승의 어깨가 크게 베였다. 나름대로 오행보를 펼쳐 피해보려 하였으나 진태승의 무위는 궁인의 것만 못했던 것이다.

진태승이 크게 휘청거리더니 몸을 돌려 육합권 이단제장의 초식을 펼쳤다.

"크흑!"

단전을 한 대 얻어맞은 궁인이 뒤로 튕겨나는 순간, 진태승의 옆구리에서 크게 피가 튀었다. 궁인은 마지막 순간, 자신의 목숨을 도외시하고 황제에게로 단도를 날렸던 것이다.

상황이 다급하였으므로 진태승은 몸으로 그것을 막을 수밖에 없었다.

"끅, 끄으윽!"

단검에 맞아 비틀거리던 진태승이 황제를 흘끔 돌아보았다.

황제는 황제인 것일까!

황제는 무심한 얼굴로 내전 안을 바라볼 뿐 꼼짝도 하지 않았다. 자신을 죽이려는 자가 앞에 있음에도 불구하고 감정의 동요조차 없는 얼굴이었다.

아니, 조금은 노한 듯 보였다.

그사이, 황제의 금의위들이 끼어들었다. 소리도 없고, 한마디 경호성도 없이 묵묵하게 황제의 앞을 가로막고 네 명의 궁인들과 두 명의 위병들을 베어나간다.

황제의 목숨을 두고 벌인 내기에서 살수들이 패배하는 순간이었다.

"크으음!"

진태승은 혈인이 되어버린 상태로 서서 비틀거렸다.

잠시 비틀거리던 진태승이 바닥에 털썩 주저앉았다. 황제를 뒤덮다시피 한 채로 그 광경을 바라보던 황태손 주첨기가 창백한 얼굴로 황제를 돌아보았다.

"하, 할바마마, 허락하신다면……."

"허하노라."

황제가 묵직하게 고개를 끄덕이자 주첨기가 재빨리 진태승에게로 달려 내려왔다. 황제의 목숨을 구하는 공을 세웠으니 이제 진태승은 공신이나 다름없는 것이다.

"괜찮나? 괜찮은가, 자네?"

"저는… 저는 무탈합니다, 태손 저하."

진태승이 팔과 옆구리를 살펴보며 말했다. 팔을 베인 것도, 옆구리를 베인 것도 모두 피륙의 상처일 뿐이었다. 문제는 상처 부위가 검푸르게 변해간다는 점이었다.

아마 단도에 독이 발려 있던 모양이었다.

진태승은 눈을 질끈 감고는 몇 군데의 혈도를 눌렀다.

"큭, 크으윽!"

살수들이 신음을 토해내며 연신 뒤로 물러났다. 제 목숨까지 도외시하고 황제를 죽이려는 살수도 있었으나, 금의위의 벽은 그들이 뚫기에는 너무 두터웠다. 무려 일곱 명의 동료를 잃었음에도 불구하고 금의위들은 한 걸음도 물러서지 않았던 것이다.

태자 주고치와 대장군이 안으로 들어온 것은 바로 그때였다.

"아바마마! 옥체 무탈하신지요?!"

"황제 폐하!"

대장군 진무룡의 복장은 비교적 단출했다. 전시였다면 철갑주를 두르고 철구를 썼을 것이나, 평시다 보니 그저 면포로 만든 흑색 무복을 입은 것이 전부였다.

다만 참마도라 해야 할 만큼 거대한 검 하나만은 들고 있었다.

쿵!

가장 먼저 황제의 안위부터 확인한 진무룡이 절룩거리는 다리로 가볍게 진각을 밟았다. 그 순간, 진무룡의 신형이 엿가락 늘어나듯 앞으로 주욱 늘어났다.

"큭!"

단말마의 비명과 동시에 살수 한 명이 목을 잃은 채 무릎을 털썩 꿇었다. 진무룡은 살수가 들고 있던 검을 발로 걷어차 또 다른 살수에게 보내는 한편, 다시 한번 신형을 날렸다.

서걱!

눈 깜짝할 사이에 세 명의 살수의 목숨이 사라졌다.

이제 더 이상 서 있는 살수들은 없었다.

"황상! 옥체 무탈하십니까!"

진무룡이 차가운 눈으로 주위를 둘러보며 뒷걸음질로 황제가 앉은 단으로 다가왔다.

태자 주고치는 진작에 단 위로 뛰어올라 황제의 시야를 가린 상태였다.

"아바마마! 후, 후우! 지금 즉시 건청궁으로 자리를 옮기셔야 하옵니다!"

"…그만!!"

황제가 한 손을 들어 올리며 태자 주고치의 말을 잘랐다.

그와 동시에 장내에 묵직한 침묵이 감돌았다. 살수들이 모두 목숨을 잃었음에도 불구하고 흥분된 심정을 감추지 못하고 있던 금의위들과 대장군 진무룡이 동시에 황제를 바라보았다.

황제가 무심한 얼굴로 중얼거렸다.

"대장군은 작금의 흉사에 대하여 고하여라."

"명을 받잡아 고하오리다."

대장군 진무룡이 검을 역수로 쥔 채로 부복하여 군례를 올렸다.

"참담한 일이로나, 감히 독으로서 하늘을 해하려 하는 자가 있다는 정보를 얻은 바! 즉시 역모를 계획한 자를 추포하고 황궁에 이른 참입니다."

진무룡의 말에 황제의 눈썹이 꿈틀거렸다.

"독? 역모의 주체가 누구더냐?"

"호위지휘 맹현과 고이정 등이옵니다. 고이정이라는 자가 술에 취하여 발설한 것을 증거 삼아 즉시 그들을 추포하였으나, 황궁의 흉사는 소장이 미처 막지 못하였사옵니다. 소장의 죄를 벌하여 주시옵소서, 폐하."

"호위지휘 맹현과 고이정이라……."

황제가 눈을 질끈 감으며 중얼거렸다.

그들의 수장이 누구인지는 이미 익히 알고 있는 바였다.

다름 아닌 황제, 자신의 핏줄 중 하나였으니 말이다.

"셋째, 이 녀석아. 어찌하여 되도 않는 욕심을 부린단 말이냐."

셋째 아들이 자신을 죽이려 했다는 소식을 들었음에야 그 기분이 어떻겠는가! 황제는 눈을 질끈 감은 채 장탄식을 터뜨리더니, 격동하는 마음을 다스리려는 듯 침을 꿀꺽 삼켰다.

잠시 뒤, 천천히 눈을 뜬 황제가 진무룡을 돌아보았다.

"그래. 그래서 조카마저 태손에게 붙여두었던가? 자네의 충심(忠心)은 여전하군, 여전해."

황제가 희미하게 읊조리고는 진태승을 바라보았다.

주첨기의 부축을 받고 있던 진태승이 비틀거리며 무릎을 꿇었다. 극심한 통증 속에서도 진태승은 멍하니 황제를 올려다보고 있었다. 노인의 연배에 이르렀음에도 풍채는 건장하고 주름 또한 적다. 강건한 눈빛을 보노라니 그가 거인처럼 느껴져 숨을 쉴 수가 없을 정도였다.

진태승은 문득 조금 전에 보았던 그의 발을 떠올렸다.

너무나도 커다랗게 보여서, 무엇이든 짓밟을 수 있을 것 같은 발……

그것이 바로 권력이었다.

"제 몸을 바쳐 짐의 목숨을 구하였으니 네 공이 결코 작지 아니하구나."

황제의 눈이 가늘게 휘었다. 원래부터 무인의 기질이 강했거니와, 친정을 수도 없이 다녀온 황제다. 그는 문무양도를 고루 갖춘 인재를 좋아했다.

"혹여 바라는 것이 있느냐? 바라는 것이 있다면 고하라."

진태승은 눈을 지그시 감았다.

그간 북평부, 아니, 북경에서 했던 모든 일들이 한꺼번에 떠올랐다.

상소를 올렸으나 무시당한 일, 벽서를 붙이던 추운 날의 기억, 추포되어 소백부를 만나던 날, 조정의 음모, 황태손 주첨기와의 만남……

그렇게 모든 일을 겪고 나서, 이처럼 황제를 만나게 되었다.

"바라는 것이 없더냐?"

황제가 재차 질문하자 진태승이 단호하게 답했다.

"바라옵건대 황제 폐하, 소인의 소원은 사천으로의 출병이옵니다."

진태승의 입에서 가장 간절한 소원이 새어 나왔다.

황제가 미간을 찌푸리며 책망하듯 태자를 바라보았다. 태자 주고치 역시 진태승이 이와 같은 소원을 말할 줄은 몰랐으므로 당황스러운 표정을 짓고 있었다.

황제의 시선이 이번엔 대장군 진무룡에게로, 그다음은 황태손 주첨기에게로 넘어갔다. 잠시 뒤 황제가 오만상을 찌푸리며 냉소적으로 말했다.

"…불허한다."

진태승의 어깨가 움찔했다.

"외적이 눈을 시퍼렇게 뜨고 있는 지금이다. 몽고달자들의 세상이 끝났다 말하는 자들 많으나, 북원의 세력은 여전히 강성하다. 짐의 천명(天命)이 바로 그것이다. 북원을 완전히 끝장내는 것."

진태승이 저도 모르게 고개를 들어 올렸다.

"하오나 바깥의 적만큼이나 잔인한 내부의 적이 칼날을 들이밀고 있는 지금입니다. 사천의 백성들을 돌아보시옵소서, 황제 폐하! 작금의 사태 또한 그들이 음모를 꾸민 것이니……."

"아니, 작금의 사태는 무능 탓이다."

황제가 태자를 못마땅한 얼굴로 돌아보았다. 그가 친정을 나가 있는 사이 태자가 내치를 전담하여 왔는데, 그가 강력한 권력을 구축하였다면 지금과 같은 일이 있었겠는가?

"작금의 사태는 권력이 한 점에 집중되어 있지 못하기 때문이요, 태자의 권력이 약하기 때문이다."

처음에는 차분하게 말하였으나, 황제의 표정은 말이 계속될수록 흔들리고 있었다.

황제로서의 주체는 자신이 낳은 아들이 자신을 죽이려 든다는 혼란 속에서도 황제의 위엄을 지켜왔으나, 인간으로서의 주체는 그렇지 못하였던 것이다.

그는 깊은 분노와 그보다 더 큰 슬픔을 느끼고 있었다.

"짐은 모든 황권을 틀어쥐었으나 태자는 문약하여 완전한 권력을 틀어쥐지 못하였다. 모두 권력, 권력을 쥐지 못한 탓이야. 그러지 못하였으니 제 동생들에게 도전을 받는 것이고, 그러지 못하였으니 대소신료들이 그에게 도전하는 것이다."

황제가 눈을 질끈 감으며 말했다.

조카의 황위를 찬탈한 주체였고, 그를 비판하는 신하의 십족을 멸한 주체였다. 역대 어느 황제보다도 강력한 황권을 지니고 있었고, 철권을 휘두르며 신하들을 숙청해 왔다.

그렇게 산 탓일까.

아들들이 자신을 닮았다. 아비를 죽이고서라도 황제에 오르겠다는 셋째 아들, 형이 아니라 당신을 닮은 나에게 황위를 달라 말하는 둘째 아들, 그 와중에 문약한 첫째…….

황제는 스스로 지나온 길이 옳다 확신하면서도 아들들의 모습에서 공포를 느끼고 있었다. 거울을 보는 듯한 공포였고, 자신의 모습이 현실에 현현하는 공포였다.

그럼에도 불구하고 그는 그 해결을 권력에서 찾았다.

"나는 감찰관을 만들 것이다. 대소신료들에게 휘둘리는 기관이 아니라 환관들, 온전히 나에게 속한 것들로 동안문 밖에 기관을 만들 것이다. 대소신료들을 감찰하고 감시하고 서로가 서로를 고발케 하여, 감히 황권에 도전할 생각을 하지 못하게 만들 것이다."

동창(東廠).

황제는 훗날 전국을 공포에 질리게 만들 환관의 기관을 만들려 하고 있었다.

진태승은 다시 한번 황제의 발을 내려다보았다.

지금도 황제의 발은 강건했고, 또 거대했다. 앞에 있는 무엇이든 밟아 짓이겨 버릴 정도로 강건해 보였고, 감히 누구도 그에 대적하지 못할 정도로 거대해 보였다.

하지만 한 가지, 알게 되는 것이 있었다.

그 발에는 금이 가 있었다.

"아귀(餓鬼)……."

진태승이 황제의 발을 보며 중얼거렸다.

너무나도 작아서, 아무도 듣지 못할 목소리였다.

"황제 폐하."

진태승이 천천히 고개를 들고 황제를 바라보았다.

인간 이상의 무엇으로 보였던 황제가 비로소 인간처럼 보였다. 천하의 모든 것을 움켜쥔 그였으나 고아였던 자신보다도 불행한 한 명의 인간으로 보인다.

진태승은 권력의 정점에 선 황제를 '이해'했다.

"조왕 전하를 사사하실 수 있겠사옵니까?"

"진태승! 감히!"

진태승을 부축하던 주첨기가 눈을 부릅뜨며 외쳤다. 황제가 안전함에 가슴을 쓸어내리던 환관이 눈을 부릅뜨며 볼살을 부들부들 떨었고, 태자 주고치가 대경하여 발을 굴렀다.

심지어 대장군 진무룡마저 놀라 진태승을 바라볼 뿐이었다.

"그만! 모두 입을 다물라!"

황제가 버럭 고함을 지르며 다시 한번 손을 들어 올렸다.

그는 얼음보다도 싸늘한 눈으로 진태승을 내려 보았다. 이미 한번 자신을 비판하는 방효유(方孝孺)의 십족을 멸한 바가 있었다.

진태승 한 명을 죽이는 것은 손바닥 뒤집기보다 쉽다.

황제가 싸늘한 미소를 지으며 말했다.

"네가 감히 황제의 의중을 가늠하려느냐?"

"소신이 보기에 조왕 전하께서는 목숨을 보존하실 것으로 보입니다. 황상께서는 권력을 잘 아시는 것만큼이나… 그것이 어찌 현실에 통용되는지 또한 알고 계십니다. 소인은 이제 안백성이라는 이상이 어떻게 현실에 개입하는지 알 수 있을 것 같습니다."

"놈! 네가 감히!"

황제가 부들부들 떨며 자리에서 일어날 때였다.

진태승이 어깨를 늘어뜨리며 머리를 숙여 보였다.

"황상께서는 이미 길을 알고 계십니다… 쿨럭, 쿨럭! 이렇게 나이 어린 저 역시 길을 알고 있는데 황상께서 모르실 리가 없지요……."

진태승의 목소리가 점점 가늘어졌다. 중간중간 내뱉는 기침 속에는 피가 배어 있었다. 단도에 묻어 있던 독이 마침내 그 효력을 발휘하기 시작한 것이다.

"동안문 밖에 기관을 두어 감찰을 하시겠다고 하셨는지요? 틀렸습니다. 쿨럭! 폐하께서는 공포로써 억누르는 대신 덕으로써 믿음을 사야 한다는 것을 이미 알고 계십니다. 권력을 틀어쥐어야 한다고 하셨는지요? 그것 역시 마찬가지입니다. 그것은 민심을 얻음으로써 이루어져야 합니다… 태평성대를 노래하는 백성들이 있는 가운데서는 역모가 없기 때문입니다."

진태승의 목소리는 이제 끊어질 듯 말 듯했다.

부복한 진태승의 육신 역시 좌우로 비틀거리고 있었다.

"그러므로 황상께서는 조왕 전하의 목숨을 거두지 아니하실 것입니다… 조카를 죽인 것으로도 모자라 아들까지 죽였다는 오명이 민심을 얻는 데 도움이 되지 않으리라는 것을 알기 때문이옵니다."

황제의 눈이 찢어질 듯 부릅떠졌다. 젊은 시절의 그였더라면, 황위에 앉은 지 얼마 되지 않은 시절의 그였더라면 진작 진태승과 그와 관련된 모든 이들의 목숨을 거두었을 것이다.

하지만 노년의 그는 그저 분노할 뿐, 다른 명령을 내리지 않았다.

특히나 셋째 아들이 자신을 죽이려 든 지금에 이르러서는.

"만약 옥체가 강건하셔도 황상께서는 바로 원정을 떠나시지도 못하십니다. 역사에 기록될, 지금의 흉사를 수습해야 하기 때문이지요. 폐하께서는 권력의 속성을 가장 잘 이해하고 계시고, 역사의 무서움을 가장 잘 아시는 분입니다. 민심의 두려움을 모를 리 없으실 테지요. 저는 이제 폐하를 이해합니다."

진태승은 잠이 오는 것을 느꼈다.

졸음이 눈꺼풀에 천 근 무게로 매달려 있었다.

"그러므로 충심으로 간하옵고, 단심(丹心)으로 청하옵니다."

진태승의 신체가 우측으로 풀썩 쓰러졌다.

쓰러진 가운데서 진태승이 마지막으로 힘을 실어 말했다.

"사천의 백성을 구함으로써 사천의 민심을 구하소서. 죽어가는 사람들을 살림으로써 권력을 얻으소서. 우리 형, 우리 형을 살려주시옵……."

그 말을 끝으로, 진태승의 목소리가 사라졌다.

진태승은 완전히 혼절해 버리고 만 것이다.

第五章
천명지위성(天命之謂性)

1

유선은 천괴 창천존을 아미산 화장봉(華藏峰)에 장사 지냈다.
비록 주봉인 금정(金頂)에 비할 바는 아니겠지만, 아미산의 사대
경관이라는 일출(日出), 운해(雲海), 불광(佛光), 성등(聖燈)을 두루
볼 수 있고 동쪽으로는 농전강이 흐르는 것까지 보이는 곳이었다.

"볼거리가 많으니 할아버지도 심심하진 않을 거야."

진유선이 연신 훌쩍이며 말했다. 눈물이 마르지 않는 샘처럼
계속해서 새어 나왔지만, 유선은 꾹 참고 억지웃음을 지으며 돌
을 쌓아 만든 봉분을 두들겼다.

"자주 놀러 올게, 천괴 할아버지. 와서 재미난 이야기들을 잔뜩
해줄 테니까 기대해야 해."

천애검협 진소량, 도천존의 제자 연호진, 지괴 진유선 단 세 명
만이 참석한 장례는 그렇게 끝났다. 삼천존 중 하나인 천괴의 장
례치고는 소박한 셈이었지만, 어떤 의미로 보면 천하를 떠돌던 기

인(奇人)에게 몹시 어울리는 장례라고 할 수 있었다.

다음 날, 소량은 진유선, 연호진과 함께 당가타로의 여정에 올랐다. 특기할 만한 점이 있다면 떠나기 전, 아이들이 신객 왕안석에게 도천존에게 전하는 서신을 남겼다는 것이리라.

여정이 이어지는 동안 진유선은 슬픔을 잊은 사람처럼 쾌활하게 굴었다. 인수(仁壽)쯤에 이르러서는 고아들을 모아 기루 따위에 팔아버리는 일당을 만나기도 했는데, 진유선은 완동판관임을 자처하며 그들을 추포하기까지 했다.

진유선에게 구출받은 아이가 겁에 질린 얼굴로 물었다.

"누, 누나는 누구예요?"

"흥! 네가 이 누나를 몰라보는구나? 이 누나는 멋모르고 반도(蟠桃)를 잘못 먹었다가 지상으로 유배 온 선녀야. 하늘로 돌아가기 위해서는 이렇게 나쁜 사람들을 혼내줘야만 하지."

진유선이 어깨를 당당하게 펴며 에헴, 콧대를 높였다.

구출받은 아이가 믿을 수 없다는 듯 말했다.

"하, 하지만 선녀는 예쁘다고 들었는걸요. 평범한 옷 대신 하늘하늘 날개옷을 입고……."

"뭐야? 그 말은 내가 예쁘지 않다는 말이야?"

진유선이 표독스럽게 말하자 아이가 움츠러들었다.

"내 옷이 꼬질꼬질한 까닭은 전부 지상에서 고생을 해서 그런 거란 말이야! 에잇! 감히 나의 말을 믿지 않았으니, 본 선녀님은 네게 벌을 내릴 수밖에 없겠다!"

진유선이 곧바로 아이에게 달려들어 간지럼을 태웠다. 갑자기 납치되어 겁에 질려 있던 아이가 싫다며 몸을 뒤틀었지만 진유선은 멈추지 않았다.

간지럼 탓일까, 아니면 진유선의 분위기에 물든 탓일까.

곧 아이의 입에서 까르르, 맑은 웃음이 터져 나왔다. 반면, 연호진은 그런 진유선을 보며 자책(自責)을 멈추지 못했다.

신객 왕안석을 찾으러 아미산으로 가자고 주장한 사람은 다름 아닌 자신이 아니던가! 진유선이 밤에 잠을 이루지 못하면, 연호진 역시 잠을 이루지 못하고 그녀를 지켜보곤 했다.

지금도 마찬가지였다. 늦은 밤까지 깨어 있던 진유선이 객잔의 후원에 나오자 연호진이 은근슬쩍 뒤따라 나섰다.

"내일도 일찍 일어나야 하는데… 혹시 어디 안 좋아, 진 누이?"

후원에 앉아 달을 바라보던 진유선이 고개를 돌렸다. 흑의무복에 도까지 챙겨 든 연호진이 씁쓸한 표정으로 서 있는 것이 보였다.

"그냥, 잠이 안 와서."

진유선이 말하자 연호진이 그 옆에 앉았다.

잠시 두 소년 소녀 사이에 침묵이 흘렀다. 진유선은 고개를 숙여 땅만 바라볼 뿐이었고, 연호진은 어두운 얼굴로 진유선을 흘끔거릴 뿐 말을 꺼내지 않았다.

"창천존 노숙부를 생각하고 있었던 거야?"

"으응, 조금은."

진유선이 무릎을 모아 쪼그려 안고는 그 안에 얼굴을 묻었다. 하기 싫은 이야기가 나올 때면 진유선이 이렇게 웅크리는 자세를 취한다는 것을 아는 연호진이 한숨을 내쉬었다.

"그건 진 누이 잘못이 아니야."

"알아."

"정말이야. 그건 진 누이 잘못이 아니야. 진 누이는 창천존 노숙부가 아미산에 계실 줄은 몰랐잖아. 굳이 따지자면 그건… 내 잘못이라고 해야겠지."

연호진이 눈을 질끈 감으며 말했다.

진유선이 고개만 모로 돌려 빼꼼히 연호진을 바라보았다.

"하지만 너도 천괴 할아버지가 거기 있을 줄은 몰랐잖아."

진유선이 위로하듯 말했지만 연호진의 표정은 바뀌지 않았다. 조그맣게 한숨을 폭 내쉰 진유선이 다시 한번 하늘을 올려다보았다. 구름에 가려진 달의 모습이 쓸쓸하게 느껴졌다.

"나는 정말 재미있게 살았던 것 같아. 무서운 것도 없었고, 어려운 것도 없었어. 예쁜 것들을 보고 맛있는 것을 먹고, 즐거운 장난을 계속 치면서 그렇게 살았지."

진유선이 구김살 없이 세상을 떠돌던 과거를 떠올렸다.

할머니가 떠나 버리고, 형제들과 분리되어 세상을 떠돌았지만 항상 즐겁기만 했다. 그녀의 장난꾸러기 할아버지 친구는 아이가 아이답게 천진난만할 수 있도록 모든 위험으로부터 그녀를 지켜주었고, 또래처럼 함께 놀며 세상을 살아가는 방법을 알려주었다.

"모두 천괴 할아버지 덕분이었어."

이제는 그녀도 자신의 어린 시절이 아름답도록 풍성했음을 안다. 눈이 부시도록 아름다운, 보물 같은 추억이 그곳에 있었다.

"할아버지는 그냥 말뿐만이 아니라, 진짜로 내 친구였던 거야."

진유선의 입가에 작은 미소가 떠올랐다.

그 미소가 처연하게 변해 버리는 데에는 그리 오랜 시간이 걸리지 않았다. 그리움으로 이어졌던 상념이 오늘 구해낸 아이들에게로 향한 탓이었다.

"오늘 구해준 아이들은 어떨까? 나는 운이 좋게 세상에서 제일 좋은 친구를 만났지만, 그 아이들도 그럴 수 있을까."

두 소년 소녀 사이에 잠시 어색한 침묵이 감돌았다.

그렇게 얼마나 지났을까. 연호진이 희미하게 웃음을 짓더니, 진유선의 무릎에 가볍게 손을 얹고 슬며시 힘을 주었다.

쪼그려 앉아 있던 진유선의 다리가 천천히 아래로 내려갔다. 평소에는 '남녀칠세부동석'이니 뭐니 하는 고리타분한 이야기를 논하던 연호진의 손이 진유선의 손등을 덮어갔다. 진유선은 어째서인지 연호진이 나이 많은 오빠처럼 느껴진다고 생각했다.

"적어도 지금은, 그럴 거야."

연호진이 부드럽게 대답했다.

동생을 잃고 일찌감치 어른이 되었던 연호진처럼, 진 누이도 이제 어른이 되어가고 있었다. 너무 빨리 어른이 되었던 자신과 달리, 부럽도록 즐거운 어린 시절을 보내고서 말이다.

그리고, 어른이 되어버린 그녀는 천지이괴다운 방식으로 아이들을 구해냈다.

"그 아이들은 선녀를 만났으니까."

연호진이 조그맣게 말했다.

객잔의 창가에 서서 후원을 내려다보던 소량의 입에 실소가 어렸다. 진유선이 얼굴을 빨갛게 붉히며 '그 아이들이 선녀를 만났다니! 지금 날 놀리는 거지?'라고 주먹을 휘두르고 있었지만 소량은 그것이 부끄러움 때문이라는 것을 잘 알고 있었다.

반면, 자신이 들어도 낯부끄러운 소리를 아무렇지도 않게 꺼낸 연호진은 낄낄대며 진유선의 주먹을 피하고 있었다.

소량은 연호진이 보통이 아닌 것 같다고 생각했다.

'그래도 고맙구나, 아진. 막내가 괴로워하는 모습을 보기 싫었다.'

내심으로 연호진에게 인사를 건넨 소량이 다시 한번 진유선을 돌아보았다. 진유선의 얼굴은 과거처럼 천진하게 돌아가 있었다. 여차하면 막내를 달래줄 생각으로 창가에 서 있던 소량은 객잔 밖으로 나가는 대신 침상으로 걸음을 옮겼다.

아이들의 시간을 방해하지 말자.

그렇게 마음을 먹고 나니 해묵은 생각이 머릿속을 괴롭혔다.

'중용. 중용이라······.'

단 한 번밖에 펼치지 못했던 검로.

어느 마인이 말하길, 천검(天劍)이라 했던가.

그 당시 펼쳤던 검로는 그렇게 불릴 자격이 있었다.

하지만 그것을 다시 펼쳐내지는 못했다. 아직 소량이 경지에 오르지 못한 까닭, 하늘 끝에 이르지 못한 까닭이었다. 하늘은 소량에게 단 한 번의 기회만 허용했을 따름이었다.

'도대체 무엇이 나를 그 검로에 이르게 했을까?'

소량의 머릿속이 복잡하게 헝클어졌다.

사실 소량의 성장에는 참으로 기이한 면이 있었다.

물론 원래부터 천품이 뛰어나고 무재가 남달랐던 터라, 할머니는 소량을 보고 '검기상인은 물론, 검기성강의 경지에도 쉬이 이르리라'고 짐작하곤 했었다.

하지만 거기까지였다.

할머니까지도 소량이 이렇게 젊은 나이에 환골탈태를 겪고 양신을 태동하여 하늘 끝을 목전에 둘 줄은 상상하지 못했다. 소량의 성장은 무림의 역사에서도 보기 드물 정도로 빨랐던 것이다.

남궁세가에서 복용했던 청령단(淸靈丹)도 이유가 될 수 있겠고, 혼몽에 빠져 있을 때 복용했던 소림의 대환단도 이유가 될 수 있겠지만 그것만으로는 충분한 설명이 되지 못하리라.

가장 큰 이유는 유영평야에서 얻었던 깨달음일 터였다.

유영평야에서 혈전을 벌일 당시, 소량의 인지 밖에서 한 가지 깨달음이 불현듯 찾아오더니 순식간에 떠나 버렸다. 그것을 실마리 삼아 꾸준히 궁리하고 수련하여 마침내 얻어내기는 했지만, 엄밀히 따졌을 때 단초 자체는 자신의 인지 밖에서 우연히 찾아온 것이나 다름없었다.

그것은 천검을 펼쳤을 때도 마찬가지였다.

마치 하늘이 일부러 기회를 주는 것처럼…….

'아니. 지금은 그것을 생각할 때가 아니다. 그것이 천명인지, 아닌지는 나중에 알게 되겠지.'

소량은 눈을 질끈 감고 다른 생각을 떠올렸다.

그다음으로 떠오른 것은 천지불인(天地不仁)이었다. 마음속의 모든 무게를 버려야 하늘 끝에 이를 수 있고, 때문에 하늘 끝에 오른 이는 인세에 개입하지 않는다.

'천지불인, 정을 버렸으므로 인간을 온전히 하늘의 시선으로 보는 까닭이다.'

만약 천지가 불인한다면 인은 어디에 있는가?

공자는 논어의 술이편에서 이렇게 답했다.

'인이 멀리 있겠는가[仁遠乎哉] 인을 바란다면[我欲仁] 그것은 곧 나에게 있다[斯仁至矣]…….'

생각해 보면 중용에서도 같은 것을 말하는 셈이다. 화살이 과녁에 꽂히지 않는다면 화살을 탓하겠는가, 과녁을 탓하겠는가? 오직 스스로를 돌아볼 뿐이다.

실제로 소량이 천검을 펼칠 수 있었던 것도 스스로의 인생을 반추하는 과정이 아니었던가!

'결국은 나에게 달린 거였어.'

소량의 상념이 천천히 내면 깊숙이 파고들었다.

진아(眞我)를 찾아야 한다. 나의 마음이 바르면 천지도 바르게 되고, 나의 기운이 순하면 천지도 순하게 된다고 했다.

검천존이 등선하기 직전 마지막으로 남긴 말에서 소량은 길을 찾았다. 그리고 지금, 소량은 그 길로 한 걸음 한 걸음씩 걸어나가고 있었다.

2

그로부터 칠 주야가 지났을 즈음이었다.

아미산에서 당가타까지의 짧은 여정이 마침내 끝을 맺었다. 아직 창천존의 죽음을 완전히 떨쳐내지는 못했지만 진유선은 많이 밝아졌고, 연호진 역시 마찬가지였다. 특히 연호진은 소량과의 여정에서 동생을 잃고 세상을 떠돌다 그를 만났던 과거를 반추하는 모양이었다.

"떠날 때 모습 그대로로구나."

소량이 성도(成都)를 한번 훑어보며 말했다. 성도만큼은 아직 혈마곡의 손이 닿지 않았으므로 예전의 모습을 유지하고 있었다.

다만 오가는 무림인들의 얼굴만큼은 어둡기 짝이 없었다. 송이 망하고 원이 들어설 때에도, 원이 망하고 명이 들어설 때에도 무림이 이 정도로 수세에 몰린 적은 없었다.

만약 무림맹이 혈마곡에게 패한다면 어떻게 되겠는가!

정도 무림은 마도천하(魔道天下)를 맞게 된다.

아니, 어쩌면 무림 자체가 끝을 고할지도 모를 일이었다.

"빨리 가자, 큰오빠. 할머니 빨리 보고 싶어."

유선이 발을 동동 구르며 말했다.

무창의 모옥에서 할머니를 마지막으로 본 이후로 진유선은 한 번도 할머니를 보지 못했다. 당가타로 갈수록 가슴이 두근두근 뛰는 것은 어쩌면 당연한 일일지도 모른다.

공연히 눈물이 날 것 같기도 했다.

잘 기억은 안 나지만, 할머니와 오빠들은 '옛날엔 네가 제일 일 찍 일어나서 할머니부터 찾고 그랬어'라고 말하곤 했었다. 나이를 먹고 늦잠꾸러기가 되었을 때는 오히려 할머니가 '일찍 좀 일어나라, 이 못돼 처묵은 지집애야아!'라고 고함을 질렀지만 말이다.

도대체 어째서인지, 그때의 기억이 떠올랐다.

어렸던 그때처럼 할머니의 치맛자락에 얼굴을 부비고 싶었다.

"얼른 가, 큰오빠. 얼른 가!"

진유선이 애달픈 어조로 말했다.

소량은 쓴웃음을 지으며 그런 유선에게 말했다.

"몇 번이나 말했던 것이지만, 다시 말하지 않을 수가 없구나. 할 머니는 몸이 편찮으시다, 유선아. 아마 네 기억 속의 할머니와 는… 좀 다른 모습일지도 몰라."

"그래도 괜찮아. 할머니는 할머니니까."

유선이 또 잔소리냐는 듯한 표정으로 말했다.

소량이 진중한 어조로 재차 경고했다.

"모두 너 충격받지 말라고 하는 소리가 아니냐? 농담을 하는 것 이 아니니 새겨들어야 할 것이다. 마음이 많이 괴로울지도 몰라."

실제로 겪기도 했거니와, 이미 승조와 할머니의 만남을 본 적 있는 소량이었다. 머리로는 '할머니가 매병에 걸리셨다'라는 걸 이해하고 있었지만 가슴으로 느끼는 것은 틀림없이 달랐다. 그 냉소적인 셋째, 승조마저 평정을 잃었을 정도인데 유선은 어떻겠는가!

소량이 엄하게 얼굴을 굳히며 말하자 유선의 어깨가 움츠러들었다. 큰오빠는 함부로 화를 내지는 않지만, 한번 화를 내면 무섭다. 유선에게 있어 큰오빠는 오빠인 동시에 아버지나 다름없는 셈이었다.

"알겠어. 알겠다구."

유선이 재차 말하자 소량이 고개를 두어 번 끄덕이고는 다시 걸음을 옮겼다.

뒤처진 유선이 소량의 등에 대고 혀를 날름 내밀자, 연호진이 점잖게 유선의 팔을 툭 쳤다. '네가 뭔데 상관이야?'라고 투덜거리긴 했지만, 유선은 얌전히 그를 따라 걸음을 옮겼다.

그렇게 걷다 보니 당가타 앞이었다.

"어······?"

옷차림을 단정하게 하고 문지기를 찾아가려던 소량이 놀란 얼굴로 멈칫했다. 작은 책상을 앞에 놓고 근심에 쌓인 얼굴로 앉아 있던 어느 노인도 놀라긴 마찬가지였다.

"진 대협! 은공!"

노인, 아니, 서영권이 벌떡 자리에서 일어나며 외쳤다. 그는 무림맹이 당가타로 이동한 후로도 죽 접객당의 일을 계속하고 있었다. 심지어 무림맹이 패배한 지금도 말이다.

"서영권, 서 대협. 오랜만에 뵙습니다."

소량이 환한 미소를 지으며 가볍게 묵례를 해 보였다.

납죽 엎드려 오체투지를 할까 말까 고민하던 서영권이 절 대신 허리를 절반이나 굽히며 인사를 해 보이고는, 눈물이 그렁그렁 맺힌 눈으로 그에게로 걸어왔다.

"그간 무탈하셨습니까?"

서영권이 소량의 이곳저곳을 살피며 말했다.

소량이 양손으로 손사래를 치며 대답했다.

"저는 무탈하니 염려치 않으셔도 됩니다. 서 대협께서는 그간 무탈하셨는지요? 금천에서 대패하였다는 소식을 들었습니다 만……."

"이 늙은 목숨이라도 바치겠다고 참전하긴 하였지요. 차라리 거기서 죽었더라면 좋았을 것을… 죽지도 못하고 온갖 모진 꼴은 다 보게 되었습니다."

서영권의 눈빛이 어두컴컴하게 변해갔다. 후방에 속해 있던 터라 기진의 영향력에 휩싸이지는 않았지만, 목숨을 건지는 대신 수많은 무인들이 죽어가는 것을 보게 된 그였다.

잠시 뒤, 서영권이 잡생각을 떨치려는 듯 고개를 홰홰 젓고는 다시 소량을 살폈다.

"허어, 어째 은공만 보면 무탈한가 아닌가부터 여쭙게 됩니다. 무공이 경지에 오르셨음에도 어찌나 걱정이 되던지. 물가에 내놓은 아이를 보아도 이보다는 마음이 편했을 겝니다."

스스로의 목숨까지 도외시하고 백성들을 구하려는 협객이라니.

말은 좋지만, 그것을 지켜보는 주위 사람의 심정은 어떻겠는가! 진소량을 잘 알면 알수록 걱정을 하게 되는 것은 어쩌면 당연한 일일지도 모른다.

소량이 쓴웃음을 지으며 '심려를 끼쳐 드려 죄송합니다'라고 중얼거렸다. 그러고는 당가타 내부를 바라보며 한 가지 질문을 던졌다.

"맹주님, 아니, 대백부님께서는 필시 계실 테지요?"

'대백부'라는 말에 서영권의 눈이 부드럽게 휘었다. 천애검협 진소량이 맹주의 조카라는 말이 퍼졌을 때 사람들이 어찌나 놀라고 또 감탄했던지. 맹 내의 사람들은 '과연 핏줄이 어디 가겠느냐'고 떠들거나, '청출어람이다'라고 떠들곤 했었다.

"그럼요. 맹주님께서는 안에 계십니다. 전갈을 보내겠습니다."

천존의 경지에 이른 무인이자 맹주의 조카. 이제 무림맹에서는 그를 무시할 수 있는 사람이 한 명도 없었다.

"아니, 전갈은 보내주시되 찾는 것은 나중에 찾아뵙겠다고 말씀 올려주십시오. 그보다 먼저 찾아뵈어야 할 어른이 있는지라……."

"조모님 말씀이시지요?"

진영화와 어느 정도 교분이 있었던 탓에, 서영권 역시 유월향의 존재에 대해 알고 있었다. 서영권은 '은공의 조모님께서는 귀빈으로서 내당에 있는 접객당에 머물고 계십니다'라고 설명해 주고는, '아니, 제가 직접 안내하겠습니다'라며 말을 이어나갔다.

"은공을 기다리는 사람은 맹주님 말고도 많습니다. 푸흐흐, 그분들께도 미리 전갈을 보내놓으라 이르겠습니다. 무림맹에 한 줄기 서광이 깃드는군요. 암, 그렇고말고요."

서영권이 껄껄 웃고는 소량의 뒤를 바라보며 목례했다.

"지괴 진 여협과 은공의 사제분도 계셨군요. 은공께 인사를 올리느라 예가 늦었습니다. 길을 안내할 터이니 따라오시지요."

서영권이 몸을 돌려 소량과 진유선, 연호진을 안내했다.

이전에도 이미 겪은 바가 있지만, 당가타의 외당은 너무나도 컸다. 사천의 제일호족이라던가! 직계뿐 아니라 방계까지 한 군데 뭉쳐 사니, 알고 보면 당가타 전체가 당씨 일족이 사는 집성촌이라 할 수 있었다.

그러나 외당의 분위기는 평시와는 너무도 달랐다.

마치 전쟁 중인 군영에 와 있는 기분……

한바탕 일대전투를 앞에 둔 탓에 사방에서 예기가 느껴졌다.

그렇게 걷다 보니 어느새 내당이었다. 독룡전을 넘어 직계들이 거주하는 소요당에 이르자 서영권이 주변을 걷는 시비를 붙잡고 '현의선자께서 지금 어디 계시냐'라고 질문을 던졌다.

"제가 알 것 같습니다."

시비에게서 답이 나오기도 전에 소량이 멍한 얼굴로 중얼거렸다. 진유선 역시 마찬가지였다.

어디선가 두부보리죽 냄새가 풍겨오고 있었다.

영화는 조방에 서서 분주히 손을 놀리고 있었다. 강호의 여협을 많이 보았으나 조방에서 직접 요리를 하는 사람은 본 적이 없었으므로 시비들은 어쩔 줄 몰라 하며 그녀를 지켜보았다.

영화는 오히려 불편하다며 시비들에게 자리를 비워줄 것을 청했다.

가주에게 암중으로 명령을 받은 데다가, 소가주께서 현의선자에게 어찌 대하는지를 본 시비들은 그것을 '소마님'의 명령으로 받아들이고는 얌전히 뒤로 물러났다.

이제 영화의 뒤에는 오직 할머니만이 앉아 있을 뿐이었다.

"좋은 냄새……"

할머니가 코끝을 찡긋거리며 말했다.

가슴속에서 무언가 울컥 올라오는 것을 느낀 영화가 죽을 것다 말고 천장을 올려다보았다. 억눌린 한숨으로 신음을 참아낸 영화가 억지로 미소를 지으며 뒤를 돌아보았다.

"향이 제법 괜찮지요, 할머니?"

처음 할머니를 보았을 때는 울음을 참지 못했던 영화였다. 할머니는 얼굴이 일그러져 있었으며, 그토록 귀여워해 주셨던 자신을 기억하지도 못했다.

자신을 기억하지 못한다는 사실에 가슴이 찢어지는 듯했고, 무창의 모옥을 떠난 이후로 할머니가 겪었을 고통이 눈에 선하게 떠올라 통곡이 절로 새어 나왔다.

시비들에게 맡길 수 없어 직접 할머니를 씻기고, 고운 비단 정장을 입혀 드리고, 손수 만든 음식을 올릴 때도 그랬다. 할머니는 너무 작고 너무 연약해져 있었다.

"야, 언니. 참말로 좋은 냄시요."

할머니가 수줍은 얼굴로 말했다.

솥에서 죽을 한 사발 퍼낸 영화가 할머니 쪽으로 다가와 그 앞에 주저앉았다. 조방의 모습은 무창의 모옥과는 달랐지만, 영화는 과거로 돌아온 듯한 착각을 느꼈다.

할머니와 함께 두부보리죽을 끓이던 작은 여자아이였던 그때로, 할머니와 머리를 맞대고 저녁 식사를 고민하고 또 함께 분주히 요리를 하던 소녀 시절의 그때로.

영화가 죽을 조금 퍼서 할머니의 입으로 가져갔다.

할머니는 순진무구한 얼굴로 냉죽 받아먹었다.

"언니네 엄니는 요리를 잘하셨는갑소. 어떻게 끓이면 이런 맛이 난당가."

할머니가 작은 입을 오물거리며 감탄을 토해냈다.

죽을 한 수저 더 뜬 영화가 후후 불며 말했다.

"우리 할머니는 요리 솜씨가 몹시 좋으셨거든요. 어떻게 끓이는 지 알려 드릴까요?"

"야."

"먼저 두부를 이렇게 물을 자글자글하게 해서 끓이는 거예요."

영화는 묘한 기시감을 느꼈다. 언젠가 이 대화를 해본 것만 같았다.

잠시 무언가를 생각하던 영화가 죽을 한 수저 더 떴다.

"그다음에는 소금을 먼저 넣고 조금 더 끓이다가, 두부가 완전히 흐물흐물해지면 보리를 넣는 거예요. 그러면 보리가 익을 때 으깨진 두부가 배어들어서 맛이 고소해지지요."

"아아, 지는 몰랐어라. 왜 보리부터 안 넣는가 했다니께."

영화의 입가에 다시 한번 미소가 떠올랐다.

얌전히 죽을 받아먹던 할머니가 고개를 갸웃했다.

"근디 상으로 안 내가고 조방에서 다 퍼먹어도 되는 거여라? 이러믄 어른들헌티 혼이 나는디."

"간만 조금 보는 건데 뭐 어때요? 여자 팔자가 암만 뒤웅박 팔자라고 해도 조방 밥만 안 굶으면 복 있다 했대요. 아니지, 간 본다는 핑계로 우리끼리 다 먹어버릴까요?"

할머니 입으로 또 한 수저를 밀어 넣던 영화가 멈칫했다.

지금 이 대화를 언제 했었는지 비로소 기억이 난 탓이었다.

"요것이 또 별미여, 별미. 여자 팔자가 암만 뒤웅박 팔자래두 조방 밥만 안 굶으면 복 있다 했어. 자, 한입 묵어봐야. 아니지. 간 본담시구 우리끼리 다 처묵어 버릴까?"

처음 할머니를 만나던 그때 나눴던 대화였다.

"……."

잠시 경직되어 있던 영화가 고개를 모로 돌려 허공을 바라보며 손등으로 눈물을 쓱쓱 훔쳤다. 그러고는 아무렇지도 않은 척 다시 죽을 한 수저 떠서 할머니의 입으로 가져간다.

"할머니, 우리끼리 도망쳐 버릴까? 무창 대신 다른 곳에 가서 평소처럼 텃밭도 일구고, 시장에 내려가서 장도 보고, 좋은 천 떼다가 옷도 해 입고……."

영화가 아무렇지도 않은 듯 평온한 어조로 질문했다. 할머니는 영화가 무슨 말을 하는지 몰랐으므로 고개만 갸웃하며 죽을 받아먹을 뿐이었다.

"그렇게 살까, 할머니? 응? 공기 좋은 곳에서 우리끼리 그렇게 살까?"

"시방 나는 울 아부지 만나러 가야 혀서 못 가오. 그리고 언니한테도 오라버니가 있다고 그러지 않었소? 가더라도 같이 가야지 혼자 가면 큰일 나야."

영화가 눈을 질끈 감고는 고개를 두어 번 끄덕였다.

"그렇네, 할머니… 오라버니가 안 가려 하겠지? 그리고 당 대협도……."

영화도 알고 있었다. 자신은, 오라버니와 당유회를 두고 떠날 수 없었다. 갑자기 익숙한 목소리가 들려온 것은 바로 그때였다.

"나도 한 그릇 다오. 먼 길 걸었더니 고되구나."

영화가 얼른 고개를 돌려 조방의 입구를 바라보았다. 마치 목공으로 일하던 그때처럼, 소량이 피곤한 얼굴로 조방 앞에 서서

배를 어루만지고 있었다.

소량이 할머니 쪽으로 고개를 돌리고는 푸근하게 웃어 보였다.

"할머니, 저 왔어요. 잘 지내셨어요?"

"소량 오빠! 어? 유, 유선아!"

영화가 놀란 듯 눈을 휘둥그레 뜨며 말했다.

소량의 뒤에는 유선이 서 있었던 것이다.

그와 동시에, 겁을 집어먹은 할머니가 몸을 잔뜩 웅크리며 그녀의 소맷자락을 잡았다.

자리에서 일어나려던 영화가 다시 주저앉고는 할머니의 손을 부드럽게 덮었다.

"할머니, 괜찮아요. 우리 오라버니랑 내 동생이에요."

"어, 어… 야."

'예'라고 대답하긴 했지만 할머니는 바로 고개를 들지 않았다. 이미 사천을 횡단하는 동안 그와 같은 모습을 몇 번이나 보았던 소량은 어색해하는 대신 조심히 할머니에게로 다가갔다.

하지만 유선은 달랐다.

"하, 할머니. 나 유선이……"

무어라 말하려던 유선의 목소리가 조금씩 잦아들었다.

할머니의 얼굴은 생각보다 괜찮았다. 소량 오빠가 '얼굴을 조금 다치셔서 일그러지고 말았다'고 말했을 때 저도 모르게 너무 큰 상처를 상상했던 탓이었다.

할머니가 아프신가, 아프지 않으신가가 문제일 뿐, 그냥 상처만 남은 것이라면 아무렇지도 않게 받아들일 자신이 있었다.

하지만 자신을 보고 겁을 내는 모습은 한 번도 상상해 본 적이 없었다. 마치 자신을 싫어하는 것처럼 두려워하며 고개를 숙일 줄은 정말이지 상상하지 못했다.

'매병에 걸려서 그래. 매병에 걸리셔서 그런 거야.'

유선이 핑 고인 눈물을 쓱쓱 닦아내고는 다시 한번 말했다.

"나야, 할머니. 막내 손주. 막내……"

유선의 목소리는 이번에도 흐지부지 잦아들었다. 꼭 우리 할머니가 아닌 것만 같았다. 우리 할머니가 나를 몰라볼 리가 없다. 나를 보고 겁을 낼 리가 없다……

유선은 뒤늦게 자신이 뒷걸음질 치고 있다는 것을 깨달았다.

소량 오빠가 '미리 말해주지 않았느냐'고 엄하게 눈빛을 보내고 있었고, 영화 언니가 반가움과 애절함이 섞인 눈으로 자신을 바라보고 있었지만 모두 혼란만 가중할 뿐이었다.

이리저리 흔들리는 눈으로 할머니와 주변 사람들을 바라보던 진유선이 갑자기 몸을 홱 돌리더니, 뒤쪽을 향해 달려갔다.

"잠깐! 진 누이!"

연호진이 다급히 외치며 소량을 바라보자, 소량이 쓴웃음을 지으며 고개를 끄덕였다. 어서 따라가 보라는 뜻이었다.

연호진이 소량과 영화에게 고개를 꾸벅 숙여 보이고는 재빨리 유선을 향해 달려 나갔다.

유선의 사라진 자리를 바라보던 소량이 작게 한숨을 내쉬고는 영화를 바라보았다.

"승조는 어디에 있더냐?"

소량이 차분한 어조로 질문을 던졌다.

第六章
무종(無終)

1

　승조는 소요당에서 신양상단의 단주, 이호청과 대화를 나누고 있었다. 뚱한 얼굴로 팔짱을 낀 채로 모른 척 천장을 올려다보는 승조의 모습에 이호청이 몸을 부들부들 떨었다.

　"그게 끝이냐? '죄송하게 됐습니다'라는 한마디가 끝이야?"

　"그럼 어떻게 합니까? 딱 죽게 생겼는데."

　"어떻게든 다른 수를! 다른 수를 냈어야지! 혈마곡의 모든 자금을 빼앗았다고 기뻐 춤을 추었는데! 그걸 전부 중원상단의 아가리에 집어넣고서 뭐? 죄송하게 됐습니다?"

　금협 진승조는 혈마곡에 잠입하여 그들이 가진 자금의 몸통을 알아내는 동시에, 그것을 장악해 모든 사업체와 숨겨진 자금을 자신의 명의로 돌리는 데 성공했다.

　말하자면, 혈마곡의 모든 자금을 빼앗은 셈인 것이다.

　그다음, 진승조는 그 돈으로 자신을 경매에 걸었다. 자신의 목숨을 구하는 자에게 그 자금을 모두 주겠다고 천하의 상계에 공표해 버리고 만 것이다.

승자는 왕소정이 있는 중원상단이었다.

"그, 그거야 뭐… 죄송하게 됐습니다, 단주."

승조가 다시 팔짱을 끼고 모른 체 고개를 돌렸다.

이호청의 표정이 절망으로 물들어갔다. 황금 밭을 발견했다고 생각하고 냉큼 사들였는데 알고 보니 그게 황금이 아니라 똥이었다더라는 소식을 들은 사람의 표정이었다.

"그리고 하필이면 왜 중원상단이야……."

이호청이 양손으로 머리를 감싸 쥐었다. 그 뒤에 있던 임자평이 헛기침을 큼큼 내뱉었다.

"너무 섭섭하게 생각하지 말게. 자네가 생환했다는 소식을 들으셨을 때 가장 기뻐하신 분이 바로 단주님이시라네. 정말로 고생 많았네, 진 행수. 정말 고생 많았어."

승조를 바라보는 임자평의 눈에는 찬탄이 깃들어 있었다. 혈마곡에 들어갔다가 나오기를 제집처럼 하였으니 금협은 그 어떤 무인도 할 수 없는 성과를 거둔 셈이었다.

"그래, 그때는 기뻐했었지. 왜 그랬을까, 내가?"

이호청이 눈을 지그시 감고 심호흡을 했다. 몇 번이나 심호흡을 한 끝에 겨우 마음을 달랜 이호청이 물끄러미 승조를 바라보았다.

그렇게 한참을 보다 보니 입꼬리가 슬쩍 올라간다.

'혈마곡에서 빼앗은 자금을 중원상단에 넘기게 되었으니 얻은 것이 없는 셈이지만… 생각해 보면 꼭 그렇지만도 않구나. 혈마곡과 돈으로 한판 승부를 벌여서 승리한 저놈을 얻지 않았던가? 그만한 재주라면 칠십만 냥과도 바꿀 수 없는 재주지, 암.'

승조가 혈마곡에 잠입하였음을 알게 되었을 때만 해도 노심초
사하며 하루도 잠을 제대로 이루지 못하였던 이호청이다. 승조의
재주를 믿고는 있었지만, 만에 하나 그가 실패하여 처참한 죽음
을 당하면 어찌할까 하는 걱정을 버릴 수는 없었던 것이다.

잠시 뒤, 이호청이 한숨을 푹 내쉬며 말했다.

"뭐, 잘 오긴 했다. 단! 허가 없이 자신을 팔았으니 월봉 깎일
거는 염두에 두고."

"까짓것 부업 하면 되지요. 호위지휘 맹현의 일은 어떻게 되었
습니까?"

"믿을 만한 무림맹의 수뇌부에게 모두 알렸고, 조정 쪽으로는
군부의 대장군에게만 알렸다. 지금 신양상단의 행수들이 모조리
달라붙어 물어뜯고 있으니 오래 버티진 못할 거야. 정체를 알기까
지가 어려워서 그렇지, 정체만 알아내면 놈들은 먹잇감에 불과하
지, 암."

"잘되었군요. 무림맹 측 보급은?"

"넘치도록 해두었다. 넘치도록……."

'넘치도록'이라고 말하는 이호청의 얼굴은 어두컴컴하기 짝이
없었다. 처음에는 맹의 규모에 딱 맞춰 지원을 했는데, 금천에서
의 대패 이후 병력이 많이 줄어 본의 아니게 보급품이 남아돌게
생긴 탓이었다. 이제 신양상단은 빼도 박도 못하게 조정과 무림맹
의 편에 섰다.

만약 이대로 혈마곡이 승리하면?

신양상단은 멸문지화를 겪게 되리라.

"너는 어떻게 생각하느냐? 상단 전체의 명운이 걸린 일이다. 우
리는 모든 것을 무림맹에 투자한 셈이야. 이 일이 잘못 돌아가면

우리는 전 재산에 더해 목숨까지 잃는다."

"우리가 이길 겁니다. 아니, 반드시 우리가 이깁니다."

승조가 단출하게 말하고는 자리에서 일어났다. 이호청에게는 미안하지만, 할머니를 뵈러 가야 할 시간이 다가오고 있었다. 이호청과는 밤에 더 대화를 나눌 생각이었다.

"그럼 저 먼저 일어나보겠습니다, 단주. 칠십만 냥은… 흠, 흠. 너무 아까워하지 마세요. 혈마곡과의 전쟁에서 승리하면 떨어지는 게 좀 될 텐데, 그거 이삭줍기 잘해서 내 메꿔 드릴게. 만약 그게 잘 안 되면… 에이, 까짓 그게 안 되도 내가 벌어준다, 칠십만 냥!"

승조가 호언장담하자 이호청이 푸스스 웃으며 손사래를 쳤다.

"이 이상 손해나 끼치지 마라, 이 쌀벌레 같은 놈아. 가족들에게로 가보려는 게지? 가봐라. 자세한 건 이따가 논의하고."

"그럼 가보겠습니다."

승조가 다시 한번 묵례를 해 보이고는 소요당 밖으로 걸음을 옮겼다.

소요당 밖으로 나와 조방으로 향하던 승조는 누군가를 발견하고는 깜짝 놀라 걸음을 멈추었다. 밖이 소란스러워지는 소리는 들었으나 별로 대수롭지 않게 넘겼는데, 알고 보니 그 소란은 '천애검협 진소량이 당도했다'는 사실 때문에 생긴 모양이었다.

승조의 앞에는 할머니와 큰누이, 그리고 소량 형님이 서 있었던 것이다.

"동에 번쩍, 서에 번쩍하십니다, 형님."

승조가 눈을 질끈 감고는 최대한 아무렇지 않은 척 중얼거렸다.

"놈! 인사부터 해야 되는 거 아니냐?"

소량이 미간을 찌푸리며 말하자 승조가 푸스스 웃으며 머리를 숙여 보였다. 소량의 이곳저곳을 살피느라 인사 대신 탓하는 어조가 먼저 나온 모양이었다.

"그간 무탈하셨습니까, 소량 형님."

"그래. 표형을 뵈러 가는 길인데, 같이 가자꾸나. 그간의 일도 궁금하고. 아! 유선이도 같이 왔는데… 할머니를 보고 좀 놀란 모양이다. 자리를 비웠어."

소량이 조방 쪽을 한번 돌아보며 말했다. 조금 전까지만 해도 소량은 유선을 기다리며 영화와 대화를 나누었다.

서로의 안위를 묻고, 서로가 무탈함에 안도하는 시간이었다.

소량이 금천에서의 일을 묻자 영화는 떨리는 목소리로 많은 죽음을 보았노라고 이야기했다. 그 수많은 죽음을 목도한 고통과 할머니를 만났을 때의 회한도 이야기했다.

소량은 위로 대신, 어렸을 때 자주 했던 것처럼 영화의 머리를 쓰다듬어 주었다.

천하대란을 힘겹게 견뎌낸 탓일까. 영화는 소량을 바라보며 '어떡해'라고 울상을 짓는 대신, 도리어 소량에게 위로를 건넸다. 그녀 역시 나름대로 뜻을 세워 세파를 견뎌내고 있었던 것이다.

두 남매의 해후에는 제법 긴 시간이 걸렸지만, 그래도 유선은 돌아오지 않았다. 조방 쪽을 돌아보던 소량이 쓴웃음을 지으며 고개를 절레절레 저었다.

"유선이가? 유선이는 무탈합니까?"

승조가 고개를 죽 빼고 주변을 살폈다. 막냇동생을 만나지 못한 지도 몇 년이 되었다.

그동안 얼마나 컸을까. 아이가 자라는 속도는 하루하루가 다르니 못 알아볼 정도로 컸을 수도 있다.

"적어도 겉은 다친 데 없이 잘 있더구나……"

소량의 눈빛이 씁쓸하게 변해갔다. 천괴 창천존 노선배를 잃었으니 마냥 잘 있다고 말할 수도 없었다. 거기다 할머니를 받아들이는 시간도 필요할 테고 말이다.

"일단 가자. 표형이 무탈하신지 궁금하다."

"표형은 많이 나았습니다. 여담이지만 그동안 고모님이 속을 많이 썩으셨겠습니다. 그 형님, 술꾼이에요. 곽 의원이 술병 뺏느라 고생이 많으십니다."

"표형께서 무탈한 것이야 이미 듣기는 했다만… 직접 뵈야 하지 않겠느냐? 그렇게 보내놓고 걱정을 이만저만한 것이 아니었다."

승조가 '그야 그렇지요'라며 고개를 끄덕였다. 내심으로는 당장에라도 유선을 찾아 멀쩡한지 아닌지 확인하고 싶었지만, 승조는 일단 소량 형님의 말대로 함께 표형을 찾아뵈러 가기로 했다. 형님은 아무래도 막내에게 시간을 주려는 모양이었다.

그렇게 생각을 돌리고 보니 무언가 떠오르는 것이 있었다.

"이제 보니 형님은 표형만 걱정되는 것이 아니었군요?"

"응? 그게 무슨 소리냐?"

소량이 의아한 얼굴로 돌아보자 승조의 눈이 가늘어졌다.

"남궁세가가 머무는 접객당 바로 옆에는 제갈세가가 같이 묵고 있지요."

소량이 대답 대신, 고개를 절레절레 젓고는 걸음을 옮겼다.

소녀가 되어버린 할머니의 손을 꼭 잡고 걸어가던 영화가 '그거였냐'는 듯 소량을 바라보았고, 승조의 입가에 어린 미소는 조금 더 짙어졌다. 심지어 할머니까지도 호기심을 드러냈다.

"군병님, 거기에 뭐가 있기에 그라요?"

"아무것도 아닙니다, 할머니. 때가 되면 소개해 올릴게요."

소량이 머쓱한 어조로 중얼거리고는 걸음을 옮겼다.

하지만 몇 걸음 걷지 않아서 입가에 미소가 떠오른다.

안온했다.

혈마곡이 벌인 천하대란에서 무림맹의 패색이 짙어지고 있었거니와, 아직 넷째 태승이도 찾지 못한 지금이다. 천겹을 이루는 것을 목표로 삼아 궁리하고 있는 지금이고, 무겁게 내려앉은 천명에 짓눌려 숨도 제대로 쉬기 힘든 지금이다.

심지어 그가 있는 곳도 전쟁 직전의 군영이나 다름없는 곳 아니던가!

하지만 그럼에도 불구하고 소량은 안온함을 느꼈다.

소량은 조금씩, 조금씩 안온함에 젖어들었다.

그것이 폭풍 전야의 고요라는 것을 알면서도 그랬다.

2

소량의 표형, 남궁성은 안타깝게도 잠에 빠져 있었다. 무공을 잃은 데다가 이미 적지 않은 내상을 입었으므로 하루에도 몇 번씩 깊은 잠에 빠져들곤 한다는 것이 영화의 설명이었다.

사실, 술을 찾는 것도 그래서였다.

지독한 고통과 고통을 넘어서는 상실감……

무인이 무공을 잃는다는 건 그런 의미였다.

대신, 소량은 곽호태를 만날 수 있었다.

"소량이 곽 의원께 인사 올립니다. 그간 무탈하셨습니까?"

소량은 곽호태를 보자마자 깊게 머리를 숙여 예를 표했다. 그의 목숨을 벌써 두 번이나 구해준 은인이니 예를 표하지 않을 수가 없는 것이다.

건물을 나와서 연대에 연초를 밀어 넣고 있던 곽호태가 소량을 바라보며 쓴웃음을 지었다.

"재수 좋게 무탈했네. 나 같은 사람보다 자네 같은 사람이 무탈하여야지. 푸흐흐, 다시 보니 좋구먼. 멀쩡해 보이기도 하고."

곽호태도 금천에서 벌어진 대회전에 참여했었다.

후방에서 환자를 돌보는 것이었지만, 그의 의술과 그가 준비해 간 약 덕택에 수많은 사람이 목숨을 건졌으니 누구보다 큰 공을 세웠다 할 수 있었다.

연초를 모두 밀어 넣은 곽호태가 은근슬쩍 소량의 일행을 바라보았다. 이미 전대의 무림인들과 인연이 있어 진무신모의 정체를 알고 있던 곽호태가 머리를 숙여 인사를 건넸다.

그다음에는 승조와 영화를 바라본다.

"진무신모야 원래 남궁세가와 함께 묵으셨으니 그렇다 치고… 어디 보자. 금협께서는 문병을 온 모양이고 현의선자는 할머니를 모시느라 함께 온 것 같은데."

"예, 스승님."

최근 들어 그에게 의술의 가르침을 청하고 있는 영화가 다소곳하게 머리를 숙이자 곽호태가 쓴웃음을 지었다.

"몇 가지 잔기술 가르쳐 준 것 가지고 스승은 무슨. 현의선자께서는 그리 부르지 말게. 이 말도 몇 번을 했는데 듣지를 않아."

영화가 절망한 얼굴로 눈을 질끈 감았다.

그러나 그녀 역시 진씨, 고집 하나는 억세기 짝이 없었다.

"죄송합니다… 스승님."

곧 죽어도 스승이라고 부르는 모습에 곽호태가 손사래를 쳤다.

그러고는 소량을 바라보며 어깨를 으쓱해 보였다.

"다른 사람들은 이곳에 온 이유를 알겠는데, 자네만 모르겠어. 자네의 표형은 지금 혼절해 있으니… 여기가 아니라 옆 건물로 가 봐야 하는 것 아닌가?"

승조와 영화, 할머니의 시선이 또다시 소량에게로 향했다.

소량이 난감한 표정으로 머뭇거리자 영화가 한숨을 폭 내쉬었다. 집에서는 온화하게 굴다가도 일이 생기면 야무지게 잘 처리하던 오라버니였는데, 밖에서는 별로 안 그런 모양이었다.

영화가 할머니의 손을 잡고 걸음을 옮겼다.

"우리는 들어가요, 할머니. 승조 너도 따라오고."

"예, 누이! 우리 큰누이가 그러라면 그래야지요."

승조가 '이러다가 형수 될 분 애가 닳겠어'라고 중얼거리며 얼른 영화의 뒤를 쫓아 접객당 안으로 걸음을 옮겼다.

"하여간 저 녀석 말본새하고는……."

소량이 못마땅한 듯 승조의 뒷모습을 바라볼 때였다.

연초를 뻑뻑 태우던 곽호태가 푸스스 헛웃음을 지었다.

"자네 동생 말이 맞아. 이러다가 자네 내자 될 사람 애닳아 죽겠네. 아는가? 나름대로는 시댁 식구들에게 잘 보이려는지 하루에도 몇 번씩 남궁세가를 찾아와 애교를 부렸다네."

소량이 작게 감탄하며 제갈세가가 있는 건물을 돌아보았다. 자신이 돌아보지 못하는 사이 가족들을 찾아와 주었다니 고맙기도 하고 기쁘기도 한 탓이었다.

"특히 진무신모께 참 잘해. 자네 누이를 보고 뭐가 떠오르기라도 한 건지, 요즘엔 요리도 제 손으로 하곤 하는데, 먹을 만하다

싶으면 자네 조모님께도 선보이고 그런다네. 자네 조모님께서는 맛없다고 남몰래 투덜대시지만."

"죄송하지만… 먼저 물러나도 되겠습니까?"

"으허허허!"

곽호태가 껄껄 웃고는 손사래를 쳤다.

소량은 연통을 탁탁 털어 재를 비워내는 곽호태에게 묵례를 해 보이고는 제갈세가가 머무는 곳으로 걸음을 옮겼다.

몇 걸음 걷기도 전에 소량의 귓가에 자그마한 전음성이 들려왔다. 소량으로서는 너무나도 오랜만에 듣는 목소리였고, 내내 그리워했던 목소리였다.

[저는 후원에 있어요, 진 가가.]

전음을 들었음에도 불구하고 소량은 바로 후원으로 향하는 대신, 제갈세가가 머무는 접객당을 물끄러미 올려다보았다. 제갈세가의 가주의 기운은 느껴지지 않았지만, 소가주 제갈현중의 기운은 느낄 수 있었다.

원한다면 들어가 인사를 남길 수 있으리라.

"……"

무슨 생각을 한 것일까?

소량은 접객당에 드는 대신, 후원으로 걸음을 옮겼다.

소요당의 후원은 크다기보다는 소담스럽다는 표현이 어울리는 곳이었다. 작은 소로를 통해 가산(假山)이 있는 내전의 후원과 이어지는데, 돈이 많이 들기로 유명한 후원을 이렇게 크게 꾸며놓은 것을 보면 당가의 위상이 얼마나 높은지 알 수 있으리라.

"하하……"

후원에 들어선 소량의 입꼬리가 슬쩍 올라갔다. 처음에는 희미하게 보이던 미소는 점점 더 커지고 커져 마침내는 큰 웃음으로 변해갔다.

"하하하!"

후원의 한가운데에는 비단 정장을 입은 제갈영영이 제법 큼지막한 바위를 짚고 서 있었다. 소량이 온 것을 알고 그 짧은 시간에나마 준비를 열심히 했는지, 제법 신경을 쓴 티가 났다.

제갈영영은 소량을 보자마자 그 품에 달려와 안겼다.

"진 가가!"

설마하니 보자마자 달려와 품에 안길 줄은 몰랐던 소량이 놀란 듯 눈을 휘둥그레 떴다가, 이내 부드럽게 눈꼬리를 휘며 그녀를 마주 안았다. 그녀의 작은 체구가 긴장으로 파르르 떨리는 것을 느낀 소량이 희미하게 미소를 지으며 그녀의 등을 두드렸다.

"돌아왔소, 제갈 누이. 내가 너무 늦었구려."

"음, 그거 말고요."

"그거 말고?"

소량이 의아한 어조로 반문하자 품에 안겨 있던 제갈영영이 고개를 빼꼼 들고 그를 올려다보았다. 그리고 장난스러운 표정을 지으며 고개를 주억거린다.

"네, 그거 말고요. 저는 다른 말을 기다리고 있어요."

잠시 뒤, 생각에 잠긴 얼굴로 서 있던 소량이 어색한 어조로 입을 열었다.

"…보고 싶었다는 말이면 되겠소?"

"좀 부족하지만 그 정도면 괜찮네요."

제갈영영이 배시시 웃으며 고개를 끄덕이고는 소량의 품에서 빠져나왔다. 그러고는 상기된 얼굴로 그를 올려다보며 '잠시 걸을

까요?'라고 제안했다.

두 남녀는 산보하듯 후원을 걸으며 대화를 나누었다. '그동안 어떻게 지냈느냐, 다친 곳은 없었느냐'는 제갈영영의 질문에 소량은 짧게나마 지난일들을 이야기해 주었다.

별로 꺼내고 싶지 않은 화제였으므로 소량의 말수는 적었지만, 먼저 무림맹에 도착한 사람들로부터 소량의 이야기를 전해 들은 바 있던 제갈영영은 괘념치 않았다. 그다음에는 소량이 제갈영영에게 어떻게 지냈는지 물을 차례였다.

제갈영영은 금천의 대회전에 참여하지 않았다고 말했다. 그녀를 끔찍하게 아끼는 제갈세가의 가주가 거의 가둬놓다시피 한 까닭이었다. 그 후에는 부상자들을 치료하는 일을 돕고, 무림맹의 운영에 필요한 잔일들을 돕는 등 나름대로는 열심히 지낸 모양이었다.

제갈영영은 '그러는 동안 진 가가의 가족들과도 친해졌다'며 웃었다.

소량은 문득 궁금증을 느꼈다.

"그러고 보니 내가 떠나갈 때만 해도 무림맹에는 영화와 유선이가 있었지. 훗날 승조가 할머니를 모시고 왔을 테고… 내 동생들은 어떤 느낌이었는지 물어봐도 되겠소?"

"진 가가도 참. 그게 뭐 어려운 거라고 그렇게 어렵게 물어봐요? 막내 아가씨부터 말씀드릴까요?"

'아가씨'라는 표현에 소량이 실웃음을 지었다.

"막내 아가씨는 귀여워요. 개구지고, 장난기도 많고. 이런 표현은 어떨지 모르겠지만, 제 어린 시절이랑 꼭 닮았어요. 옛 생각이 많이 나서 함께 지내는 것이 즐거웠지요. 진 가가께서는 모르시겠지만, 막내 아가씨는 저를 아주 좋아한답니다."

제갈영영의 표정이 흡족하게 변해갔다.

특히 자신을 '새언니'라고 호칭한다는 점이 마음에 들었다.

"그러다가 승조 도련님을 만났는데… 그거 아세요? 승조 도련님은 천재예요. 나 같은 가짜가 아니라, 진짜 천재."

제갈영영이 반짝반짝 눈을 빛냈다.

무림맹으로 돌아온 승조는 수뇌부의 대대적인 환영을 받았다. 무림맹의 수뇌부는 그가 혈마곡의 자금줄을 모조리 끊어놓고 왔다는 것을 알고 있었던 것이다.

그 뒤로 승조는 무림맹의 운영을 돕고 자금을 모아 사천의 구휼을 계속했는데, 제갈영영은 짜낼 곳이 없는 예산에서 턱턱 돈을 만들어내는 승조의 재주에 크게 감명을 받은 상태였다.

소량은 제갈영영의 목소리가 노랫가락 같다고 생각했다. 처음에는 호기심을 채우기 위해 질문을 던진 것이었지만, 이제는 그냥 그녀의 목소리를 듣는 것 자체가 좋았다.

"그럼 영화는? 영화는 어떤 느낌이었소?"

"아아, 큰아가씨는… 큰아가씨는 사람이 아니에요."

제갈영영의 입에서 우울한 한숨이 새어 나왔다. 큰아가씨는 인자하고 온화한 성품을 가지고 있거니와, 행동거지 하나하나가 소박하면서도 기품 있는 사람이었다. 더 무서운 것은 그것이 의식적으로 만든 것이 아니라 본능적으로 나오는 행동이라는 점이었다.

거기다 그 미모는 어떠한가! 자신도 어디 가서 못생겼다는 말은 못 들어봤는데, 큰아가씨와 비교하면 동경 속 자신의 모습이 평범하게 느껴질 정도였다.

"요리도 잘하고, 성격도 좋고, 예쁘고. 그런 사람이 현실에 존재해서는 안 되는 거 아니에요? 어디 이야기 속에서 튀어나온 사람

같아. 심지어 할머님은 큰아가씨 요리만 좋아하신다고요. 제가 한 건 거들떠도 안 보세요."

소량은 제갈영영의 손을 흘끔 내려다보았다. 요리를 배운 지 얼마 되지 않은 탓에 서투른 손에는 작은 생채기가 나 있었다. 아마 식도를 잘못 놀려 손을 베인 모양이었다.

제갈영영의 손을 바라보던 소량이 가볍게 그 손을 잡아갔다.

"아가씨에 도련님에 할머님까지… 호칭만 보면 혼인한 지 십 년은 넘은 것으로 알겠소."

"어……."

말문이 막힌 제갈영영이 조심스레 소량을 살폈다. 원래 언행이 진중하고 예법에 엄한 데가 있는 진 가가였다. 자신의 속내조차 쉽게 드러내질 않으니 가끔은 진 가가가 답답할 때도 있었다.

우울한 날이면 '혹시 진 가가는 나를 별로 좋아하지 않는 것이 아닐까, 내가 하도 달려드니까 어쩔 수 없이 받아준 것이 아닐까' 하는 걱정을 한 적도 많았다.

하지만 소량의 얼굴을 살피다 보니 그런 걱정이 사라진다. 특히 자신의 손을 맞잡은 든든한 손에서 느껴지는 온기가 말보다 많은 것을 전해주었다. 제갈영영은 그때에야 소량의 말이 농담이었음을 확신할 수 있었다.

그로부터 일다경 동안, 두 남녀는 말없이 후원을 거닐었다.

조금 전에 꺼냈던 화제가 일상의 전부였더라면 얼마나 좋았을까. 이처럼 서로와 함께 후원을 거닐고, 가끔은 싸우고, 또 가끔은 화해하며 그렇게 살아갈 수 있으면 얼마나 좋을까.

그러나 지금, 그들의 앞에는 혈마곡이 있었다.

"대백부님은 만나셨어요?"

"아직 만나뵙지 못했소. 할머니와 영화, 승조를 보고 바로 이리로 온 참이니. 오래 지나지 않아 전갈이 오겠지."

"어쩌면 늦을 수도 있을 거예요."

"전갈이 늦을 수도 있다?"

소량이 어째서냐는 듯한 표정으로 제갈영영을 바라보았다.

제갈영영이 말을 이어나갔다.

"천하무림의 명운을 건 승부는 무림맹의 패배로 끝났어요. 큰 도련님께 자금을 빼앗긴 탓에 혈마곡의 움직임이 멈췄고, 진 가가께서 사천의 생존자를 끌어온 덕택에 새로운 기회가 생겼지만 그래도 패배했다는 사실은 변하지 않지요. 지금은 대등한 상태에서 생사를 결한다기보다는 불리한 상태에서 역전을 꿈꾸는 것이나 다름없어요."

만약 그 싸움에서마저 패한다면 마도천하(魔道天下)가 된다. 정도무림은 멸망의 길에 들어서 명맥조차 잇지 못하게 될 테고, 혈마곡은 무림을 넘어 황궁을 엿보게 되리라.

"말 그대로 백척간두에 서 있는 셈. 상황이 이러하니 아버님과 맹주님께서는 매 순간 전략을 구성하고 매 순간 회의를 하고 있어요. 아마 늦은 저녁이나 되어야 진 가가를 부르게 될 거예요, 제 짐작에는."

소량의 손을 마주 쥔 제갈영영이 긴장한 듯 손가락에 힘을 주었다. 소량이 위로하듯이 손가락으로 제갈영영의 손등을 쓰다듬었다.

그 손길을 느낀 제갈영영이 희미하게 웃어 보였다.

"하지만 난 사필귀정이라는 말을 믿어요. 진 가가도 믿고요. 나는… 나는 이후의 일을 상상할래요. 이 모든 일이 끝난 후, 천하가 안전해진 후에 생길 일들을."

소량의 표정이 어두컴컴하게 변해간 것은 바로 그때였다.

소량 역시도 그녀처럼 이후의 일을 상상하고 싶었다. 태승이까지 찾아 가족들이 모두 모이는 순간을, 제갈영영과 함께 세월을 보내고 마침내는 늙어가는 순간을.

하지만 소량에게는 아무에게도 말하지 않은 비밀이 하나 있었다.

모든 것을 버리고 하늘 끝에 오르는 대신, 인간으로서 하늘 끝에 오른다면? 여태껏 아무도 가보지 않은 길을 걸어 전인미답의 경지에 오른다면?

그렇게 된다면, 돌아올 수 있을까……

"모든 일이 끝나고, 내가 무사히 돌아오면 제갈 누이의 말대로 될 거요. 하지만 만약 내가 돌아오지 못한다면……"

소량이 제갈영영의 손을 놓으며 말했다.

"나를 기다리지 마시오."

처음에 소량은 제갈영영과 정을 끊으려 했었다. 돌아오지 않을 터이니 기다리지 말라고 차갑게 말함으로써 오히려 그녀에게 여지를 남기지 않으려 했다.

그게 그녀를 위하는 길이라고 생각했다.

하지만 막상 그녀의 얼굴을 보니 그렇게 할 수가 없다. 혈마의 손에 죽음을 맞든, 그게 아니면 하늘 끝에 오르든 작은 기억 하나만은 남겨놓고 싶었다.

이기적인 생각이었다.

"……"

멍하니 소량을 바라보던 제갈영영이 고운 아미를 아래로 숙였다. 그녀는 하늘 끝에 대한 생각은 조금도 하지 못하였고, 오로지 소량이 혈마에게 패했을 경우를 염려한다고 생각했다.

사실, 그녀도 이기적인 생각을 해보지 않은 것은 아니었다. 영화처럼, 그녀 역시 세상이 어찌 되든 진 가가를 설득해서 도망을 쳐버리고 싶었다.

그러면 적어도 그들 둘은 살 수 있을 테니까.

하지만 진 가가는 그럴 수 있는 사람이 아니었다. 그리고 지난 금천에서의 패배가 어떻게 이루어졌는지를 아는 제갈영영 역시, 자신에게 해야 할 일이 있다는 것을 알고 있었다.

'어쩌면 나도 같은 부탁을 드리고 싶은지도 모르지요.'

제갈영영이 서글픈 얼굴로 생각하고는 고개를 들었다.

"아, 오늘 저녁 식사는 제가 대접할게요. 조방으로 가요."

제갈영영이 짐짓 활기차게 말하며 다시 소량의 손을 잡아챘다. 처음에는 무어라 말하려 했지만, 소량은 결국에는 입을 다물고 그녀가 이끄는 대로 따라갔다.

3

제갈영영의 추측은 정확한 것이었다. 대백부님으로부터의 전갈은 저녁 식사가 끝나고도 두 시진이 지난 후에야 당도했던 것이다.

더 정확히 말하면, 제갈영영을 접객당으로 들여보낸 소량이 청성파의 운송자를 찾아 술 한잔을 기울이고 있을 즈음이었다.

소량과 운송자의 술자리는 차분하고 또한 고요했다.

진무십사협에 대한 술회와 앞날에 대한 걱정이 공존하는 술자리였던 탓이다.

소량이 진무섭사협의 복수를 홀로 담당했다는 것을 이미 알고 있는 운송자였지만, 그는 '고맙다'는 말 대신 소량 대신 석 잔의 술을 마셨을 뿐이었다. 그 석 잔의 술은 천 근 무게보다도 무거웠고 활활 타오르는 불길만큼이나 뜨겁고 괴로웠다.

운송자가 석 잔의 술을 마신 이후부터는 담담한 대화가 주를 이루었다. 간간히 흑수촌에서의 추억을 꺼내며 웃었고, 죽음 하나하나가 생각날 때는 씁쓸한 얼굴로 술잔을 비웠다.

그렇게 네 병의 술병을 모두 비울 때쯤, 서영권이 찾아왔다.

소량이 난감한 얼굴로 운송자를 돌아보았다.

"보셨으니 아실 테지. 아무래도 이만 가봐야 할 모양이오."

"가보십시오, 진 대협."

운송자가 쓴웃음을 지으며 자리에서 일어나더니 선사에게 하듯 정중하게, 그리고 너무나도 길게 읍을 해 보였다. 이제는 친구가 되었으므로 가벼운 예로도 충분했겠지만, 적어도 지금 이 순간만큼은 큰절을 하고 싶었던 운송자였다.

씁쓸한 얼굴로 운송자를 바라보던 소량이 마주 예를 취하곤 건물을 나섰다.

무림맹주 진무극이 거하는 독룡전의 내실에는 맹주와 제갈세가의 가주, 제갈군 둘만이 있을 뿐이었다. 소량은 가장 먼저 정중한 태도로 진무극에게 인사를 올렸다.

진무극이 피곤한 얼굴로 미소를 지어 보였다.

"그래, 그래. 무사히 돌아올 줄 알았다. 무사히 돌아올 줄 알았어."

"대백부님께서 염려해 주신 덕분입니다."

"…결국에는 네가 어머니를 모셔왔더구나."

이제 진무극도 소량의 삶이 어떠했는지 안다. 자신의 어머니와 함께 살던 어린 고아였던 그를 알고, 그녀를 찾아 남궁세가로, 무림맹으로, 사천으로, 청해로 떠돌았던 그를 안다.

그리고, 소량은 마침내 할머니를 찾아 모셔오고야 말았다. 진무극이 그토록 해내고자 했음에도 하지 못했던 일을 소량은 죽을 고생을 다한 끝에 해내고 만 것이다.

"고맙구나, 아량."

진무극은 고맙다는 말 외에는 다른 말을 하지 않았다. '빚을 졌다' 같은 말을 꺼낼 수도 있었겠지만, 그것은 오히려 소량을 무시하는 말이 될 터였다.

그는 자신을 대신해서 어머니를 찾은 것이 아니라, 손자로서 할머니를 찾은 것.

할머니를 찾고 가장 기뻐한 사람은 다름 아닌 소량이었을 것이다.

"고생이 많았겠지? 미안하다. 진심으로 미안하구나."

"할머니를 찾은 것으로 모두 잊었습니다."

진무극의 마음을 아는 소량이 작게나마 미소를 지어 보였다.

제갈군이 헛기침을 큼큼 내뱉은 것은 바로 그때였다.

"어흠, 험."

진무극과 소량의 시선이 동시에 제갈군에게로 돌아갔다. 제갈군의 얼굴은 그야말로 수척하게 변해 있었다. 피로도 피로지만, 금천에서의 패배가 남긴 타격이 너무 컸던 탓이었다.

"해후를 방해해서 미안하지만, 당금 마주한 일이 보통 일이 아니니 이해해 주게."

"하문하십시오, 군사 어른."

소량이 대백부에게 하듯 정중한 태도로 말했다.

제갈군이 기이한 안광을 빛내며 질문을 던졌다.

"혈마, 그리고 마존과의 싸움은 어떻게 되었나?"

혈마곡의 천하대란은 두 갈래로 이어진다. 하나는 삼천존, 천애검협과 혈마를 위시한 마존들의 혈투고, 나머지 하나는 병력 대 병력의 싸움이다.

후자는 패배로 끝났지만 전자는 어떠할까.

"이야기가 깁니다……."

소량이 작게 한숨을 내쉬고는 설명을 시작했다.

먼저, 십이마존 중에 살아남은 자는 그리 많지 않다. 검마존은 유영평야에서, 도마존은 흑수촌에서 목숨을 잃었고 음마존은 대읍에서 소량에 의해 죽음을 맞았다.

진무십사협의 복수행로 당시, 소량은 혈마곡의 삼관을 돌파하며 두 명의 마존을 더 베었고, 구룡현의 참사를 마주하였을 때는 부마존의 목숨을 거두었다. 십이마존의 절반을 소량 혼자서 상대한 셈, 혈마곡이 소량을 철천지원수로 여기는 것은 당연한 일이라 할 수 있었다.

"저를 도우러 대읍으로 오셨던 삼천존께서 또한 세 명의 마존을 베었으니 남은 것 역시 세 명뿐입니다. 짐작컨대, 삼천존께서 청해를 누비시며 혈마곡의 세를 깎았으니 이제 마존이라는 이름은 큰 위협이 되지 못할 듯합니다."

"하면 혈마는?"

소량이 눈을 질끈 감았다. 혈마를 마주하였던 검천존은 하늘 끝에 올라 인간으로서 완벽해졌으나 창천존은 하늘 끝에 오르는 대신 혈마의 손에 죽음을 맞고 말았던 것이다.

"검천존께서 하늘 끝에 오르셨다… 혈마를 베지 않고서?"

"그러합니다."

"으으음."

소량의 이야기를 들은 제갈군이 기음을 내며 진무극을 돌아보았다.

만약 진무극에게 '하늘 끝에 오른 사람은 인세에 개입하지 않는다'는 말을 듣지 못했다면 지금쯤 소량의 말을 이해하지 못하고 헤매고 있었으리라.

'허! 맹주께서 혜안을 가지고 있었던 것이로군. 천애검협을 인간의 자리에 주저앉히는 것은 무엇보다도 중요한 일이었어. 만약 도천존이나 천애검협이 검천존처럼 혈마를 베지 않고 하늘 끝에 오른다면 인세는 어떻게 되겠는가?'

제갈군은 마침내 귀곡자와 같은 결론에 도달했다.

천애검협은 하늘 끝에 올라서는 안 된다.

제갈군이 눈을 질끈 감고 잠시 심호흡을 했다.

"…그렇다면 이제 우리에게 남은 건 도천존 단 노사와 자네뿐이로군. 일이 복잡하게 꼬인 셈이야. 무림맹과 혈마곡의 전쟁도, 삼천존과 혈마의 전투도 모두 어렵게 되었으니."

잠시 뒤, 제갈군이 천천히 눈을 뜨며 말했다.

생각에 잠긴 얼굴로 서 있던 소량이 질문을 던졌다.

"앞으로의 맹의 계획은 어찌 되는지요?"

제갈군은 바로 대답하는 대신 고개를 절레절레 저으며 북측 벽면으로 걸음을 옮겼다. 벽면에 매달린 커다란 지도를 물끄러미 바라보던 제갈군이 나지막한 어조로 중얼거렸다.

"처음에는 혈마곡과의 전선을 고착시키려 했네. 사천을 틀어막은 후, 우리의 세를 재정비하고 황군을 동원하여 다시 놈들을 상대하려 했지. 하지만 내가 아는 것은 귀곡자도 알아. 놈들은 정확히 우리가 원한 것과 반대로 움직이고 있네."

말하자면 무림맹은 장기전을 노린 셈이고, 혈마곡은 속전속결을 원한 셈이다.

결과는 다르지만 그것을 도출해 낸 과정은 같았다. 제갈군과 귀곡자는 한 번도 서로를 보지 못했음에도 불구하고 누구보다도 상대를 잘 알고 있었던 것이다.

"황군이 움직였더라면 좋았겠지만, 지금도 조정은 거병을 하려 하지 않아. 무림맹은… 버리는 패가 된 셈이지. 젠장!"

제갈군이 이를 빠드득 갈고 욕설을 몇 마디 내뱉었다.

그러고는 고개를 절레절레 저으며 지도의 한 점을 가리켰다.

"가장 최근에 얻은 정보에 따르면, 혈마곡은 모든 병력을 한 점에 집중하고 있다더군."

쌍류(雙流)와 미산(眉山)사이의 녹야평(綠野平).

제갈군은 바로 그곳을 가리키고 있었다.

제갈군의 설명은 거기서 끝났지만, 소량은 거기서 천하대란의 모든 상황을 유추할 수 있었다.

무림맹에게서 승리를 거둔 혈마곡은 사천의 서북부를 장악하는 데 성공했다. 그리고 그 경험을 바탕으로 정도 무림을 세상에서 지워 버릴 대전투를 준비하고 있었다. 또한 그들은 다음 계획, 즉, 사천을 기반으로 삼아 중원 전체를 장악할 계획을 짜고 있으리라.

하지만 혈마곡과 달리, 무림맹에는 후속 대책이 없다. 이번의 전투에서 패배하면 정도 무림은 반격은커녕, 오직 명맥을 잇는 것만을 목표로 삼아 도주해야 하는 것이다.

뒤이어 천하가 전쟁의 화마에 휩싸일 것은 자명한 일이었다.

한동안 장내에 묵직한 침묵이 감돌았다.

지도를 바라보며 상념에 빠진 제갈군도, 그의 설명으로 인해 천하의 어두운 앞날을 내다보게 된 소량도, 그런 소량을 바라보는 진무극도 말이 없었다.

"전략은 수립되었습니까?"

침묵을 깬 것은 다름 아닌 소량이었다.

지도를 바라보던 제갈군이 소량에게로 고개를 돌렸다.

"지난 패배는 전략의 실패로 인한 것이 아니었네. 진법… 천산노옹이 만들고 그 제자가 개량했다는 진법 탓이었어. 부끄러운 일이지만, 와룡의 후손이라는 우리조차 그 진법의 파훼법을 찾아내지 못했네."

제갈군의 얼굴에는 좌절감이 가득 떠올라 있었다. 가장 자신 있는 분야에서 패배를 당하고 말았으니 그로서도 자괴감을 느끼지 않을 수가 없는 것이다.

"때문에 기본적인 전략은 요격일세."

"요격?"

"녹야평을 우회해서 진법의 주재자가 있는 후방의 지휘부를 직접 타격한다는 것일세."

제갈군이 손가락으로 녹야평의 좌측을 가리켰다.

"진법에 대해 잘 알고 있는 자가 필요하니 내가 직접 갈 생각일세. 지휘부를 호위하는 병력이라면 보통이 아닐 터! 자네의 대백부님은 맹주인지라 함께하지 못하겠지만, 청성파의 일검자가 함께 동행하기로 했네. 물론 그것으로도 부족하겠지만……."

혈마곡의 지휘부가 있는 곳이라면 혈마, 그자도 함께 있을 가능성이 크다.

소량이 차분한 어조로 읊조렸다.

"…저도 그쪽으로 합류하겠습니다."

제갈군이 푸흐흐 웃음을 터뜨렸다.

바야흐로 두 갈래로 진행되던 천하대란이 한 줄기로 묶이는 순간이었다.

"하하하! 자네가 그렇게 말할 줄 알고 있었네. 좋아, 좋아. 든든하군. 이틀 뒤, 무림맹은 본진을 성도 남쪽으로 이동시킬 걸세. 그리고 보름 뒤, 그곳에서 출병식을 가지고 녹야평으로 이동을 하게 될 거야. 우리는 그때에 병력과 떨어져 우회를 시작할 터이니, 그리 알면 될 걸세."

소량이 천천히 고개를 끄덕일 때였다.

조용히 앉아 있던 진무극이 한 가지 질문을 던졌다.

"네 혼사는 생각해 보았느냐?"

심각한 상황에는 어울리지 않는 우스꽝스러운 질문이었지만, 장내에서 웃음을 터뜨리는 자는 아무도 없었다. 그것이 하늘 끝과 연관이 있다는 것을 알기에 제갈군은 진중한 얼굴로 소량을 바라볼 뿐이었다.

소량은 눈을 질끈 감았다.

"전쟁의 한가운데서도 삶은 꽃피는 법이라 말했었지. 같은 말을 지금도 하고 싶구나. 아량, 너는 네 미래를 상상하고 있느냐?"

소량이 대답하지 않자 진무극이 재차 질문을 던졌다.

장내에 조금 전과는 다른 침묵이 어렸다. 일맹(一盟)의 군사로서 항상 침착함을 유지해 왔던 제갈군은 물론, 맹주인 대백부 진무극까지도 조바심을 느낄 만한 침묵이었다.

그렇게 얼마나 지났을까.

너무나 오랜 시간이 지난 끝에 소량이 대답을 해 보였다.

대답은, 고개를 젓는 것이었다.

4

어느새 밤이 깊어가고 있었다.

독룡전을 나온 소량은 느릿하게 걸음을 옮겼다. 수많은 상념이 머릿속을 가득 채운 채 떠나질 않았다. 제갈영영과 나누었던 대화, '미래를 상상하고 있느냐'는 질문, 모든 것을 버리고서 하늘 끝에 오르는 것, 모든 것을 움켜쥐고서 하늘 끝에 오르는 것.

유언처럼 남겼던 검천존의 마지막 가르침……

그렇게 상념을 좇아 걷다 보니 어느새 접객당 부근이었다. 천존의 경지에 오른 소량의 발달된 안력은 접객당 앞에 나와 있는 할머니의 모습을 선명하게 담아내었다.

"할머……"

할머니에게로 다가가려던 소량이 말을 멈추었다. 말만 멈추는 것이 아니라 기척을 숨기고 신형마저 뒤로 물리고 만다.

할머니의 부근에 진유선이 서 있음을 발견한 탓이었다.

당가타로의 여정에서처럼, 진유선은 잠이 오지 않자 접객당 밖으로 나온 참이었다.

달이라도 보면서 혼란스러운 마음을 다스리려 했던 그녀는 할머니를 보고는 깜짝 놀라 걸음을 멈추었다. 다행히, 진유선은 조방에서처럼 할머니에게서 도망치지 않았다.

진유선은 할머니가 조용히 흙장난을 하는 것을 바라보았다.

문득 옛 기억 하나가 떠올랐다.

오빠들과 언니가 모옥 안에서 글자를 배울 때의 기억이었다. 글자가 뭔지도 모르고 지루하기만 했던 진유선은 마당에 나가 흙장난을 하며 시간을 보냈다. 이유도 없이 땅을 깊숙이 파보기도 하고, 개구리나 벌레 모양을 만들었다가 헤집어 버리기도 했다.

"할머니도 참… 매일 흙이나 파먹는다고 혼을 내놓고서는."

생각이 말로 나와 버린 모양이었다.

진유선은 깜짝 놀라 제 입을 막았지만, 때는 이미 늦어버린 후였다.

할머니가 화들짝 놀라 뒤를 돌아보고 있었다.

"언니는 누구여라?"

'언니'라는 말에 진유선은 숨이 막히는 느낌을 느꼈다. 할머니가 자신을 기억하지 못한다는 사실이 그렇게 생경하고 이상할 수가 없었다. 우리 할머니가 아닌 것 같았다, 우리 할머니가 나를 잊어버릴 리가 없다…….

하지만 진유선은 이전처럼 도망치지 않았다.

"나도 흙장난하려고 나왔어, 할머니."

"야?"

당황한 할머니가 수줍게 흙이 묻은 양손을 등 뒤로 감추었다. 소녀가 되어버린 할머니는 더러운 손을 처음 보는 낯선 언니에게 보이는 것이 창피한 듯했다.

진유선은 할머니 앞에 털퍼덕 주저앉은 다음, 다리를 쩍 벌리고 그 사이로 접객당 앞의 흙을 한 움큼 그러모았다. 그리고 톡톡 두들기며 작은 동산을 만든다.

처음에는 진유선을 경계하던 할머니였으나, 자기와 똑같은 모습으로 흙장난을 하니 안심이 된 모양이었다. 내심으로는 언니와 친해지고 싶은지, 할머니는 조금이나마 진유선 가까이 다가가 쪼그려 앉고는 흙을 그러모았다.

동산을 다 만든 진유선이 조심스럽게 질문했다.

"난 이제 이 안에 구멍을 팔 거야. 그다음 양쪽 구멍에 손을 넣으면, 구멍 안에서 다른 손을 맞잡을 수 있어. 아니다, 반대쪽 구멍에서는 할머니가 손을 넣어볼래?"

"야. 나가 넣을라요."

할머니가 호기심이 동한다는 듯 진유선이 만든 동산 앞으로 다가갔다. 할머니가 지켜보는 사이, 진유선은 흙을 그러모아 만든 동산 밑으로 작은 구멍을 파기 시작했다.

그리 오래 지나지 않아 동산을 관통하는 구멍이 생겼다.

"다 된 거 아녀라? 워매."

할머니가 흥미진진한 얼굴로 그 안에 손을 밀어 넣었다.

멍하니 그 모습을 바라보던 진유선이 고개를 푹 숙이고는 동산 안에 손을 집어넣었다. 곧 할머니의 주름진 손이 느껴졌다. 구멍 안에서 진유선의 손과 만난 것이 기쁜 듯 할머니는 손가락을 까불거리고 있었다.

할머니의 손길을 느끼던 진유선이 애절한 어조로 물었다.

"할머니, 진짜 나 몰라? 나 알잖아… 진짜 몰라?"

"당연히 알지, 왜 모르겠소?"

할머니가 배시시 웃음을 짓자 진유선의 얼굴이 기대로 물들었다. 하지만 기대가 꺼지는 데에는 그리 오랜 시간이 걸리지 않았다.

"우리 언니 아니요, 옆집 사는 우리 언니."

진유선이 눈물이 팽 고인 눈을 질끈 감았다.

매병에 걸린 할머니가 어린 시절을 걷고 있다는 것을 그녀는 지금에서야 깨달았다. 아니, 머리로는 이전부터 알고 있었지만 가슴으로 그것을 느낀 것은 지금이 처음이었다.

어린 시절, 할머니가 가르쳐 주셨던 수많은 놀이들이 어디서 비롯되었는지 깨달은 진유선은 엉엉 울고 싶은 기분을 느꼈다. 할머니가 눈앞에 있음에도 진유선은 할머니가 그리워서 가슴이 터질 것 같았다.

진유선이 잔뜩 일그러진 얼굴로 말했다.

"그래, 내가 언니야. 내가 언니 할게, 할머니. 이제는 내가 놀아줄게……."

진유선이 몸을 웅크리며 통곡처럼 중얼거렸다.

소량은 작은 동산을 무너뜨리며 엎어지는 진유선의 모습을 쓸쓸하게 바라보았다. 그러고는 막냇동생을 달래줄 생각으로 그녀 쪽으로 걸음을 옮겼다.

소량의 귓가에 전음성이 들려온 것은 바로 그때였다.

[나라면 잠시 놔두는 쪽을 택할 것 같구나.]

소량이 다급히 고개를 돌려 우측을 바라보았다. 조금 전부터 어떤 인기척 하나를 느끼고 있었으나, 그것을 경비를 도는 당가의 무인으로 여겨 염두에 두지 않았던 소량이었다.

전음을 날린 것은 바로 그 인기척의 주인이었다.

[네 동생은 시간이 필요할 게다. 나도 그랬거든.]

곧이어 달그림자 아래로 고운 중년 여인이 모습을 드러냈다. 소박한 면관을 쓰고 있었으나 귀밑머리가 보이지 않는 것이 머리를 민 모양, 이제 보니 옷차림도 가사와 흡사하다.

허리를 곧게 펴고 있거니와 눈 또한 맑았지만, 얼굴에 잔주름이 보이는 것이 제법 나이가 든 모양이었다. 그녀의 손에 들린 새하얀 불진(拂塵)을 본 소량이 얼른 머리를 숙였다.

[소질 진소량이 큰 고모님을 뵙습니다.]

[그래, 그래……]

중년 여인, 아니, 아미파의 장문사태가 흰 웃음을 지으며 사뿐히 걸음을 옮겼다. 그녀와 진유선, 그리고 할머니를 번갈아 바라보던 소량이 결심을 내린 듯 장문사태를 쫓았다.

후원에 당도한 장문사태가 느긋하게 주변을 둘러보았다.

걷다 말고 작은 꽃잎을 감탄에 젖은 눈으로 내려다보기도 하고, 또 오롯이 선 나무 등걸을 공연히 쓰다듬어 보기도 하는 것이 마치 산보를 나온 모양새였다.

잠시 그렇게 걷던 장문사태가 소량을 흘끔 돌아보았다.

"어머니를 걱정하는 모양이로구나. 너무 걱정하지 않아도 된다. 머리를 다치셔서 처음 매병에 걸리셨을 때로 돌아간 모양인데… 내 기억대로라면 오래지 않아 중년의 나이로 돌아가실 게다. 매병이라는 게 가늠할 수 없긴 하지만, 어머니는 주로 중년의 나이에 머무셨지."

"예전에도 말입니까?"

"그랬단다. 우리 형제 넷을 기르던 그 당시가 가장 큰 한으로 남으셨던 것일까? 아니던 날도 많았지만, 그때의 모습으로 돌아가는 경우가 제일 많았어. 잠시 앉지 않겠느냐?"

작은 바위를 발견한 장문사태가 소량에게 권했다. 소량이 자신은 앞에 서 있겠노라고 고개를 절레절레 저었지만 장문사태는 기어이 소량을 주저앉히고 말았다.

큰 고모님과 나란히 앉게 된 소량이 머쓱한 표정을 지을 때였다.

"어머니를 뵈러 나오길 잘했다. 네 동생 때문에 어머니와 대화를 나누지는 못했지만… 그 덕택에 너를 만날 수 있게 되었구나. 아느냐? 그간 나는 참으로 너를 보고 싶었단다."

네 형제들 중 유월향을 가장 아낀 사람이 장문사태였다. 속세를 떠난 탓에 걸릴 것이 없었고, 그래서 비록 속연이지만 온전히 어머니를 모실 수 있었다.

그러던 와중 어머니가 실종되었으니 얼마나 가슴을 썩었겠는가!

"새로 생긴 조카가 어머니를 열심히 찾고 있다는 소식에 얼마나 미안하던지."

아미파의 장문사태가 소량을 조카로 받아들인 것은 그가 그토록 열심히 할머니를 찾아 헤맸기 때문이다. 자신이 하지 못한 일을 대신해 주었기 때문이 아니라, 자신의 삶을 버릴 정도로 할머니와의 정이 깊었다는 것이 기꺼웠다.

그런 아이라면 어머니의 손자를 자처할 만했다.

"맹에 들리자마자 찾아뵙지 못해서 죄송합니다."

큰 고모님은 처음 뵙는 소량이 앉은 자리에서나마 정중하게 고개를 숙였다. 장문사태가 괘념치 말라는 듯 불진을 흔들며 웃음을 지었다.

"죄송할 것 없다. 어머니를 먼저 뵈러 간 걸."

곧이어 장문사태가 '어머니를 찾아주어서 고맙다'고 인사를 건넸다. 대백부님이 건넸던 인사와 정확하게 같은 의미를 담고 있는 인사였다.

소량은 겸양을 취하는 대신 다시 한번 고개를 숙였다.

장문사태는 다시 한번 같은 인사를 남기고는 북받치는 무언가를 참으려는 듯 눈을 지그시 감았다. 그녀는 몇 마디 불호를 읊조린 이후에야 속에서 올라오는 것을 참아낼 수 있었다.

그렇게 고개를 돌려보니 이번에는 소량이 상념에 잠겨 있다.

장문사태의 입꼬리가 슬며시 올라갔다.

"아까도 그렇고, 지금도 그렇고… 생각이 많은 표정이더구나."

장문사태의 질문에 소량이 쓴웃음을 지으며 고개를 숙였다.

"생각이 그렇게 많으면 하나하나가 짐이 되어 쌓이는 법이지. 무겁겠구나. 그렇게 무거워서 어떻게 세상을 걸어나갈 수 있으랴? 한번 털어놔 보렴. 가슴속에 있는 걸 비워봐."

장문사태가 알고 한 말은 아니었지만, 그것은 최근 소량이 가지고 있는 화두를 정확하게 건드리는 말이었다. 비우고 비운 끝에 하늘 끝에 오르느냐, 인간으로서 하늘 끝에 오르느냐.

잠시 뒤, 머뭇거리던 소량이 입을 열었다.

"할아버님께서는 모두 버리신 끝에 하늘 끝에 오르셨지요."

"그래, 그분은 그러셨지."

장문사태가 고개를 두어 번 끄덕이며 한숨을 내쉬었다. 불문에 들기 전에는 아버지를 미워도 했고, 증오도 했으며 원망도 많이 했었다.

"어떻게 그럴 수 있었을까요? 어떻게 아내도, 자식도 버리고……"

"사랑하기 때문일 테지."

"할머니는 그 반대로 인간으로 남으셨지요. 자식을 둔 어미로서, 그리고 할머니로서 남기 위해서 스스로 완벽해지는 순간마저 버렸습니다. 할머니는 어떻게 그럴 수 있었을까요?"

"사랑하기 때문일 게야."

소량이 이해할 수 없다는 듯 장문사태를 돌아보았다. 장문사태는 눈을 가느다랗게 뜨고 미소를 짓고 있었다. 소량은 가슴이 무언가에 막힌 듯 답답해지는 것을 느꼈다.

"사랑하기 때문에 세상을 버리고, 사랑하기 때문에 인간으로 남는다는 말씀이십니까? 저는… 저는 이해할 수가 없습니다. 다만 사랑하고자 하였음이 어찌… 아!"

소량이 무언가를 깨달은 듯 눈을 휘둥그레 떴다.

지독하게도 좁은 길, 영원히 끝나지 않는 길. 그 길을 걸을 때 무어라고 생각했던가?

다만 사랑하자고, 그렇게 생각했었다.

"협객을 꿈꾸었다 들었다. 네가 했던 일들은 강호에도 널리 퍼졌지. 그래, 네가 본 세상은 어떠했더냐?"

장문사태가 여전히 미소 지은 얼굴로 질문했다. 혼란스러운 얼굴로 그녀를 내려다보던 소량이 눈을 질끈 감고선 답했다.

"제가 본 세상은 정의 내릴 수 없는 것이었습니다……."

무공을 위해 목숨마저 버리는 사람들이 있었다. 태행마도가 가진 도천존의 비급을 노리던 사람들이 그랬다. 아이들의 생기를 취하던 자와, 그 사실을 짐작하면서도 두려워 복종하는 사람들이 있었다. 소량은 그들을 이해했고, 때문에 그들을 대신하여 싸웠다.

자신의 명예를 타인의 명예보다 귀하게 여기는 사람을 만났고, 권력으로써 위세를 떨치는 사람도 만났다. 그것이 옳다는 것을 알면서도 이득을 위해 외면하는 사람을 만났고, 그 반대로 백성들을 구하고자 자신의 목숨을 초개처럼 던졌던 사람도 만날 수 있었다.

그 모든 것이 세상이었다.

"저는 안위를 위해 그릇된 것을 보고도 외면하는 사람들을 원 망치 않으려 했습니다. 이득을 위해 이웃을 외면하는 사람들도 원망치 않으려 했습니다. 세상이 바뀌지 않는다고, 돌아봐 달라 고 말하는 대신 그저, 그저 사랑하겠노라……"

"짝사랑이 슬픈 이유는 바로 그래서지. 상대가 바뀌지 않는다 는 것을 알면서도 사랑하는 것은 괴로운 일이거든. 이제 보니 너 는 정(情)이 아니라 자(慈)를 말하고 있었구나."

'정'이 개인에 국한된 것이라면 불가에서 말하는 '자'는 좀 더 포 괄적이다.

집착이 없는 정, 형체조차 없지만 무엇보다 온전한 그것.

"너는 인간을 믿고 있느냐?"

장문사태의 말은 가벼웠지만 정곡을 찌르고 있었다.

소량은 일순간 그 말에 대답하지 못하였다.

장문사태가 천천히 자리에서 일어났다.

"부끄러운 일이지만 나는 너만큼 무공이 깊지 못하다. 너는 아 버지를 닮았어. 하늘 끝을 모르므로 나는 너의 고민을 온전히 이 해할 수 없겠다. 하지만 불가에 몸을 담은 사람이니만큼… 한 가 지 조언은 해줄 수 있을 것 같구나."

소량이 협객이라 불리는 이유는 도움을 필요로 하는 자들을 외면하지 않았기 때문이요, 부러져 죽을지언정 옳은 것을 옳다고 말하였기 때문이다.

다만 사랑하고자 하는 결론에 이른 것 역시 그 또래에서는 볼 수 없는, 아니, 세상에서는 쉬이 볼 수 없는 큰 의(義)였다.

하지만 정작 소량의 마음 자체는 어떠할까.

"네 마음이 흔들리고 있구나. 세상을 사랑하고자 하면서도 믿지는 못하니 어찌 흔들리지 않는다 할 수 있을까. 유가에서도, 불가에서도, 도가에서도 스스로의 마음을 돌아보라 말한단다, 아이야. 네가 어떤 결론을 내리든 상관없어. 네 마음에 흔들림이 없을 때, 그때에야 지금의 고민을 떨쳐낼 수 있을 거야."

말을 마친 장문사태가 천천히 걸음을 옮기기 시작했다.

소량은 멍하니 그 뒷모습을 바라보았다.

일순간 큰 고모님의 말을 이해하지 못한 까닭이었다.

하지만 가슴에 와닿는 것 하나는 있었다.

그녀는 이미 없었지만, 소량은 눈을 질끈 감고 양손을 모아 장읍했다.

第七章
개전(開戰)

1

　수많은 사람들의 상념을 담은 채, 시간은 쏜살과 같이 흘러갔다. 가장 먼저 이루어진 변화는 무림맹의 본진이 당가타를 떠나 대련(大蓮)으로 이동했다는 점이었다.

　만약 본진을 성도에 둔 채 무림맹이 패배한다면 무고한 백성들이 수도 없이 죽음을 맞게 될 터. 무림맹은 본진을 성도와 분리시킴으로써 백성들을 보호하고자 하였던 것이다.

　신양상단은 대련의 어느 평야를 구입한 다음, 인부들을 부려 군영에서나 쓸 법한 천막들을 설치했다. 적지 않은 금전이 소용되었지만 이미 전 재산에 더해 목숨까지 무림맹에 투자한 신양상단은 오히려 돈을 더 쓰지 못해 안달이었다.

　본진의 이동이 끝나자, 진무극과 제갈군은 무림맹의 병력을 천지인(天地人) 삼진(三陣)으로 나누었다. 일진은 구파일방, 이진은 오대세가, 삼진은 중소문파로 병력을 나눈 것이다.

다만 제갈군은 구파일방과 오대세가의 후기지수들만은 따로 빼어 삼진에 포함시켰는데, 이는 만에 하나 무림맹이 패배할 경우 정도 무림의 명맥을 잇기 위함이었다.

그로부터 보름간, 폭풍 전야의 고요가 진중을 맴돌았다.

어떤 이들은 두려움을 애써 감추며 호탕한 척 술자리를 가졌다. 어떤 이들은 마지막까지 무공을 수련했고, 어떤 이들은 상념에 젖은 채 스스로의 내면으로 침잠해 들어갔다.

무림맹의 무인들은 그렇게 삶을, 혹은 죽음을 기다렸다.

보름이 지난 후, 마침내 출정식이 열렸다.

작게나마 만들어진 단상 위에 오른 무림맹주 진무극이 무거운 시선으로 주변을 둘러보았다. 그의 앞에는 무림맹의 무인들이 인지천(人地天)의 순서, 즉, 역순으로 배치되어 있었다.

출정식이 끝나자마자 바로 이동을 시작하기 위함이었다.

"…옛일이 떠오르는구려."

진무극은 문득 기시감을 느꼈다. 아직 소년이었던 오십여 년 전, 그는 이와 같은 광경을 본 적이 있었던 것이다. 평생 다시 보지 않기를 소원했던 풍경이었다.

"물론 원이 망하고 명이 건국되던 팔십여 년 전을 말하는 것은 아니라오. 혈마곡이 멸망한 마교의 복수를 천명하며 발호했던 오십여 년 전을 말하는 거지. 온 천하가 정도 무림의 피를 요구하던 그때… 천하는 지금도 그때처럼 우리들의 피를 요구하고 있구려."

조정은 일월신교를 제압하기 위해 무림맹의 창설을 요구하였고, 그 복수를 위해 혈마곡이 일어났을 때에도 마찬가지로 맹을 이용해 그들을 제압하고자 했다.

말 그대로 무림맹의 피를 요구한 셈이었다.

"우리는 금천에서 끔찍한 패배를 겪었소. 의기로써 일어났던 동도들을 잃었고, 극심한 상처를 입은 채 후퇴했지. 하지만 패배는 단순히 패배로만 기록되어서는 아니 되오. 사천에 남겨졌던 동도들이 마지막까지 포기하지 않고 돌아와 다시 검을 뽑아 들었듯, 우리 역시 다시 검을 뽑아 들어야 하오. 그러므로 본 맹주는 금천에서의 패배를 패배 대신, 시련이라 부르고자 하오."

진무극의 시선이 진영의 좌측으로 향했다.

그곳에는 자신의 조카인 천애검협 진소량과 무림맹의 군사인 제갈군, 청성파의 무인들과 삼후제 중 하나인 일검자, 운해추룡 막현우 등이 서 있었다.

그들은 먼저 출발하여 전장을 우회하게 될 터였다.

"……"

조용히 진무극을 바라보던 소량이 고개를 꾸벅 숙여 보였다. 진무극은 무림맹의 무인들이 눈치채지 못할 정도로 작게 고개를 끄덕여 그 인사를 받았다.

"앞으로 몇 번의 패배가 더 있을지 모르오."

진무극이 무림맹의 무인들에게로 시선을 돌리며 말했다.

"하지만 우리는 그 모든 패배를 오직 시련으로써 감당해 낼 것이며, 마지막까지 포기하지 않고 싸울 것이오. 그리고 그 모든 시련을 의기로써 극복하는 그날! 천하만민이 평온을 누리고 세상이 구원받는 그날! 우리는 술잔을 나누며 승리의 기억을 되새길 것이오! 하늘의 그물은 허술해 보이지만 놓치는 것이 없는 법! 마지막의 마지막 순간! 우리는 승리할 것이오!"

무림맹의 무인들이 고함을 지르는 순간, 하늘에서 비가 몇 방울 떨어져 내렸다.

진무극이 눈을 질끈 감고서 우렁찬 목소리로 명령을 내렸다.

"출진을 명하오!"

맹주의 목소리가 끝나기 무섭게 무림맹의 무인들이 몸을 회전했다. 그리고 가장 후방부, 즉, 구파일방으로 이루어진 일진이 대련의 평원을 빠져나가기 시작했다. 군문의 제식을 구경조차 한 적이 없음에도 불구하고 무림맹 병력들의 이동은 일사불란했다.

문제는 이동을 시작한 지 얼마 되지 않아 발생했다.

쏴아아—

'예상보다 비가 많이 오는군.'

일진의 선두에 서 있던 무당파의 유운신룡 유천화가 어두운 얼굴로 하늘을 올려다보았다. 맑은 날을 골라 출진하고자 하였으나 날씨를 어찌 인간의 마음대로 할 수 있겠는가? 결국에는 이처럼 비가 오는 날에 출진을 하게 되었다.

'보보(步步)를 옮기는 것도 쉽지가 않고.'

비가 한껏 내린 탓에 바닥이 진창이 되어 있었다. 한 걸음을 뗄 때마다 발치에 진흙이 묻어 나오는 것이 뻘을 걷는 것이나 다름이 없다.

'하늘이 원망스럽구나. 시간이 더 있었다면 좋았을 것을……'

유천화가 미간을 찌푸리며 눈을 질끈 감았다.

무림맹은 전선을 고착화시킴으로써 시간을 벌고 세를 불리려 했으나, 혈마곡은 반대로 속전속결을 원하고 있었다. 금천에서의 패배로 인해 혈마곡이 유리한 지금, 놈들이 병력을 모아 이쪽을 치고자 한다면 무림맹은 맞대응을 할 수밖에 없는 것이다.

말하자면 주도권을 혈마곡에 빼앗긴 셈.

상황이 이러하니 날씨가 좋지 않아도 출정을 늦출 수가 없다.

'지금은 대회전이 벌어질 장소가 대련에서 최대한 떨어져 있기를 바라는 수밖에 없다.'

혈마곡의 마인들은 녹야평에 주둔하고 있다. 무림맹의 진군을 알게 되면 그들도 이동을 시작할 터, 아마도 혈전은 녹야평이 아니라 그 중간에서 일어나게 될 터였다.

그렇다면 적어도 혈전이 벌어질 전장만큼은 무림맹이 선택해야 했다. 상황의 불리함을 타개하고 역전을 이끌어낼 방법은 그것뿐인 것이다.

'군사께서 어떤 전략을 짰는지 모르겠으나, 최대한 유리한 전장을 선택하였기를.'

유천화가 그렇게 생각할 때였다.

어느 목소리 하나가 기이한 말을 읊조렸다.

"비가… 진짜가 아니야?"

목소리가 가늘고 앳된 것이 사내의 것이 아닌, 여인의 목소리가 분명했다. 진군이 워낙에 고요하게 진행된 탓에 일진에 속한 자들 중 그 말을 듣지 못한 자가 없었다.

"대기의 흐름도 마찬가지. 무위(無爲)가 아닌 인위(人爲)… 기환진(奇幻陣)?"

유천화가 고개를 돌려 뒤쪽을 바라보았다. 아미파의 속가제자인 듯, 불문의 표식이 달린 흑의무복을 입고 면사로 얼굴을 가린 어느 여인이 보였다. 다만 기이한 것은 그녀는 아미파의 표식이 달린 무복을 입고도 무당파와 화산파 사이에 서 있다는 점이었다.

잠시 뒤, 여인이 면사를 잡아채 집어 던지고는 다급히 사방을 둘러보았다.

"제갈 소저……?"

무복을 입은 여인의 정체가 제갈세가의 금지옥엽, 제갈영영이라는 것을 깨달은 유천화가 오만상을 찌푸리며 중얼거릴 때였다.

경직되어 있던 제갈영영이 갑자기 일진의 선두를 향해 달려가며 외쳤다.

"모두 산개! 산개하세요! 지금 당장 흩어지란 말이야!"

구파일방의 무림인들이 하나같이 의아한 얼굴로 그녀를 바라보았다. 제갈영영은 멍하니 자신을 돌아보는 구파일방의 무림인들을 헤치고 나아가며 계속해서 고함을 질렀다.

"산개하라는 말 못 들었어요? 이건 진짜 비가 아니라 환영이에요! 진법이 만들어낸 환영! 혈마곡이 함정을 파둔 거예요! 우리는, 우리는 이미 진법의 영향 안에 들었다고요!"

하늘에서 기음이 들린 것은 바로 그때였다.

쐐애액!

"헉?"

유천화는 등골에 소름이 오싹 돋아 오르는 것을 느끼며 전방을 바라보았다. 검은 점들이 하늘을 가득 메우고 있었다. 유천화는 그것이 비가 아니라 화살임을 깨달을 수 있었다.

장내에 생긴 변화는 그것뿐만이 아니었다.

동쪽의 구릉에서 대지가 흔들리는 소리가 들리며 강풍이 불어닥쳤다. 그러더니 곧이어 태산이라도 집어삼킬 만한 거대한 파도가 모습을 드러낸다.

콰콰콰콰—

아니, 파도라는 말로는 부족했다.

그것은 말 그대로 해일(海溢)이었다.

"저, 저게 무슨……."

한낱 인간의 몸으로는 감당할 수 없는 거대한 해일을 발견한 유천화가 공포에 질린 얼굴로 뒷걸음질 쳤다. 바다와 먼 내륙에 해일이 닥칠 리가 없으니 저것은 진법이 만들어낸 환영이 분명하겠지만, 그 압도적인 광경에서 두려움을 느끼지 않을 수는 없었다.

또한 한 가지 깨닫게 되는 것도 있었다.

혈마곡이 택한 전장은 다름 아닌 대련이었다. 그 누구도 예상하지 못하였지만, 천하대란에 종지부를 찍을 건곤일척의 승부는 이미 시작되어 있었던 것이다.

귀곡자는 평야의 동쪽 구릉 위에서 무림맹의 본진을 내려다보고 있었다.

무림맹의 병력들은 동서(東西)로 놓인 구릉 사이로 진군하고 있었는데, 이제는 걸음을 멈추고 어쩔 줄을 몰라 하며 우왕좌왕하고 있었다.

귀곡자의 뒤에는 면목으로 눈을 가린 여인이 서 있었다. 들릴 리 없는 소리를 찾아 귀를 기울이고 있던 여인이 곧 무언가를 알아챈 듯 싱긋 미소를 지어 보였다.

그녀가 바로 천산노옹 등주광의 제자, 금각자(金覺子) 여한선(呂寒鮮)이었다.

"무사히 천시(天時)에 이르렀군요. 만겁대진이 발동되었습니다."

"훌륭해, 금각자. 무사히 진법을 발동시키다니 아주 훌륭해."

귀곡자가 만족스러운 얼굴로 무림맹의 병력들 너머를 바라보았다.

도대체 언제 나타난 것일까!

무림맹이 진군하던 방향에는 어느새 수많은 마인들이 나타나 개미 떼처럼 버글거리고 있었다. 혈마곡은 이미 무림맹의 본진을 칠 준비를 모두 마쳤던 것이다. 거의 모든 병력을 이동시켰음에도 무림맹의 척후조의 눈에 들키지 않았으니 절반은 이긴 것이나 다름없다.

"만약 네 진법이 없었더라면 병력의 이동을 숨길 수 없었을 거야. 응, 응. 마지막의 마지막까지 너를 감추길 잘했어. 우리가 승리한다면 그건 모두 네 덕이야, 금각자."

혈마곡이 발호한 이후로 지금까지, 귀곡자는 내내 금각자의 존재를 숨겨왔다. 귀곡자에게 있어서 금각자의 진법은 최후까지 숨겨야 할 구명절초요, 필살의 한 수였던 것이다.

금천에서 결전이 벌어진 이후에도 마찬가지였다. 그는 무림맹에 '금각자의 진법은 오직 살행(殺行)에만 유용하다'는 인식을 심는 데 최선의 노력을 다했던 것이다.

하지만 금각자의 진법은 결코 살행에만 유용한 것이 아니었다.

일례를 들면, 그녀의 진법은 대규모 병력 이동의 흔적까지도 지울 수 있다.

"만겁대진의 첫 번째는 수둔(水遁)이지? 그럼 곧 익사하는 놈들이 나오겠네?"

"예. 아마 지금쯤 해일의 환영을 보고 있겠지요."

면목으로 눈을 가린 금각자가 단아한 어조로 대답했다.

"좋아. 응, 아주 좋아. 병력들에게 천시가 끝나기 전, 그러니까 진법의 영향이 완전히 사라지기 전까지는 움직이지 말고 그 자리에서 대기하라고 전해. 괜히 우리까지 진법에 휘말릴 필요는 없으니까. 가만히 기다렸다가 생존자들만 추적해서 죽이면 돼. 싱거운 승리지."

귀곡자의 입에서 킥킥 웃음이 새어 나왔다.

"킥, 키킥. 싸우기도 전에 승리하는 것이야말로 전략의 극의라 할 만하지. 내가 이겼어, 제갈군. 내가 이겼어. 우리의 이동을 몰랐다는 점에서 넌 이미 진 거야. 바로 오늘, 일월신교의 복수가 완성될 거야. 바로 오늘, 바로 오늘!"

귀곡자가 신이 나서 깡충깡충 뛰어댔다.

"천하무림이 세상에서 사라지게 될 거야!"

천진난만한 모습이었지만, 귀곡자의 입에서 나오는 말은 섬뜩하기 짝이 없었다. 그는 '무림맹은 전쟁을 시작하기도 전에 패배한 것이나 다름없다'고 확신하고 있었던 것이다.

하지만 혈마의 생각은 달랐다.

"아니. 그대가 틀렸다, 귀곡."

"응?"

귀곡자가 당황한 얼굴로 뒤를 돌아보았다. 여덟 명의 마인들이 메고 있는 교자에 권태로운 얼굴로 앉아 있던 혈마가 흥미롭다는 듯 눈을 빛내며 전장의 서쪽을 바라보고 있다.

귀곡자가 얼굴을 구겼다.

"그게 무슨 소리야, 혈존? 내가 틀릴 리가 없어. 금천에서도 놈들은 만겁대진을 당해내진 못했단 말이야. 물론 그때의 경험을 바탕으로 뭔가 대책을 만들긴 했겠지만, 만겁대진에는 약점이 없어. 기껏해야 우회해서 진법의 주재자를 죽이겠다는 것 정도가 전부일걸."

귀곡자의 말은 몹시 정확한 것이었다.

실제로 제갈군은 그러한 전략을 수립했던 것이다.

"하지만 우리는 놈들이 진군하기도 전에 기습을 하는 데 성공했어. 이제 놈들은 우회해서 지휘부를 타격할 수도 없지. 이제 놈들은 그냥 앉은 자리에서 죽을 수밖에 없다고."

혈마는 전장만을 바라볼 뿐, 귀곡자의 말에 대답하지 않았다. 귀곡자의 얼굴이 이해할 수 없다는 듯 구겨졌다.

"그런데 왜 내가 틀렸다는 거야, 혈존? 나는 틀리지 않았어."

"그대는 천애검협을 과소평가하고 있군. 고작 이따위 진법으로는 그를 막지 못한다."

"뭐?"

귀곡자가 재빨리 혈마가 바라보는 곳으로 시선을 돌렸다. 아무리 천애검협이라도 금각자의 진법만큼은 감당할 수 없으리라 생각했는데, 혈마는 정반대로 말하고 있었던 것이다.

전장에 한바탕 굉음이 울려 퍼진 것은 바로 그때였다.

콰아아앙―!

전장의 서쪽에서 한바탕 빛살이 일어나더니, 반경 십여 장이 초토화되었다. 소량이 사람이 없는 방향을 향해 능하선검을 펼쳐 진법의 한 축을 깨어버린 탓이었다.

귀곡자의 얼굴이 썩은 돼지 간처럼 변해갔다.

"천애검협 진소량?"

문제는 진법이 깨어진 곳이 한 군데가 아니라는 점이었다.

가장 먼저, 전장의 동쪽에서 빛살이 일어났다. 천애검협의 것보다 훨씬 더 흉폭하고, 훨씬 더 잔인한 기세… 마치 용을 닮은 섬뜩한 기세가 진법의 일각을 박살 내고 있었다.

콰아아앙!

"도, 도천존 단천화!"

귀곡자는 등골에 소름이 오싹 돋아 오르는 것을 느꼈다. 천애검협 한 사람만 상대하면 될 줄 알았는데, 도천존 단천화가 때를 맞추어 전장에 나타나 있었던 것이다.

"젠장! 도천존까지 나타나다니!"

귀곡자가 이를 빠드득 갈며 혈마곡의 마인들을 바라보았다. 진형을 완벽하게 갖추어놓긴 했지만, 혈마곡의 마인들은 적을 공격하는 대신 귀곡자의 명령대로 대기하는 중이었다.

끊임없이 화살을 쏘아대면서 말이다.

귀곡자의 눈에 한 줄기 광채가 일어났다.

"흥! 좋아. 나타나지 않기를 바랐지만, 도천존이 나타났을 경우를 대비하지 않은 건 아니야. 어차피 도천존과 천애검협도 진법 전체를 박살 내지는 못할 테니 아직까지는 괜찮⋯⋯."

귀곡자가 그렇게 중얼거릴 즈음, 장내에 세 번째 변화가 일어났다. 도천존이나 천애검협 같은 신인(神人)이 없는 만겁대진의 중앙부에서 진법의 영향력이 사라지기 시작한 것이다.

도천존이나 천애검협이 힘으로써 진법을 '파괴'하고 있다면, 중앙부에 있는 정체 모를 누군가는 진법을 '파훼'하고 있었다.

"어, 어떻게 나의 진법을⋯⋯."

금각자가 놀란 듯 눈을 휘둥그레 떴다. 적어도 진법에서만큼은 천하제일을 자부해 왔던 금각자였는데, 오늘 감히 자신의 아성에 도전하는 진법가를 만나게 된 것이다.

"말도 안 돼! 만겁대진을 파훼할 정도의 진법가가 무림맹에 있을 리가 없어. 만약 있었다면 왜 금천에서는 나타나지 않았단 말이야?"

금각자의 진법을 절대적으로 믿어왔던 귀곡자의 얼굴에도 경악이 어렸다. 하지만 놀람도 잠시, 이내 얼굴을 딱딱하게 굳힌 귀곡자가 신경질적인 목소리로 명령을 내렸다.

"모두에게 출진을 준비하라 명해!"

전장의 흐름은 귀곡자의 예상을 벗어나고 있었다.

                                    2

지금으로부터 이각 전의 일이었다.

태산을 집어삼킬 듯 거대한 해일이 몰려오는 것을 본 제갈영영이 공포에 질린 듯 침을 꿀걱 삼켰다. 진법의 영향 안에 들었다는 것을 누구보다 빨리 알아챈 그녀였지만, 환영이 이 정도로 정교하고 또 거대할 줄은 미처 예상치 못했던 것이다.

제갈영영의 표정이 이내 차갑게 변해갔다.

'대단한 진법이다. 이만한 환상을 만들어내려면 얼마나 많은 지식과 지혜를 쌓아야 하는지 가늠도 되지 않아.'

림호무림의 모든 이들이 알다시피, 제갈세가는 진법의 종가(宗家)라 할 만한 곳이었다. 당대 제갈세가의 가주인 제갈군도, 그녀의 오라비인 제갈현중도 모두 뛰어난 진법가였다.

비록 여아의 몸이지만, 가문이 가문이다 보니 제갈영영 역시 어린 나이에 진법에 입문하게 되었다. 평범한 아이였다면 진법을 배우는 일을 고통스러워했겠지만, 다행스럽게도 제갈영영은 진법을 가지고 노는 것을 세상에서 제일 재미있는 놀이라고 생각했다.

제갈영영은 적어도 진법에 있어서만큼은 천 년에 한 번 나올까 말까 한 천재였던 것이다.

실제로 흑수촌에서의 일만 보아도 알 수 있다.

혹수촌은 지기(地氣)조차 뒤틀려 있는 곳이었고, 제갈영영의
손에는 아무런 재료도 없었다. 굳이 요약하자면 아예 진법을 펼
치는 것조차 불가능한 상황이라 할 수 있었다.

그녀는 즉석에서 새로운 진법을 창안해 버림으로써 그 문제를
해결했다.

현무당원이나 소량은 그게 얼마나 대단한 일인지 알지 못했다.
진법가들이 보면 '말도 안 돼!'라고 외칠 만한 기적을 선보여 놓고
도 제갈영영은 조금도 티를 내지 않았던 것이다.

실제로 제갈영영은 제갈세가에 있을 때부터 스스로를 감추는
데 익숙했다.

'그야말로 신품(神品)의 경지… 아버지와 오라버니가 파훼하지
못한 것도 이해하지 못할 일은 아니야. 다른 진법가를 초빙해 왔
어도 결과는 마찬가지였을 테지. 하지만, 하지만…….'

해일을 바라보던 제갈영영이 침을 꿀꺽 삼켰다.

"나는 가능해."

혼잣말을 중얼거린 제갈영영이 소매에서 팔괘가 그려진 나반(羅
盤)을 꺼내어 들었다. 그러고는 눈을 지그시 감더니 빠르게 몇몇
방위를 읊조린다.

"구자(九紫), 중궁(中宮)에 이(離), 휴(休), 경(驚)……."

어린 시절, 제갈영영은 아버지의 비밀 서고에 몰래 들어가 기
진(奇陣)들을 구경하며 놀곤 했었다. 아홉 살이 되던 해, 그녀는
천산노옹이 혈마곡의 본 궁에 펼쳤다는 만겁대진(萬劫大陣)을 발
견했고, 세 시진 만에 그것을 파훼하고는 자랑을 하기 위해 아버
지에게 달려갔다.

그리고 아버지가 그때까지도 만겁대진을 연구하고 있다는 사

실을 알게 되었다.

제갈영영은 그때부터 자신의 실력을 감추어왔다. 자신의 재능이 다른 사람들에게 알려지면 여인임에도 불구하고 오라버니의 입지를 위협하게 된다는 사실을 깨달았기 때문이었다.

그때의 선택을 후회한 것은 무림맹이 금천에서 패배를 겪고 난 후였다.

자신의 재능을 밝혔더라면, 그래서 금천으로의 출병에 합류하였다면! 그랬더라면 헛되이 목숨을 잃은 수많은 동도들을 구해낼 수 있었을 텐데, 천하대란을 끝낼 수도 있었을 텐데!

무림맹이 이차 출병을 계획하자, 그녀는 한 치의 주저도 없이 그 안으로 뛰어들었다. 살 가능성보다는 목숨을 잃을 가능성이 더 큰 일이었지만 그녀는 조금도 망설이지 않았다.

어쩌면 이것이 바로 자신의 천명(天命)이리라…….

잠시 뒤, 제갈영영이 감았던 눈을 번쩍 떴다.

"문왕후천괘(文王後天卦)! 생로는 삼문(三門)! 북쪽을 기준으로 건괘(乾卦) 칠 장, 진괘(震卦) 삼 장, 간괘(艮卦) 십이 장! 지금 당장 각 지역으로 산개하세요!"

제갈영영이 고함을 지르며 주변을 바라보았다.

선두에서 화살을 막아내던 소림사의 각원 대사와 무당파의 청허 진인이 미간을 찌푸리며 그녀를 돌아보았다. 진법의 종가라는 제갈세가의 여식이라는 것은 알고 있지만, 그 말을 믿어야 할지 말아야 할지를 알 수 없는 것이다.

제갈영영이 새된 목소리로 고함을 질렀다.

"도대체 뭐 하는 거예요? 어차피 죽을 거라면 그냥 믿어보는 게 낫잖아요!"

콰콰콰콰—

어느새 거대한 해일이 바로 옆까지 짓쳐들어 있었다. 제갈영영의 간절한 시선을 바라보던 소림사의 각원 대사와 무당파의 청허 진인이 잇새로 신음을 내뱉었다.

"소림의 승려들은 들어라! 지금 즉시 동도과 함께 건괘로 향하라! 아미타불! 승려 된 자라면 부근의 동도들이 안전해진 것을 확인한 후에야 생로에 들어야 할 것이야!"

"그렇다면 무당은 진괘 방향으로 삼 장을 가면 되겠군."

청허 진인이 짧게 중얼거리고는 옆자리를 돌아보았다.

화산파의 학운자가 자신들도 합류하겠다는 듯 고개를 두어 번 끄덕였다.

"저는 간괘로 가서 진법을 파훼할 겁니다! 빨리! 시간이 없어요!"

제갈영영이 빠른 어조로 외치고는 문왕후천괘 중 간괘, 즉, 남서쪽을 향해 달렸다. 가장 거리가 먼 곳이었지만, 그곳이 생로와 사로가 바뀌는 변화의 중심이니 어쩔 도리가 없었다.

콰아앙!

그 순간, 마침내 해일이 무림맹의 무인들을 덮쳤다.

"아, 아미타불."

각원 대사는 눈을 휘둥그레 뜨고 자신이 디디고 선 땅을 바라보았다. 자신을 집어삼키려던 해일이 반으로 쩍 갈라지더니, 자신이 선 땅을 피하여 장내를 덮치는 것이다.

각원 대사가 침을 꿀꺽 삼키고는 고개를 들어 올렸다.

"으아악! 아악!"

소림사의 승려들이 죽도록 노력했지만, 모든 이들을 구할 수는 없었다. 각원 대사는 거리가 너무 멀어 생로에 들지 못한 동도 몇 명이 해일에 휩쓸리는 것을 보고는 신음을 토해냈다.

손을 뻗어 구하고 싶어도 거리가 너무 멀어 닿지 않는다.

"아제아제(揭諦揭諦) 바라아제(波羅揭諦)……."

해일 자체는 환영에 불과하겠지만, 동도들의 죽음만은 진짜였다. 지옥도를 실제로 보고 있는 듯한 고통을 느낀 각원 대사가 가슴을 쥐어뜯으며 불경을 읊조렸다.

해일은 제갈영영이 있는 곳으로도 밀려들고 있었다. 안타까운 일이지만, 경공에 조예가 깊지 못한 탓에 제갈영영이 달려가는 속도는 해일보다 느렸다.

어느새 해일은 제갈영영의 바로 옆에 다가와 있었다.

"서두르시오, 제갈 소저! 빨리, 더 빨리!"

이미 간괘에 들어 있던 당유회가 버럭 고함을 질렀다. 안 되겠다 싶었는지, 잠시 지켜보던 당유회가 입술을 짓씹고 생로 밖으로 달려 나가더니 제갈영영의 허리를 낚아채었다.

재빨리 몸을 돌린 당유회가 제갈영영을 안고 생로를 향해 몸을 던졌다.

콰아아앙!

구사일생이라!

바로 그 순간, 해일이 그들이 있던 자리를 덮쳤다.

간발의 차이로 생로에 들어온 제갈영영과 당유회의 신형이 앞으로 주르륵 밀렸다. 어찌나 거칠게 몸을 날렸는지 여력은 그들을 생로 반대편으로 밀어내고 있었던 것이다.

당가 이십사수 중 몇 명이 허겁지겁 달려와 당유회와 제갈영영을 받아내었다.

"헉, 허억!"

제갈영영이 거칠게 호흡을 몰아쉬며 고개를 들어 올렸다. 마치 누가 칼로 가른 것처럼 해일은 쩍 갈라져 자신이 선 땅을 비껴 지나가고 있었다.

제갈영영은 재빨리 자리에 일어난 후 정신없이 주위를 두리번거렸다.

마찬가지로 거칠게 호흡을 몰아쉬던 당유회가 경직된 얼굴로 제갈영영을 바라보았다.

"생로를 찾았다는 말에 반신반의했는데… 이제는 믿을 수밖에 없군. 도대체 제갈 소저는 어떻게 이 기환진을 아시는 거요? 혹시 파훼도 가능하시오?"

"수생목(水生木)! 이제부터는 목둔(木遁)의 차례예요. 머지않아 나무들이 자라나 우리들의 전신을 옭아매기 시작할 거예요. 생로도 하나 적어져서 두 개가 되지요. 그다음 차례는 화둔(木遁)… 조금 전의 해일처럼 거대한 불길이 밀려들 거예요. 그때가 되면 생로는 하나뿐, 이 많은 인원이 숨지는 못해요. 그 이전에 찾아야 해, 그 이전에……"

끊임없이 사방을 훑던 제갈영영의 시선이 나반으로 향했다. 바로 이곳, 간괘에서부터 물이 나무로 변하기 시작할 것이다. 진법이 완전히 변하기 전에 그 일부라도 파훼해야 했다.

"삼벽(三碧)에 간(艮), 두(杜). 사록(四綠)에 중궁(中宮), 태괘(兌卦)."

제갈영영이 중얼중얼 팔괘를 읊조리자 침중한 얼굴로 서 있던 당가의 가주가 '그녀를 방해하지 말라'는 신호를 보냈다. 어처구니없게도, 당금 마주한 죽음의 위기에서 자신들을 구할 수 있는 사람은 저 작은 여인밖에 없는 것이다.

"아아……."

잠시 뒤, 제갈영영이 절망에 찬 신음을 토해냈다.

"계산을 마친 모양이로군. 어떻게 되었는가? 진법을 파훼할 수 있겠는가?"

당가의 가주가 침착한 어조로 질문했다.

"여기서부터 동쪽으로 십여 장 밖을 파괴해야 해요. 그곳에 진법의 우축(右築)을 맡는 천심화(天深火)가 있을 테니까. 하지만 진법의 영향 안에 있으니 파괴할 수가 없군요. 누가 있어 저 해일의 환상을 뚫고 십여 장을 갈 수 있겠어요?"

"아니, 가능하네. 동쪽으로 십여 장!"

당가의 가주가 손자, 당유회에게 명령했다.

제갈영영이 의아한 얼굴로 당가의 가주를 바라보았다.

"방법이 있는 건가요?"

"허허허! 소저는 미처 몰랐던 모양이로군. 비록 완벽한 대응책을 찾아내지는 못했지만, 제갈 소저의 춘부장께서는 나름대로 이런저런 준비를 해두었다네."

당가의 가주가 헛웃음을 터뜨릴 즈음, 당유회가 준비를 마쳤다는 신호를 보내왔다. 당유회와 당가 이십사수의 손에는 화섭자와 둥근 철구(鐵球)가 들려 있었다.

"그 준비 중에는 벽력탄도 있지. 소저의 춘부장께서는 만에 하나 진법에 휘말리거든 닥치는 대로 주위를 파괴하라며 벽력탄을 배급했다네. 운이 좋으면 진법의 일각을 깰 수 있을지도 모른다면서 말일세. 다행히 소저 덕에 막무가내로 부술 필요는 없게 되었군."

말을 마친 당가의 가주가 손을 아래로 내려 신호를 보냈다. 벽력탄의 심지에 불을 붙인 당유회와 당가 이십사수가 해일 너머로 벽력탄을 집어 던졌다.

콰아아앙—!

곧이어 굉음이 울려 퍼졌다.

만겁대진의 흐름이 바뀌는 순간이었다.

3

같은 시각, 소량은 눈을 지그시 감은 채 한바탕 검무를 추고 있었다. 비록 제갈영영처럼 진법에 대해 잘 아는 것은 아니었지만, 그렇다고 해서 진법을 깨지 못할 소량이 아니었다.

기운이 일그러진 곳을 찾아낸 소량이 그곳을 향해 능하선검을 펼쳤다. 이미 그 근처에 사람이 없음을 확인한 바, 소량의 능하선검에는 천지간의 기운이 한가득 실려 있었다.

콰아아앙!

소량의 무형검강이 스치고 지나가자 반경 십여 장이 초토화되었다.

해일에 휩싸인 듯 허우적거리며 제 목을 긁어대던 제갈군이 털썩 바닥에 쓰러진 것은 바로 그때였다. 제갈군은 물에 빠졌다 겨우 살아난 사람처럼 연신 기침을 토해내며 거칠게 숨을 몰아쉬었다. 물이 토해지는 대신 피가 토해졌지만 그는 그것을 의식하지도 못했다.

소량이 다급히 제갈군에게로 다가갔다.

"괜찮으십니까, 군사?"

"쿨럭, 쿨럭! 나는… 나는 괜찮네. 커허억!"

거칠게 호흡을 몰아쉬던 제갈군이 한 손을 들어 올려 소량을 막았다.

소량은 알겠다는 듯 고개를 끄덕이고는 다른 이들에게로 시선을 돌렸다.

운해추룡 막현우는 제갈군보다 빨리 정신을 차렸다. 조금 전까지만 해도 그 역시 제갈군과 같은 증세를 겪고 있었지만, 지금은 정신을 온전히 차린 듯 심호흡을 하고 있었던 것이다.

막현우 옆에는 청성파의 일검자가 시커먼 얼굴로 가부좌를 틀고 앉아 있었다. 삼후제 중 일인인 일검자는 오로지 청심으로써 진법의 영향력을 버텨내고 있었던 것이다.

소량은 일검자나 막현우에게 다가가는 대신, 그보다 훨씬 심각한 상태에 빠져 있는 청성파의 무인들에게로 향했다. 가장 먼저 운송자의 명문혈에 손을 대고 태허일기공을 주입하자 곧 그의 입에서 꺽꺽대는 소리가 새어 나왔다.

같은 방식으로 몇몇 청성파의 무인을 더 구해낸 소량이 무림맹 쪽으로 시선을 돌렸다.

"혈마곡이 기습을 할 줄은 미처 예상하지 못했습니다."

소량이 눈을 질끈 감으며 중얼거렸다. 이대로 가면 전멸을 면치 못하리라. 우회해서 지휘부를 타격하는 대신, 무림맹의 본대와 합류하여 진법에 휘말린 사람들을 구해야 했다.

콰아아앙!

그때, 평야의 동쪽에서 익숙한 기운이 뿜어져 나왔다.

너무나 잘 아는 기운, 자신이 익힌 무공의 기운이다.

태룡도법(太龍刀法)……

"도천존 단 노선배!"

소량은 동쪽을 바라보며 외칠 때였다.

콰앙, 콰아앙!

평야의 중앙에서 벽력탄이 터지는 소리가 들리더니, 진법의 흐름이 바뀌기 시작했다.

힘으로 진법을 파괴한 것이 아니라 기교로써 흐름을 바꾼 것. 누구인지는 모르겠지만 어느 뛰어난 진법가가 중앙에 있어 진법을 파훼하고 있었던 것이다.

곧 제갈군 역시 중앙에서 일어난 변화를 알아차렸다.

"도, 도대체 누가! 그동안 아무도 이 진을 파훼하지 못했는데, 도대체 누가……."

"지금 중요한 것은 그게 아닐세. 이보게, 군사. 어찌할 생각인가? 여전히 지휘부를 요격할 생각인가? 아니면 본대에 합류하여 저 망할 놈의 진법부터 처리할 생각인가?"

청성파의 일검자가 가부좌를 풀고 자리에서 일어나며 질문했다.

제갈군의 시선이 혼란스러운 듯 흔들렸다. 진법을 파훼하고 있는 진법가가 누구인지 안다면 믿을지 말지를 결정할 수 있겠지만, 지금은 진법가의 정체를 모른다. 아무런 정보도 없이 선택을 해야 하는 상황에 봉착한 것이다. 진법가를 믿을 수 없다면 본대와 합류해야 하고, 진법가를 믿을 수 있다면 계속해서 지휘부를 요격해야 한다.

'패조차 열어보지 못한 채 도박을 하게 생겼군.'

잠시 뒤, 갈등하던 제갈군이 침을 꿀꺽 삼키며 소량을 돌아보았다.

"지금은 운에 맡겨보는 수밖에. 계획대로 갑시다."

흔들리던 제갈군의 눈동자는 이제 깊게 가라앉아 있었다.

"지형을 보건대, 아마 귀곡자는 동쪽 구릉에 지휘부를 설치했을 거요. 그쪽으로 이동합시다. 무림맹은… 지금으로서는 그들이 스스로 헤쳐 나올 수 있기를 믿는 수밖에 없소. 젠장!"

찰나의 순간에 혈마곡의 지휘부가 있는 곳을 맞춘 제갈군이 욕설을 내뱉었다.

"지금부터는 속도전이오. 천애검협, 일검자! 두 분은 지금 당장 동쪽 구릉으로 향하시오. 바로 쫓아갈 터이니 우리는 신경 쓰지 않아도 좋소. 무엇보다 진법의 주재자를 제압……"

"죄송하지만 그건 어렵겠습니다."

소량이 제갈군의 말을 끊으며 고개를 저었다.

제갈군이 이해할 수 없다는 듯 미간을 찌푸렸다.

"어째서인가? 천존의 경지에 이른 자네나, 삼후제의 위에 오른 일검자라면 저 정도 거리쯤이야… 으으음."

제갈군의 입에서 기나긴 침음성이 새어 나왔다.

천존의 경지에 이른 천애검협이 '어렵겠다'고 말하는 까닭이 무엇이겠는가!

"설마 지휘부에 그가 있는 것인가?"

"예, 혈마가 그곳에 있습니다."

소량이 차가운 눈으로 동쪽 구릉을 주시했다.

第八章
구원(救援)

1

각원 대사의 안색은 어두컴컴하게 변해 있었다.

거대한 해일이 쏟아지기 직전, 소림사와 아미파, 종남파와 남궁세가의 무인들은 건괘를 찾아 몸을 피했다. 물로 이루어진 벽에 갇힌 무림맹의 무인들은 우두커니 서서 해일이 잦아들기를 기다렸다. 얼굴로 튀는 물방울, 허옇게 일어난 물안개, 폭포에서나 들릴 법한 굉음까지, 도저히 현실이 아니라고는 믿을 수 없는 대홍수가 그들의 눈앞에 펼쳐져 있었다.

그렇게 얼마나 지났을까!

"허어, 이런! 불타여……."

발치에서 새순이 돋아 오르는 것을 발견한 각원 대사가 신음을 토해냈다. 새순은 눈 깜짝할 사이에 덩굴이 되어 각원 대사의 종아리를 감싸 쥐었다.

"수생목이라 했지요. 이번에는 나무의 차례인가 봅니다."

마찬가지로 덩굴에 발이 묶인 아미파의 장문사태가 창백한 얼굴로 중얼거렸다. 종남파의 도인들과 남궁세가의 무인들이 침음성을 흘리며 서로를 바라보았다.

아미파의 장문사태가 차분한 어조로 말했다.

"제갈 시주께서 진법을 파훼해 보겠다 했으니 굳이 서두를 필요 없겠지요. 일단은 조금 더 기다려 봅시다."

아미파의 장문사태가 무림맹주 진무극을 꼭 닮은 얼굴로 부드럽게 미소를 지어 보였다. 그 미소도 미소지만, 평소와 똑같은 은은한 목소리가 장내의 무림인들을 안심시켰다.

각원 대사 역시 평소와 똑같은 목소리를 내기 위해 애썼다.

"만약 제갈 시주께서 실패한다면 어찌하시겠소?"

"그때는 군사가 준 것을 써보지요. 미리들 들고 있으면 좋을 것 같군요."

아미파의 장문사태가 차를 권하듯 평온하게 말했다.

그 외에는 별다른 도리가 없었으므로, 각원 대사는 불호를 읊조리며 고개를 끄덕였다. 곧 장내의 무림인들이 제갈세가의 가주가 준 것, 즉, 벽력탄과 화섭자를 손에 쥐어 들었다.

그다음부터는 기다림의 시간이었다. 제갈영영이 진법을 파훼하기를, 만약 그것이 실패한다면 새로운 생로를 찾아주기를 기다리는 수밖에 없는 것이다.

그렇게 일각의 시간이 흘렀다.

사람의 팔뚝만큼이나 굵어진 넝쿨이 각원 대사의 하반신을 휘감았다. 우스꽝스럽지만, 각원 대사는 체면 불구하고 벽력탄과 화섭자를 든 손을 하늘 높이 들어 올렸다.

반다경의 시간이 더 흐르자, 넝쿨이 각원 대사의 상체에까지 이르렀다.

각원 대사가 고개를 절레절레 저으며 말했다.

"아무래도 안 되겠소. 생문이 완전히 사문으로 변한 듯하니 이만 이동합시다. 모두들 공력을 일으키시오. 넝쿨을 끊고 이곳을 벗어나는 동시에 벽력탄을 투척⋯⋯."

콰아앙!

장내의 누구도 벽력탄을 던지지 않았는데 어디선가 폭발음이 울려 퍼졌다.

"그만! 더 이상은 파괴하면 안 됩니다!"

그와 동시에 어느 여인의 날카로운 목소리가 들려왔다. 각원 대사가 그토록 듣고 싶어 했던 목소리, 바로 제갈영영의 목소리였다.

"지금 시간이면 건괘에 있는 지심수(地深水)가 진법의 핵(核)이 되어 있을 터! 잘못 건드린다면 생로와 사로가 뒤섞여 수습하지 못하게 될 거예요! 지금부터 벽력탄을 금합니다!"

"후우우ㅡ"

각원 대사가 안도한 얼굴로 다리를 내려다보았다. 아무래도 방금 퍼졌던 폭발음과 동시에 진법의 축(築) 중 하나가 파괴된 모양이었다. 그를 옭아매고 있던 넝쿨들이 마치 시간을 거스른 듯 작아지더니 새순이 되어 땅속으로 사라지고 있었다.

각원 대사의 입에서 감탄이 터져 나왔다.

"선재, 선재로다! 제갈 여시주께서는 정말로 진법을 파훼하는 데 성공했구려!"

제갈영영은 각원 대사를 돌아보는 대신 바닥의 어느 한 부분을 바라보고 있었다. 비록 눈에 보이지는 않지만, 지금 그녀의 앞에는 지심수가 놓여 있을 터였다.

"대단해. 정말 대단해. 진법 안에 진법을 펼쳐서 축을 숨겨둔 건가?"

제갈영영은 다시 한번 만겹대진을 개량한 진법가의 재주에 감탄을 토해냈다.

만약 제갈영영과 진법가의 대결을 무림인들의 결투에 비견한다면, 지금 이 순간이야말로 최후의 절초가 펼쳐지는 순간이라 할 수 있었다. 지심수를 찾아내지 못하면 진법가의 승리가 되고, 찾아낸다면 제갈영영의 승리가 되는 것이다.

'만약 지심수를 잘못 건드린다면 모든 생문이 사문이 된다. 대홍수와 대화재가 동시에 일어나고 칼로 만들어진 나무가 자랄 거야. 이 안은 지옥이 되어버리고 말겠지.'

나반과 지형을 번갈아 바라보던 제갈영영이 눈을 지그시 감고 심호흡을 했다.

"후우우—"

천천히 눈을 뜬 제갈영영이 한 걸음을 앞으로 떼었다. 그러자 그녀의 신형이 마치 연기처럼 흩어져 사라져 버렸다. 그녀는 진법 안에 펼쳐진 진법 안으로 들어가 버린 것이다.

각원 대사와 당가의 가주, 남궁세가의 가주를 비롯한 모든 무인이 긴장한 얼굴로 제갈영영의 빈자리를 바라보았다. 그들은 본능적으로 지금이 생사를 가를 순간임을 직감한 것이다.

그렇게 얼마나 지났을까.

영원처럼 길었지만 실제로는 찰나에 불과한 시간이 지나갔다.

"…찾았다."

허공에서 제갈영영의 작은 목소리가 들리더니, 안개처럼 사라졌던 그녀의 모습이 다시 모습을 드러내었다. 제갈영영의 앞에는 우묵한 그릇이 올라간 작은 제단이 놓여 있었다.

제갈영영은 무림의 명운을 건 승부에서 마침내 승리한 것이다.

"지금부터 반시진 동안은 이 지심수가 진법의 핵이야."

제갈영영의 눈에 기이한 광채가 어렸다.

"역천(逆天)! 천원지방(天圓地方)을 역으로 풀어서 천방지원(天方地圓)을 만드는 것은 진법의 기본이지. 어찌 되었든 자연의 기운을 비트는 것이니… 이건 건드릴 필요가 없어."

무어라 혼잣말을 중얼거리던 제갈영영이 당유회를 바라보았다.

"당 대협, 그 자리에서 정면으로 이십삼 보를 이동하세요."

제갈영영은 제단을 파괴할 생각이 없었다. 아니, 오히려 그녀는 그것을 이용할 생각을 가지고 있었다. 진법의 핵을 뒤틀어 방향을 바꾼다면, 진법 전체가 방향을 바꾸게 된다.

당유회가 얌전히 제갈영영의 말대로 이동했다.

"우측으로 이 보… 아니, 한 보 반."

당유회는 우측으로 한 걸음을 걷고, 몹시 조심스럽게 나머지 반걸음을 걸었다. 그러고는 혹시 자신이 틀린 것은 아닐까 걱정하는 얼굴로 제갈영영을 돌아보았다.

제갈영영이 고개를 두어 번 끄덕였다.

"비록 보이지는 않지만, 지금 당 대협의 앞에는 돌널무덤처럼 만들어진 작은 제단이 놓여 있을 거예요. 당 대협은 그것을 파괴해야 하는데, 지면에서 삼고(三高)… 그러니까 당 대협의 허리춤 아래는 조금도 파괴되어서는 아니 됩니다. 힘을 조절하실 수 있겠지요?"

제갈영영의 목소리가 워낙에 심각하였으므로 당유회는 곧바로 대답하지 못했다. 잠시 뒤, 당유회가 손을 활짝 펴서 허공의 한 점에 대며 질문했다.

"이 정도 높이 이상만 파괴하면 된다는 말씀이시오?"

"예. 그 이하는 절대 파괴되어서는 안 됩니다."

퍼석!

제갈영영의 말이 끝나기가 무섭게, 당유회가 끊어서 치듯 허공에 일수를 날렸다. 보이는 것은 여전히 아무것도 없었지만, 묵직한 타격감과 함께 무언가 부서지는 소리가 들려왔다.

그 순간, 작은 돌널무덤이 스르르 모습을 드러냈다. 당유회의 일수로 인해 파괴되기는 했지만, 파편이 모두 튕겨난 덕분에 돌널무덤의 아랫부분에는 조금의 손상도 없었다.

"좋아요, 이제……."

제갈영영이 희미한 미소를 지으며 말할 때였다.

드드드—

불현듯 땅이 진동하는 소리가 들리더니 바닥에 놓여 있던 잔돌멩이들이 콩 튀듯 튀기 시작했다. 제갈영영은 그것이 혈마곡의 마인들이 진군하는 소리라는 것을 짐작할 수 있었다.

지심수를 만지작거리던 제갈영영이 제단에서 손을 떼고는 천천히 뒷걸음질 쳤다.

"…아미타불!"

각원 대사가 멍하니 주위를 바라보며 불호를 읊조렸다.

원래 각원 대사의 주위에는 넝쿨로 만들어진 거대한 벽이 서 있었는데, 갑자기 모든 넝쿨들이 빨려 들어가듯 바닥으로 사라져 버린 것이다.

벽이 사라진 덕분에 탁 트인 각원 대사의 시야에 수천 명의 마인들이 보였다. 무림맹의 전방에서 화살을 날려대던 혈마곡의 마인들이 마침내 진군을 시작했던 것이다.

각원 대사의 눈이 찢어질 듯 크게 부릅떠졌다.

"혈마곡에 이렇게 많은 병력이 남아 있었을 줄은 미처 알지 못했구나."

각원 대사 대신, 청허 진인이 허탈한 얼굴로 중얼거렸다.

만겁대진에서 살아남는 것은 끔찍한 일이었지만, 곧이어 더욱 끔찍한 일이 벌어지고 있었다. 무림맹의 무인들에게 짓쳐드는 마인들의 숫자는 그야말로 압도적으로 많았던 것이다.

"금천에서보다 더 많을 줄은 짐작조차 하지 못했다."

청허 진인이 그렇게 말하며 검을 뽑아 들었다. 그의 머릿속에는 '전멸'이라는 불길한 단어가 떠올라 있었다.

제갈영영이 차가운 어조로 읊조렸다.

"지금 당장 일진과 이진의 생존자들을 수습해서 후퇴해야 합니다. 삼진과 합류한 다음 본진으로 돌아가서 전세를 재정비해야 해요. 그러지 못하면 전멸입니다."

전세를 재정비해도 이길 수 있을 리가 없다. 적의 수가 많아도 너무 많으니, 지금은 승리는 고사하고 생존 자체가 문제가 되는 상황인 것이다.

하지만 그런 말을 입 밖으로 꺼내는 사람은 아무도 없었다.

"제갈 여시주의 말이 옳소. 전세를 재정비하고 전열을 가다듬는다면 적어도 저들 중 절반은 제압할 수 있겠지. 하지만 생존자들을 수습할 시간이 없다는 것이 문제요. 저 악귀들이 우리가 동도들을 구하는 것을 가만히 두고 볼 리 없지 않소."

"지금으로부터 반시진 동안 저들은 꼼짝도 하지 못해요. 우리가 지금까지 당했던 걸 고스란히 당하게 될 테니까."

제갈영영이 대수롭지 않은 어조로 중얼거렸다. 각원 대사는 물론, 청허 진인과 당가의 가주, 아미파의 장문사태 등 수많은 무림 명숙들이 깜짝 놀라 제갈영영을 바라보았다.

"우리가 당했던 걸 고스란히 당하게 된다… 그게 무슨 뜻이지요?"

아미파의 장문사태가 조심스럽게 질문했다. 제갈영영이 차갑게 가라앉은 눈으로 혈마곡의 마인들을 노려보며 대답했다.

"진법의 방향을 바꾸어놓았습니다. 저들은 지금 자신들이 만든 죽음의 함정 안으로 달려들고 있는 셈이지요. 최소한 천시가 끝나 진법이 소멸하는 순간까지 우리는 안전해요."

제갈영영의 말이 끝나기가 무섭게 혈마곡의 마인들 사이에서 비명이 터져 나왔다.

"끄르륵, 끄륵!"

무림맹을 향해 달려오던 마인들 중 가장 선두에 서 있던 자들이 갑자기 걸음을 멈추더니, 마치 익사 직전에 빠진 것처럼 허우적대며 자신의 목을 마구 긁어대는 것이 보였다.

각원 대사는 전신의 털이 곤두서는 것을 느꼈다.

제갈영영은 천하의 누구도 파훼하지 못할 것이라는 개량된 만겁대진을 파훼한 것은 물론, 심지어 그것을 이용해 적들에게 역습까지도 가한 것이다.

"제, 제갈 여시주, 시주께서는 도대체 어떻게……."

"이러고 있을 시간이 없어요. 최대한 빨리 생존자들을 수습하여 후퇴해야 합니다. 반시진 후부터는… 우리가 직접 저들을 상대해야 할 테니까."

제갈영영이 눈을 질끈 감으며 몸을 돌렸다.

금각자의 청각은 그야말로 뛰어난 것이었다. 그녀의 귀는 천하의 모든 소리를 담을 수 있었고, 무인들도 쉽게 알아채지 못하는 사소한 변화까지도 섬세하게 잡아낼 수 있었다.

하지만 그녀의 귀보다 뛰어난 것은 그녀의 기감이었다. 비록 무공을 익히지 못한 그녀였지만 기감을 파악하는 재주 하나만큼은 천하의 삼후제와도 비견할 만했던 것이다.

그녀는 진법이 변형되었음을 누구보다 빨리 알아챌 수 있었다.

"도대체 누가! 누가 있어 이렇게 빨리……."

그녀의 스승인 천산노옹 등주광도 이렇게 빨리 개량된 만겹대진을 파훼하진 못한다. 아니, 스승이 아니라 그녀 자신도 이와 같은 속도로 진을 파훼할 수는 없었다.

"천하에 이런 진법가가 있었을 줄이야! 대단하구나, 대단해."

금각자는 전신에 소름이 오싹 돋는 것을 느꼈다.

진법에 있어서만큼은 천하제일이라 자부했던 금각자에게 자신만큼이나, 아니, 어쩌면 자신보다도 더 뛰어날지도 모를 도전자의 등장은 그야말로 짜릿한 것이었다.

"귀곡 노사, 아무래도 제가 직접 내려가 봐야겠어요. 저도 저자처럼 진법 안에서 축들을 만지작거려 보지요. 도전자가 승부를 청하였으니 응당 받는 것이 도리가 아니겠어요?"

금각자가 미소를 지으며 뒤를 돌아볼 때였다. 그녀의 발달된 기감이 섬뜩한 느낌을 전해왔다. 혈존만큼이나 거대한 기운이 그녀가 있는 쪽으로 달려오고 있었던 것이다.

"귀, 귀곡 노사?"

금각자가 불안한 어조로 중얼거렸다. 혈존께서 계시고 귀곡자께서 계시니 큰일이야 나겠나 싶지만, 어째서인지 불안한 마음을 감출 수가 없다.

그 순간, 다가오던 거대한 기운이 무언가를 발출했다.

"큭!"

핏―

그 순간, 금각자의 이마에 작은 구멍이 뚫렸다. 금각자는 자신의 이마를 꿰뚫은 것이 소량이 발출한 검환(劍環)임을 영원히 알지 못했다. 죽음 이후의 일을 알 수는 없는 법이니까 말이다.

허공을 격하여 금각자의 이마에 구멍을 뚫은 소량이 경계하는 표정으로 바닥에 착지했다. 그의 시선은 팔인교 위에 나른한 표정으로 앉아 있는 혈마에게 닿아 있었다.

'방해하지… 않아?'

소량의 표정이 이해할 수 없다는 듯 변해갔다.

혈마가 진법의 주재자를 보호하면 모든 일이 엉망이 되어버릴 것이므로, 소량과 일검자는 먼저 달려가는 대신 제갈군을 비롯한 다른 무인들과 보조를 맞추었다. 소량과 일검자가 혈마를 상대하는 사이, 나머지 무인들이 진법의 주재자를 제압한다는 계획을 세웠던 것이다.

하지만 놀랍게도 혈마는 소량이 금각자를 죽이는 것을 방해하지 않았다.

"나는 창천존 도무진을 만나 작게나마 깨달음을 얻었다."

혈마가 무심한 어조로 중얼거렸다.

창천존의 죽음을 떠올린 소량의 얼굴이 일그러졌다.

"그대는 어떠한가?"

팔인교 위에 앉아 있던 혈마가 천천히 몸을 일으켰다.

2

혈마를 마주한 소량이 눈을 지그시 감고 가볍게 심호흡을 했다. 그동안 그가 겪어왔던 모든 경험들과 그간 고민해 왔던 모든 상념들이 바야흐로 한 점에 집중되고 있었다.

혈마가 느릿하게 팔인교에서 걸어 내려왔다.

"묻노니 답하라. 그대는 이제 모든 미련을 버릴 수 있겠는가?"

소량이 천천히 눈을 떴다. 혈마를 이길 수 있을지, 이 모든 일들이 어떻게 끝날지 짐작도 가지 않는 지금이었지만 어째서인지 머리가 맑아지는 느낌이 들었다.

"나는 버릴 수 없다. 아니, 나는 버리지 않아."

"틀린 답이다. 그대는 조금도 성장하질 않았군."

혈마가 무심한 얼굴로 소량에게서 시선을 떼어 주변을 둘러보았다. 지금의 혈마는 금각자의 죽음도, 진법을 두고 펼쳐지는 무림맹과 혈마곡의 치열한 혈전도, 심지어 귀곡자의 목숨에도 관심이 없는 듯 보였다.

천지불인!

혈마는 인간의 시선이 아니라 하늘의 시선으로 보고 있었던 것이다.

"만 가지 집착을 버리려는 마음이 오히려 만 가지를 합친 것보다 무겁다… 나는 이제 삼천존을 통해 하늘 끝에 오르고자 하는 마음마저도 버리려 한다. 이제 나에게 있어서는 도천존도, 그대도 객체로서만 존재할 뿐이다. 단언컨대 지금은 그대의 마지막 기회다."

과거, 진무신모와 일전을 겨룰 때의 혈마는 신(神)처럼 보였다.

바람은 그에게 숭배를 바쳤고, 대지는 그의 걸음을 떠받드는 데 정신이 없었다. 물길은 그의 발끝을 피해 몸을 피했고 불길은 그를 휘감아 자신의 존재감을 드러내는 데 열중했다.

그것이 극마(極魔)의 경지였다.

검천존을 만났을 때의 혈마는 신의 자리를 버리고 인간의 자리로 내려와 있었다. 마치 마인이 아니라 도인이 된 것처럼, 그는 높은 곳에 오르기보다 다만 비우고자 했다.

그것이 바로 탈마(脫魔)의 경지였다.

그리고 지금의 혈마는 탈마의 경지를 넘어 합일(合一)의 경지에 이르러 있었다.

그는 진실로 하늘 끝의 직전에 이르러 있었던 것이다.

"아직 그대에 대한 호기심을 완전히 버리지 못한 지금이 그대의 마지막 기회다."

"버리는 길로 오를 수 있다면 버리지 않음으로써 오를 수도 있을 것이다."

소량이 차분한 얼굴로 내기를 끌어 올렸다.

용천혈로는 지면과 소통하고 백회혈로는 하늘과 소통한다. 양신이 태동하여 천지교유의 경지에 오른 소량은 자신의 내기를 촉매로 삼아 천지간의 기운을 불러 모으고 있었다.

"난 인간으로서 살겠다."

소량이 선언하듯 말하는 순간, 혈마가 가볍게 손을 들어 올렸다. 곧 혈마의 옆구리에 패용되어 있던 도가 저절로 떠올라 그의 손에 잡혔다. 손가락 끝으로 도병을 몇 번 만지작거리던 혈마가 싸늘하게 웃으며 중얼거렸다.

"그렇다면 인간으로서 죽겠군."

쐐애액!

혈마의 도가 소량을 향해 날아왔다. 놀랍게도 혈마의 도에는 소량처럼 천지자연의 기운이 응축되어 있었다. 혈마는 혈마기에 더하여 자연지기까지 이용하고 있었던 것이다.

혈마의 도와 소량의 검이 부딪히자 한바탕 굉음이 울려 퍼졌다.

콰콰쾅!

그와 동시에 거친 파동이 일어나 사방으로 번져 나갔다.

파동에 휩쓸린 제갈군의 장포 자락이 거칠게 펄럭였다. 제자리에 서 있는 것조차 쉽지 않아 비틀거리던 제갈군이 겨우 균형을 잡고는 주위를 한차례 둘러보았다.

장내는 그야말로 혼돈의 도가니에 빠져 있었다.

청성파의 일검자는 혈마의 교자를 들고 있던 여덟 명의 마인들과 혈전을 벌이고 있었다.

여덟 명의 마인들이 펼치는 합격진은 그야말로 뛰어난 것이었지만, 삼후제의 위에 오른 일검자의 검을 뚫지는 못했다.

일검자의 칠십이파검이 일검을 펼칠 때마다 중첩되어 여덟 명의 마인들에게로 쏟아졌다.

그 옆에서는 운해추룡 막현우가 귀곡자의 호위시위들을 상대하고 있었다.

운해추룡 막현우는 집요하게 적의 목숨을 노리기보다 공수를 능수능란하게 바꾸었는데, 그가 공세를 거두고 뒤로 물러나면 운송자를 비롯한 청성파의 무인들이 대신 공격에 나섰다.

마지막으로 혈마와 소량까지 훑어본 제갈군이 고개를 돌려 앞을 바라보았다.

"아무래도 내가 우위에 선 것 같지?"

제갈군의 앞에는 곱추 노인이 주저앉아 있었다. 혈마의 도와 천애검협의 검이 일으킨 파동에 휘말려 바닥을 몇 바퀴나 구른 탓에 귀곡자는 그야말로 흙투성이가 되어 있었다.

"아냐, 아냐. 전략으로 따지면 내가 이겼어. 너는 우리가 기습할 줄 꿈에도 모르고 있었잖아. 내가 이 꼴이 된 건, 변수가 너무 많았던 탓이야."

귀곡자가 고집스럽게 고개를 저었다.

그의 말대로 변수는 수도 없이 많았다. 예를 들어, 귀곡자는 금각자가 직접 개량한 만겹대진을 파훼할 정도의 천재가 무림맹에 있을 줄은 알지 못했다. 금천에서 승리를 맛본 귀곡자는 무림맹에 만겹대진을 상대할 방도가 없다는 것을 확신하고 있었다.

그러나 그것도 최악의 변수는 아니었다.

최악의 변수는 혈존, 바로 그의 주군 그 자체였다.

그가 금각자의 죽음을 막지 않을 줄은 몰랐다.

"하늘 끝에 오르지 말라고 그렇게 설득했는데… 이건 다 혈존 탓이야. 다 된 밥에 혈존이 코를 빠뜨린 거야. 실제로는 내가 이긴 거라구. 나는 지지 않았어."

"금천에서 내가 그런 기분이었지. 전략으로 우위에 서 있었다고 생각했는데 정신을 차려보니 후퇴하고 있더군. 자네가 개량된 만겹대진이라는 수를 숨기고 있었을 줄은 몰랐네."

"푸흐흐."

귀곡자가 불현듯 헛웃음을 터뜨렸다.

"그건 네가 멍청해서잖아. 오십여 년 전에 만겹대진을 겪어놓고도 그에 대한 대비를 소홀히 하다니, 너는 멍청했어. 전략으로만 따지면 내가 약간 밀리기는 했지만, 숨겨둔 한 수를 적절하게 사용했으니 금천에서는 내가 승리한 게 맞단 말이야."

"…인정하지. 자네 말이 옳아."

"지금도 마찬가지야. 아래를 봐, 제갈군. 아래를 봐. 혈마곡에
비하면 무림맹의 수는 한 줌도 안 돼. 무림맹은 이 싸움에서 살아
나가지 못할 거야. 이번에도 내가 이긴 거라구."

"아니, 승리할 수는 없을지 모르겠지만 후퇴할 수는 있을 걸세.
물론 어렵겠지만, 추격을 지휘할 자네만 없다면 가능하리라 믿어."

웅크린 채 제갈군을 노려보던 귀곡자의 눈이 흔들렸다.

"그, 그래. 그렇지. 나는 이제 죽겠지? 이렇게 죽는 거겠지……."

겁을 한껏 집어먹은 귀곡자가 어깨를 움츠리며 몸을 부르르 떨
었다. 억지로라도 용기를 내고 싶었지만 두려움은 너무도 커서 감
히 대항할 수 없었다.

도대체 어째서일까?

갑자기 일월신교에 입문하던 어린 시절과, 사랑했던 여인에게
곱추 주제에 언감생심 혼서를 넣느냐는 모욕을 받던 때가 떠올랐
다. 두뇌만큼은 정상인보다도 뛰어나다는 평을 받던 때의 뿌듯함
과 천하를 놓고 제갈군과 일전을 겨루던 때의 즐거움도 마찬가지
였다.

이제 끝이었다.

쾅, 콰아앙—!

혈마와 소량이 충돌하며 또다시 굉음이 울려 퍼졌다. 하마터면
몇 바퀴를 더 굴러갈 뻔했지만, 귀곡자는 손톱이 벗겨지도록 바
닥을 움켜쥐며 제자리를 고수했다.

귀곡자가 눈을 지그시 감으며 중얼거렸다.

"춥다……."

스르릉—

서걱!

제갈군이 검을 뽑는 것과 동시에 귀곡자의 목이 사라졌다.

제갈군은 목을 잃은 채 스르르 쓰러지는 귀곡자의 육체를 물끄러미 바라보았다. 금각자에 더해 귀곡자까지 제압했지만 통쾌한 마음은 조금도 들지 않았다. 비록 귀곡자를 이해할 수 없었고, 그를 좋아할 수도 없었지만 제갈군은 왠지 모를 씁쓸한 감정을 느끼고 있었다.

어쩌면 그것은 적장에 대한 예의였는지도 모른다.

잠시 뒤, 제갈군이 몸을 돌리고는 목청껏 외쳤다.

"일검 진인! 운해추룡 막 대협! 지금 당장 본진으로 향하시오! 청성파의 문도들 역시 마찬가지! 최대한 빨리 몸을 빼어 본진으로 향하시오!"

이제 혈마곡에 지자(智者)는 없다.

전장을 지휘할 사람이 없으니, 혈마곡은 수적 우위에도 불구하고 체계적으로 공격을 하지는 못할 터였다. 무림맹의 생존은 바로 거기에 달렸다. 지금은 최대한 빨리 본진으로 달려가 전략을 구성하여 최소한의 피해로 병력을 후퇴시켜야 할 때였다.

"무엇들 하시오! 금각자와 귀곡자를 제압하였으니 목적은 이룬 셈! 최대한 빨리 몸을 빼어 본진과 합류해야 하오! 남아 있는 마인들과 혈마는……."

제갈군이 저도 모르게 소량을 돌아보았다. 혈마의 도를 피해 신형을 뒤로 물리던 소량이 제갈군을 흘끔 바라보고는, '자신은 걱정하지 말라'는 듯이 고개를 한 번 끄덕여 보였다.

'미안하네, 천애검협. 정말로 미안하네.'

제갈군이 괴로운 듯 눈을 질끈 감았다.

지금 이 순간, 하나로 합쳐졌던 천하대란은 다시 두 갈래로 나뉜 셈이다. 천애검협과 혈마의 싸움과 무림맹과 혈마곡의 싸움으로 말이다.

다시 눈을 뜬 제갈군이 괴로움을 삼키며 외쳤다.

"모두들 서두르시오! 마인들을 두고서라도 본진으로 향하란 말이오!"

제갈군이 그렇게 외칠 때였다. 뒤로 몸을 빼었던 소량이 다시금 앞으로 쇄도하며 태룡과해와 태룡치우, 그리고 태룡만천을 연이어 펼쳤다.

쾅, 쾅, 콰아앙—

한 마리 거대한 용이 구불구불 몸을 휘저으며 나아가더니 곧이어 비를 불러냈다. 비가 되어 내리던 수많은 검환이 마침내는 안개로 화하여 사방으로 흩어졌다.

서걱!

하지만 안개는 아무것도 적시지 못하였다.

혈마가 안개를 반으로 베어내며 앞으로 쇄도한 탓이었다.

태룡도법이 깨어지자 소량이 이번엔 천지간의 흐름을 좇아 검을 놀렸다. 능하선검이라! 소량의 검은 천지간의 흐름에 거슬러 역리를 취하는 대신 오직 순리만을 좇아 펼쳐졌다.

혈마가 무심한 어조로 읊조렸다.

"검신의 무예로군."

"큭!"

능하선검이 혈마의 옷깃을 일부 베어나가는 순간, 소량의 입에서 신음이 새어 나왔다. 도초를 펼쳐 능하선검을 막은 혈마가 각

법으로 소량의 단전을 후려친 탓이었다.

소량은 빠르게 뒤로 튕겨나는 가운데 동화의 법을 펼쳤다. 언젠가 설원에서 할머니가 그러했던 것처럼 소량의 신형 역시 대기 중에 녹아들어 사라져 갔다.

"이번엔 진무신모의 무예인가?"

혈마가 큭큭 웃더니 가볍게 공력을 끌어 올렸다.

소량의 근본이 태허일기공이라면 혈마의 무공은 혈마기를 근본으로 두고 있다. 분명히 서로 다른 무리를 품고 창안된 무공이었으나, 극의에 오른 결과만은 서로가 꼭 닮아 있었다.

두 개의 무공이 공명을 시작했다.

"하하하!"

동화의 법을 펼쳤음에도 소량의 위치를 명확하게 잡아낸 혈마가 태산압정처럼 도를 아래로 내리그었다. 소량이 검으로 그것을 막아내자 그의 뒤쪽으로 거친 폭풍이 밀어닥쳤다.

콰콰콰—!

소량의 뒤쪽으로 반경 십여 장의 땅이 뒤집어졌다.

오직 소량이 디디고 선 곳만이 멀쩡할 따름이었다.

혈마가 잠시 움직임을 멈추더니, 자신의 손을 물끄러미 내려다보았다.

"과거의 나는 검신의 무공에 패배했지. 하지만 지금의 나는 그때와 다르다. 지금의 나는 그 어느 때보다도 하늘 끝에 가깝다. 버리지 못하는 한, 그대는 나를 꺾지 못한다."

혈마가 차가운 눈으로 소량을 주시하며 말했다.

창천존을 만나기 전의 혈마의 경지는 소량과도 비슷했다. 우위를 따지자면 물론 혈마가 우위에 있겠지만, 적어도 지금처럼 압도

적으로 천애검협을 상대할 수는 없었을 터였다.

하지만 창천존 덕택에 혈마의 무공은 새로운 변화를 겪고 있었다. 소량은 혈마의 무공을 온전히 감당해 낼 수 없었다.

"쿨럭, 쿨럭! 커허억!"

소량이 거칠게 기침을 토해내었다. 한 줌의 핏물이 기침에 섞여 입 밖으로 새어 나왔다. 혈마의 도에 짓눌려 주저앉았던 소량이 몸을 앞뒤로 비틀거리며 검을 혈마에게 겨누었다.

"호기심이 점점 사라지는군."

혈마의 눈빛이 한층 차갑게 가라앉았다.

아니, 엄밀히 말하면 차갑다는 표현은 틀린 것이리라. 혈마의 눈에 어린 것은 무관심이었다. 혈마는 소량에 대한 집착마저도 버려가고 있었던 것이다.

"큭, 쿨럭!"

마지막으로 짧게 기침을 토해낸 소량은 피곤한 듯 눈을 끔뻑였다. 양신이 태동하여 천지와 교유하는 터라, 지금 이 순간에도 소량은 빠르게 회복하고 있었다. 조금의 시간만 더 있다면 어느 정도 기력을 회복할 수 있으리라.

하지만 안타깝게도 소량에게는 시간이 남아 있지 않았다.

"마지막으로 묻지. 그대는 진정 인간으로서 죽겠는가?"

소량의 앞에 선 혈마가 무심한 어조로 질문했다. 대답 대신, 소량은 흙바닥에 주저앉은 채로 검을 패검하는 자세를 취했다.

태룡도법을 펼치려는 것이다.

어디선가 목소리가 들려온 것은 바로 그때였다.

"…쯧쯧! 제자라는 놈이 태룡도법을 잘못 배웠구나. 강유의 조화를 택한 것도 이해 못 할 일은 아니나, 태룡도법은 원래 패도로

서 펼쳐야 그 진의가 드러나는 법이거늘."

소량의 목을 베기 위해 도를 높이 들어 올리던 혈마가 좌측으로 시선을 돌렸다. 마치 공중에 계단이라도 있는 것처럼, 도천존이 허공을 딛고 사뿐사뿐 내려오고 있었다.

혈마의 입꼬리가 슬며시 올라갔다.

"도천존 단천화… 늦었군."

도천존은 조용히 도를 뽑아 들고는 혈마를 겨누었다. 생사를 견줄 적과는 군이 대화를 나눌 필요가 없는 것이다. 도천존의 도에서 강맹한 기운이 뻗어 나오는 순간, 혈마의 신형이 안개처럼 흩어져 사라졌다.

마침내 도천존과 혈마의 생사투가 시작된 것이다.

도천존 덕택에 시간을 번 소량이 태허일기공을 빠르게 회전시키며 하늘을 올려다보았다. 진법이 완전히 깨어졌지만 하늘은 여전히 어두컴컴했다. 몇 방울의 비가 소량의 얼굴로 떨어졌다. 소량은 이번에는 시선을 돌려 구릉 아래의 전장을 바라보았다.

제갈영영이 만든 반시진의 시간은 금방 끝을 맺었다. 제갈영영이 바꾸어 버린 진에 갇혀 이백여 명의 마인들이 목숨을 잃었다는 것이 무림맹이 얻은 소득이라면 소득이었다.

반시진이 지나자, 혈마곡의 마인들이 개미 떼처럼 달려들어 무림맹을 물어뜯었다. 후퇴를 준비하던 무림맹의 무인들은 지금 혈마곡의 마인들과 치열한 혈전을 벌이고 있었다.

수가 워낙에 부족하니 전멸을 당해도 이상한 일이 아니리라.

'할머니. 영화야, 승조야. 유선아……'

소량의 눈이 휘둥그레 커졌다. 무림맹의 무인들이 천막이 있는 곳까지 밀린 것을 발견한 탓이었다. 천막이 있는 곳에는 그의 가족들과 가장 소중한 사람이 있을 터였다.

'…제갈 누이.'

소랑이 아랫입술을 질끈 깨물고는 혈마와 도천존에게로 시선을 돌렸다. 흔들리던 마음이 차분하게 가라앉자 천지간의 기운이 한층 더 속도를 내어 소랑의 육신으로 파고들었다.

최대한 빨리 신체를 회복해야 했다.

각원 대사는 어깨에서 피가 튀어 오르는 것도 깨닫지 못하였다. 백보신권으로 눈앞에 당도한 혈마곡의 마인을 후려친 각원 대사가 크게 외치며 제자들을 독려했다.

"본진의 후퇴가 완료할 때까지 아무도 뒤로 물러서서는 아니될 것이다!"

각원 대사의 옆에는 청허 진인이 비슷한 몰골로 서 있었다. 청허 진인은 부드럽게 무당파의 절기인 십단금을 펼치며 각원 대사의 등 뒤를 보호했다.

"이런!"

마인 한 명을 떨쳐낸 청허 진인이 경호성을 터뜨리며 유운보를 펼쳐 앞으로 쇄도했다. 곧 청허 진인의 손에 화산파의 매화검수를 공격하던 어느 마인의 머리가 터져 나갔다.

"무, 무량수불……"

겨우 목숨을 구했음을 깨달은 매화검수가 크게 놀란 얼굴로 도호를 읊조릴 때였다.

푹!

날카로운 협봉검이 그의 가슴을 뚫고 섬뜩한 검기를 드러내었다. 청허 진인의 도움에도 불구하고 매화검수는 허망하게 목숨을 잃고 만 것이다.

청허 진인은 눈을 질끈 감았다 뜨고는 뒤를 돌아보았다.

무림맹주 진무극이 노호성을 터뜨리며 오행검을 펼치고 있었다. 소량과 같은 태허일기공에 소량과 같은 오행검이니만큼, 천애검협이 전장에 있는 듯한 착각이 들었다.

청허 진인이 무당파의 제자들에게 고함을 질렀다.

"옥청궁(玉淸宮)은 뒤로 물러나지 말라! 절대로 검진을 깨어서는 아니 될 것이야!"

청허 진인의 뒤에서는 남궁세가의 가주가 검로를 펼치고 있었다. 창궁무애검이라! 가주의 검로가 지날 때마다 핏, 핏 소리가 나더니 핏방울이 사방으로 튀었다. 눈 깜짝할 사이에 적을 세 명이나 베어낸 남궁세가의 가주가 어두운 얼굴로 읊조렸다.

"이제 우리도 뒤로 물러나야 할 것 같소, 청허 진인."

"그게 무슨 소리요! 우리가 뒤로 물러나면 본진 전체가……."

"후방을 보시오. 당신의 안력이라면 볼 수 있을 것이오."

남궁세가의 가주가 싸늘하게 읊조리고는 또 다른 마인을 쫓아 앞으로 달려 나갔다. 안력을 돋워 후방을 확인한 청허 진인이 절망에 가득 찬 얼굴로 신음을 토해내었다.

"무림의 명맥이 이렇게 끊어지는가?"

혈마곡의 마인들은 전방에만 있는 것이 아니었다. 일부의 마인들은 대련의 평야를 크게 우회하여 후방에 잠입한 상태였다. 무림맹 전체를 포위한 후 섬멸하겠다는 계획이었다.

본진에 있는 맹주의 천막에서 할머니를 다독이고 있던 승조의 심정도 청허 진인과 크게 다르지 않았다. 바깥의 상황을 확인한 승조가 절망에 가득 찬 얼굴로 중얼거렸다.

"여기까지인가······?"

승조가 고개를 돌려 할머니를 바라보았다.

할머니는 근심이 섞인 얼굴로 북쪽을 바라보고 있었다. 승조는 몰랐지만, 할머니의 시선이 향한 곳은 공교롭게도 소량과 도천존이 혈마와 치열한 격전을 치르는 곳이었다.

승조는 마치 할머니를 보호하겠다는 듯 그녀를 품에 꼭 안은 진유선과 그런 진유선을 보호하겠다는 듯 선 연호진이 보였다. 승조는 할머니를 바라보며 희미한 미소를 지었다.

"잠시만 천막 안에 계세요, 할머니. 어디 가시면 안 돼요."

"야. 여거 착 붙어 있을 테니께 걱정 마시요."

할머니가 작게 고개를 끄덕이자 승조가 이번엔 큰누이, 영화를 바라보았다.

승조보다 먼저 할머니께 인사를 마친 영화는 피투성이 몰골로 부상자들을 치료하는 곽호태에게 예를 올리는 중이었다. 부상자들을 치료하느라 정신이 없었던 곽호태가 갈 테면 가보라는 듯 손을 휘젓자 영화가 씁쓸한 얼굴로 천막 밖으로 향했다.

승조가 자신을 쫓아 나오자 영화가 염려 섞인 어조로 말했다.

"너도 안에 있어, 승조야."

"무슨 말도 안 되는 소리를."

승조가 말도 안 되는 소리 하지 말라는 듯 중얼거리고는 영화를 스쳐 지나가 앞장을 섰다. 영화가 얼굴을 구기며 입을 열기 직전, 승조가 대수롭지 않게 중얼거렸다.

"말리지 마세요, 큰누이. 말려도 안 들을 테니까. 제 심정은 정확히 누이의 심정과 같습니다."

"승조야, 누나 말 들어. 누나는······."

"정히 그러시면 큰누이나 들어가시던가요."

승조가 뚱한 얼굴로 중얼거리고는 성큼성큼 걸음을 옮겼다.

잠시 멈춰 서서 승조의 뒷모습을 바라보던 영화가 씁쓸한 얼굴로 눈을 질끈 감았다. 동생을 말리고 싶은 마음은 굴뚝같았지만, 그 방법을 떠올릴 수가 없는 것이다.

그렇게 천막을 나가 보니 인급에 속한 무인들이 병장기를 들고 나와 있는 것이 보였다. 그 숫자가 무려 이백을 상회하고 있었지만 별로 안심은 되지 않았다. 지축을 울리며 후방으로 달려오는 혈마곡의 마인의 수는 족히 이천은 넘을 듯했던 것이다.

드드드—

혈마곡의 마인들은 어느새 삼십여 장 너머로 다가와 있었다.

영화가 낭창낭창한 소매를 가볍게 펄럭여 보이고는, 심각한 얼굴로 서 있는 승조에게 질문을 던졌다.

"무슨 생각 하니, 승조야?"

"글쎄요, 별생각 없습니다. 큰누이는 무슨 생각을 하십니까?"

승조가 어깨를 으쓱하며 반문했다. 원래 떠올린 생각은 따로 있었지만 군이 그것을 입 밖으로 낼 필요는 없을 것 같았다.

이제 마인들은 십여 장 너머로 다가와 있었다.

영화가 다시 한번 낭창낭창한 소매를 펄럭였다.

"당 대협이 보고 싶다는 생각. 무사히 돌아가면 그와 혼인하는 것도 괜찮을 것 같아."

영화의 말은 반쯤은 진심이었고, 반쯤은 거짓이었다. 당유회를 생각한 것은 분명한 사실이지만 그것이 전부는 아니었던 것이다.

사실, 그녀의 머릿속에는 승조와 똑같은 생각이 숨어 있었다.

쿠웅—!

영화의 말이 끝나기 무섭게, 마인들과 무림맹의 인급 무사들이 격돌했다.

승조보다 무공이 뛰어난 영화가 한 걸음 앞으로 나서더니 소매로 태허일기공을 한껏 불어넣었다. 부드럽게 낭창이던 소매가 일순간 딱딱하게 굳더니 마인의 단전을 깨어버렸다.

승조는 영화의 뒤를 보호했다. 무공이 성장하기는커녕 더 퇴보했는지, 승조의 보법과 검로는 어딘가 삐끗거리고 있었다. 다만 혈마곡에 잠입했다가 빠져나올 때 겪었던 경험 탓에 당황하거나 허둥대지는 않으니 그것 하나만은 다행이라 할 수 있었다.

마치 할머니에게서 무공을 배우던 때처럼, 영화와 승조는 동시에 마인들을 공격했다. 처음에는 잘 맞지 않았지만, 그리 오래 지나지 않아 두 남매는 능수능란하게 합격술을 펼쳤다.

그렇게 얼마를 싸웠을까.

"끅, 끄으윽!"

잘 버티던 인급 무사들이 하나둘씩 무너지기 시작했다.

후방을 습격한 혈마곡의 마인들은 무공이 고강하기보다 발이 날랜 자들이 주를 이루었으므로 처음에는 인급 무사도 잘 버틸 수 있었지만, 적들의 수가 너무 많았던 것이다.

목숨을 잃는 동도들을 바라본 승조와 영화의 안색이 어두컴컴하게 변해갔다. 전멸… 이대로라면 한 시진을 버티지 못하고 전멸을 당하고 말 터였다.

하늘에 한 줄기 기음이 울린 것은 바로 그때였다.

빼애애액—

영화의 도움을 받아 마인 한 명을 물리친 승조가 멍하니 하늘을 올려다보았다. 한 줄기 효시가 하늘로 날아오르고 있었다.

고작 한 개의 효시임에도 불구하고 사방에 울려 퍼지는 소리는 결코 작지 않았다.

승조의 시선이 이번엔 서쪽으로 향했다.

"어, 어……."

평야의 서쪽 구릉 위에서 철갑을 입은 한 필의 말이 모습을 드러냈다. 말 위에는 갑주에 호랑이가 양각된 투구를 쓴 한 명의 소년 장수가 앉아 있었다.

곧이어 소년 장수의 좌우로 수많은 군병들이 모습을 드러내기 시작했다. 소년 장수와 마찬가지로 갑주를 두르고 철갑기마에 올라탄 군병들이었다. 철갑귀마에 올라탄 군병들이 열을 맞춘 가운데 드문드문 거대한 철시(鐵矢)가 보였다.

그들의 손에는 민간에는 허락되지 않은 방패가 들려 있었다.

"황군이다……."

승조는 전신에 소름이 오싹 돋아 오르는 것을 느꼈다. 그것은 죽음을 각오한 순간에 삶을 만나게 된 자의 희열이었고, 위기의 순간에 구원을 만나게 된 자의 기쁨이었다.

승조가 양손을 하늘로 번쩍 치켜들었다.

"황군이다—!"

호흡을 한껏 머금은 승조가 목청껏 고함을 질렀다. 미약한 무공이었지만 승조는 내공까지 섞어가며 거듭거듭 고함을 질러댔다.

"황— 군이다—!"

혈마곡의 수적 우위가 한순간에 뒤집어지는 순간이었다.

第九章
하늘 끝[天涯]

1

진태승이 눈물이 핑 고인 눈으로 전장을 내려다보았다. 아비규
환이 되어버린 탓에 개개인을 알아보기 어려운 전장이었지만 신
기하게도 형제만은 알아볼 수 있었다.

승조 형님과 영화 누님이 전장의 후방에 있었다.

진태승의 시선이 이번엔 동쪽 구릉으로 향했다. 섬뜩한 살기를
머금은 검붉은 기운과 청명하리만치 투명한 맑은 기운이 서로 부
딪히며 굉음을 토해내고 있었다.

진태승은 그곳에 소량이 있음을 깨달을 수 있었다.

"형……."

진태승의 볼가로 눈물 한 방울이 미끄러졌다.

형은 지금 어떤 모습일까. 햇살을 닮은 따뜻한 손으로 머리를
쓰다듬어 주던 형은 지금 어떤 모습을 하고 있을까. 유영평야에
서 피투성이 몰골로 웃음을 짓던 소량의 모습을 떠올린 진태승이

이를 빠드득 갈았다. 그때는 아무것도 하지 못했지만, 지금은 다르다.

눈을 질끈 감아 눈물을 떨쳐낸 진태승이 고개를 돌려 도열한 황군을 바라보았다.

황제는 진태승의 뜻대로 출병을 허락했다. 마음으로는 당장에라도 진태승을 죽이고 싶었지만, 이성은 그의 말이 옳다는 것을 알고 있었던 것이다.

아들이 아비를 죽이려 한 것이 민간에 퍼지기 직전인 지금이다. 그것만으로도 끔찍할 지경인데, 사천의 민란에 대한 소문이 전국으로 퍼지면 어떻게 되겠는가?

민심은 완전히 황궁과 조정에서 등을 돌리고 만다.

그러므로 황제는 조왕 주고수를 사사하지 못했다. '황제가 조카를 죽인 것으로도 모자라 아들까지 죽였다더라'는 오명을 피하기 위함이었다.

또한, 진태승의 주청을 거부하지도 못했다. '나라를 제대로 다스리기는커녕 민란조차 제대로 수습하지 못한 황제'라는 인상이 덧씌워지기 때문이었다.

둘 중 하나라면 감당할 수 있겠지만 둘 모두를 감당할 수는 없었다.

또한, 황제에게는 진태승을 죽일 수 없는 또 다른 이유가 있었다. 대장군 진무룡은 무엇보다 황제에게 필요한 칼 중의 칼이었고, 방패 중의 방패였다.

적어도 아직까지는, 대장군이 필요했다.

황제가 출병을 허락한 데에는 그런 사정이 있었던 것이다.

"철갑귀마대(鐵甲鬼馬隊)―"

진태승을 본 대장군 진무룡이 고개를 작게 끄덕이고는 검을 하늘로 들어 올렸다. 백호가 그려진 묵색 철갑이 한차례 덜그럭거리는 순간, 진무룡이 검을 아래로 내리그었다.

"출진하라!"

"충(忠)!"

외마디 외침과 동시에 열을 맞추어 도열했던 철갑귀마대가 서서히 구릉 아래로 말을 달렸다. 처음에는 느리게 달려가던 인마의 속도가 점점 더 빨라지기 시작했다.

드드드—

셀 수 없을 정도로 많은 군병들이 구릉을 가득 메우고 전장으로 쏟아지는 모습은 그야말로 장관이라 할 수 있었다. 마치 구릉 전체가 황군으로 가득 채워진 것 같았다.

가장 선두에는 대장군 진무룡과 진태승이 말을 달리고 있었다. 대지가 진동하는 가운데, 진태승은 당장에라도 적을 칠 수 있도록 손에 들린 검을 들어 올렸다.

무림맹의 후방을 공격하려던 마인들이 어두운 얼굴로 공격 태세를 취하는 것이 보였다.

쿠우웅—!

마침내 진무룡, 진태승을 위시한 철갑귀마대와 혈마곡의 마인들이 충돌했다. 달리는 말에 부딪힌 혈마곡의 마인 몇 명이 종이 인형처럼 뒤로 튕겨났다.

진태승은 가로막는 모든 것을 짓밟아 버리며 앞으로 쇄도했다. 말로 적을 짓밟는 것으로도 모자라 마상에서나마 오행검을 펼쳐 혈마곡의 마인을 베어낸다.

"평원의 앞쪽에 수천, 수만의 적이 있으니! 황제의 권위를 빌어

명하노니, 감히 황제의 군대에 대적하는 자! 모조리 베어버려라!"

대장군 진무룡이 거칠게 외치고는 말의 방향을 바꾸었다. 아군과 적군이 뒤섞인 혼란스러운 와중이었지만, 철갑귀마대는 용케도 대장군의 명령을 좇아 방향을 바꾸었다.

원래부터 철갑귀마대가 아니었던 소년 장수, 진태승만이 그들과 떨어져 다른 방향으로 향할 뿐이었다.

너무나 보고 싶었던 사람들에게로, 그의 가족들에게로…….

전장을 내려다보던 혈마가 눈살을 찌푸렸다. 조금 전까지만 해도 혈마곡은 완전히 승기를 쥐고 있었다. 수적 우위가 워낙에 확고하니 패배하는 것이 오히려 이상할 정도였다.

그러나 하필이면 그때 황군이 들이닥치고 말았다. 그것도 급히 끌어모아 만든 오합지졸이 아니라 잘 훈련된 정예군이 말이다. 혈마곡이 쥐고 있던 수적 우위는 순식간에 무의미한 것이 되고 말았다. 이제는 무림맹과 황군에게 밀려 패배를 걱정해야 하리라.

혈마의 가슴 깊숙한 곳에 남아 있던 미련 한 조각이 꿈틀, 모습을 드러냈다. 당장에라도 조정의 군병들과 무림맹의 무인들을 베어버리고 일월신교의 복수를 완료하고 싶었다.

혈마는 눈을 질끈 감아 그런 욕망을 참아내었다.

"아니. 나는 혈마곡마저 잊을 것이다."

혈마가 스스로에게 중얼거리곤 고개를 돌렸다.

혈마의 뒤에는 도천존이 새하얀 눈으로 그를 노려보고 있었다.

"네놈이 감히 나, 도천존 단천화를 무시하느냐?"

도천존의 흑색 장포에는 찢겨진 곳은커녕 한 점 구김조차 없었다.

그가 든 용호도 역시 낡았을지언정 흠결 없이 깨끗하다.

하지만 도천존의 얼굴은 잔뜩 구겨져 있었다.

자신이 멀쩡한 것만큼이나 혈마 역시 멀쩡했으므로.

"무시하기에는 그대의 무공은 너무 뛰어나다."

혈마가 무심한 눈으로 도천존의 위아래를 훑어보았다.

"오십 년 전, 그대는 삼천존 가운데서도 가장 고강한 무공을 가지고 있었고, 그것은 지금도 다르지 않다. 경지로 구분하지 아니하고 오로지 무공의 숙련됨만으로 따진다면 그대는 여전히 삼천존의 수좌(首座)라 할 만하다."

혈마가 의아한 얼굴로 고개를 갸웃했다.

"그러나 하늘 끝을 노리는 자들 중에서 그대는 말석에 불과하다. 하늘의 눈으로 보면 그대는 검천존 경여월이나 창천존 도무진은커녕, 천애검협만도 못해. 어째서지?"

도천존 단천화는 더 이상의 분노를 참지 못했다.

"…더 이상의 망언은 허락하지 않겠노라!"

도천존이 한 걸음을 앞으로 내디디며 일도를 휘두르자 태룡과해가 펼쳐져 앞으로 쇄도했다. 놀라운 것은, 허공에 나타난 용이 한 마리가 아니었다는 점이었다.

두 마리, 세 마리, 네 마리……

용은 끊임없이 늘어나 마침내는 열두 마리에 이르렀다.

콰콰콰콰—

오직 용만이 존재하는 세계 속에서, 혈마가 산보를 하듯 한 걸음을 걸었다. 일도를 휘둘러 가장 가까운 용의 머리를 베어내니, 도천존이 펼쳐내었던 기운이 스르르 흩어져 사라졌다.

창천존을 만나기 전의 혈마였다면 진무신모를 상대했을 때처럼 최선을 다해야 했을 것이나, 지금의 혈마는 너무나 쉽게 도천존의 태룡과해를 파훼해 버리고 만 것이다.

"무공의 극에 이르렀음에도 불구하고 탈피하지 아니하고 여전히 머물러 있기 때문인가?"

곧이어 다섯 마리의 용이 혈마의 사방과 머리 위를 물어뜯었다. 혈마는 피하거나 도초를 펼쳐 막아내는 대신 온몸으로 다섯 마리의 용을 받아들였다.

핏, 피핏!

혈마의 가슴에 실금이 그어지더니 이내 붉게 물들었다. 혈마의 등과 양어깨 역시 마찬가지였다. 단단하게 묶어두었던 머리끈이 풀어지며 혈마의 머리가 산발이 되었다.

"아아, 그렇군. 짐작 가는 것이 있다. 검천존은 자신의 미련을 온전히 풀어냄으로써 자유로워졌으나, 그대는 풀어내는 대신 스스로의 미련을 포기해 버린 것이로군."

혈마가 이제야 알겠다는 듯 고개를 끄덕일 때였다.

태룡과해와 태룡치우, 태룡만천이 한꺼번에 펼쳐졌다.

안갯속에서 비가 내렸고, 그 사이로 용이 노닐기 시작했다. 혈마의 호신강기가 형편없이 찢어졌다. 피가 끊임없이 새어 나온 탓에, 혈마는 혈인이나 다름없는 몰골이 되어 있었다.

"궁금하군. 그대는 내게 복수를 하고 싶어 했던 것이 아니었던가? 도대체 누구에게 복수를 하고 싶었던 거지? 아니, 그대의 한은 무엇이었지?"

"그 입, 닥쳐라."

"아내였던가?"

서걱!

혈마의 가슴팍이 또다시 크게 베였다. 도천존의 무공을 말 그 대로 '전신으로' 만끽하던 혈마의 입에서 거친 기침이 새어 나왔 다. 혈마는 기침을 토해내면서도 웃음을 터뜨렸다.

"큭, 쿨럭! 크크큭! 그랬군."

혈마가 피를 한 움큼 퉤 뱉어내고는 고개를 들었다. 극마, 탈마 의 경지를 넘어 이제는 자연과 합일해 가는 혈마였지만, 그 역시 도천존의 무공을 아무런 상처 없이 막아내지는 못했다.

태산을 오르기는 쉽지만 그 끝에서 한 걸음을 내딛는 것은 어 려운 법.

무공으로 따지면 도천존과 자신의 차이는 고작해야 그 한 걸 음뿐이었다.

혈마가 천천히 도를 들어 올리며 중얼거렸다.

"슬픈 이야기지. 협행을 마치고 돌아왔더니 아내가 핍박을 받 고 있더라. 세상 모두를 돕고자 하였는데, 정작 세상은 그대의 모 든 것이었던 아내를 돌아보지도 아니했더라."

"닥쳐! 닥치란 말이다!"

혈마를 향해 느릿하게 걸어가던 도천존이 갑자기 미친 사람처 럼 뛰어들기 시작했다.

소량처럼 도천존 역시 협객의 꿈을 꾸었다. 그는 힘이 없어 부 조리에 항거하지 못하는 사람들을 가엾게 여겼고, 스스로 곤궁함 에 처하더라도 그들을 돕고자 했다. 혈마곡의 천하대란이 벌어지 자 그는 죽어가는 사람들을 돕겠다며 기꺼이 혼란 속에 몸을 던 졌다.

천하대란이 심화되어 가던 오십여 년 전의 어느 날, 귀곡자는 한 가지 음모를 꾸몄다. 그는 도천존의 아내를 죽이거나, 인질로 삼는 대신 그녀가 살고 있는 마을을 협박했다.

'살고 싶으면 그녀를 고립시키라'는 협박이었다.

겁에 질린 마을 사람들은 목숨을 구하기 위해 도천존의 아내를 배신했다. 여태껏 자신들을 도와주었던 도천존을 배신하는 것은 마음 아팠지만 살기 위해서는 어쩔 수 없다 여겼다.

도천존의 아내는 마을에서 고립되었고, 급기야는 가난해졌다. 병에 걸렸지만 그녀에게 약을 구해주는 사람은 아무도 없었다. 아니, 이웃들은 오히려 있던 것마저 빼앗아가려 들었다.

검신 진소월의 활약으로 천하대란이 끝난 후……

집으로 돌아온 도천존은 만신창이가 되어버린 아내를 만났다.

"그 모든 것들이 네놈이 꾸민 음모가 아니더냐!"

"…아내가 쇠약해진 후 그대는 강퍅해졌지."

쾅, 쾅, 콰쾅!

도천존의 도가 일순간 마흔두 개로 분열되었다. 그중 열여섯은 허초요, 나머지 스물여섯은 진초였다. 혈마는 허초는 괘념치 아니하고 오직 진초만을 상대해 나갔다.

혈마의 입에서 싸늘한 음성이 새어 나왔다.

"상처받은 아내를 본 그대는 더 이상 협객이 될 수 없었다."

세상을 사랑하던 협객 단천화는 더 이상 세상에 없었다. 오직 인간에 대해 실망한 어느 무인만이 남아 있을 뿐이었다. 수많은 부조리를 징치하고 또 징치하였지만 세상은 조금도 바뀌지 않을 것이다… 저 치졸한 자들은, 저 연약한 자들은 영원히 스스로를 바꾸지 못하고 지금처럼 아귀다툼을 하며 살아가리라.

"그대는 세상을 포기해 버리고 만 거야."

혈마가 짧게 중얼거리고는 도천존의 도를 피해 뒤로 물러났다.

비록 하늘 끝과는 멀어졌지만 도천존의 무공은 그야말로 위대한 것, 혈마 역시 거칠게 숨을 몰아쉬고 있었다.

혈마가 단천화를 바라보며 선언했다.

"도천존 단천화, 그대는 하늘 끝에 오를 자격을 잃었다."

"닥쳐! 나 역시 버리고 비우려는 자, 어째서 내게 하늘 끝에 오를 자격이 없단 말이냐!"

도천존이 이를 드러낼 때였다.

혈마가 그 어느 때보다도 엄숙하게 외쳤다.

"수많은 명상 끝에 도(道)를 깨달아 무념무상의 경지에 이른 자와, 사고를 당해 의식을 잃고 혼몽에 빠진 자를 같다고 말하는 우를 범하지 마라."

도천존의 안색이 창백하게 질려갔다. 그 역시 하늘 끝을 원하는 자. 모든 미련과 집착을 끊고 자유로워지고자 한 자였다. 하지만 혈마는 눈앞에서 그를 부정하고 있었다.

"그대는 포기하고 외면하는 대신, 끝까지 움켜쥐었어야 했다. 그 안에서 고민하고 번뇌하고 그 안에서 깨달음을 얻었어야 했다! 포기해 버리고 만 순간 그대는 하늘 끝에서 멀어지고 만 거야. 한낱 범인에 불과한 자… 그대는 나로 하여금 이 이상 시간을 낭비하게 하지 말라."

"으아아아!"

도천존이 새하얀 눈을 부릅뜨며 용호도를 휘둘렀다.

혈마가 잇새로 신음을 내뱉으며 도천존의 도를 막아갔다.

쾅, 콰쾅!

도와 도가 부딪힐 때마다 굉음이 울려 퍼졌다.

누군가의 부드러운 검로가 끼어든 것은 바로 그때였다.

"포기하고 외면하는 대신, 움켜쥐어야 했다… 그 안에서 번뇌하고 그 안에서 깨달음을 구했어야 했다……."

혈마를 노리고 능하선검의 일초를 내뻗은 소량이 조그맣게 속삭였다.

"그래, 그렇구나. 결국엔 내 안에 모든 게 있는 것을."

소량은 자신이 무엇을 말하는지 알지 못했다. 다만 머릿속이 새하얗게 변하는 것을 느꼈고, 가슴이 터질 듯이 부풀어 오르는 것을 느꼈을 뿐이다.

소량도 혈마처럼 하늘 끝에 가까워지고 있었던 것이다.

텅—

혈마와 도천존의 도와 소량의 검이 마주치는 순간, 기이한 반탄력이 일어나 세 사람 전부를 뒤로 튕겨냈다.

그렇게 물러나 보니 세 사람이 마치 삼각을 그리듯 서서 서로를 바라보는 꼴이 되었다.

"하하하! 하늘 끝, 하늘 끝이여!"

혈마가 껄껄 웃음을 터뜨리며 소량을 향해 달려왔다. 혈영만천(血影滿天)이라! 그의 도에 어린 핏빛 기운이 천지 사방을 가득 메운 채 소량의 전신을 뒤덮어갔다.

소량은 능하선검과 동화의 법을 동시에 펼쳐 혈마의 목을 베어나갔다.

"놈! 내 하늘 끝에 이르진 못하더라도 네놈의 목만은 베어내고 말리라!"

가장 마지막으로 도천존이 끼어들었다.

세 신인(神人)이 충돌하자 그들이 서 있던 구릉이 우르르 소리를 내며 무너졌다. 그들이 디디고 있는 땅 전체가 파편이 되어 흩어지기 시작한 것이다.

파편을 딛고 공중에 떠오른 소량과 도천존, 그리고 혈마가 끊임없이 서로를 향해 검초와 도초를 휘둘렀다. 소량의 검로를 막은 혈마의 어깨에 피가 튀었고, 혈마의 일장을 얻어맞은 도천존이 침음성을 흘렸다. 혈마가 변초를 펼쳐내자 소량의 허리에 큼지막한 상처가 생겼고, 그 기회를 놓치지 않고 도천존이 일도를 내뻗자 혈마의 볼에서 핏방울이 배어나왔다.

가장 먼저 튕겨난 것은 다름 아닌 소량이었다.

"크윽!"

콰아앙!

구릉 너머로 튕겨난 소량이 전장의 한가운데에 처박혔다. 마치 운석이라도 떨어진 것처럼 땅이 움푹 파이며 흙먼지가 한가득 일어났다. 끊임없이 서로를 공격해 나가던 혈마곡과 무림맹의 무인들이 대경한 얼굴로 소량이 떨어진 곳을 바라보며 뒤로 물러났다.

그 순간, 소량으로부터 오 장 너머에 혈마가 착지했다. 혈마는 착지하자마자 도를 머리 위로 들어 올려 도천존의 공격을 막아갔다.

쿵!

도천존의 도가 마치 짓누르듯 혈마를 내려찍었다. 양발이 세 치나 땅으로 처박히는 순간, 혈마가 도를 들지 않은 손으로 도천존의 단전을 후려쳤다.

"커허억!"

도천존이 떨어졌던 속도만큼이나 빠르게 뒤로 튕겨났다.

혈마는 바닥에 파고든 발을 천천히 빼며 웃음을 터뜨렸다.

"하하하! 바로 오늘이었구나, 바로 오늘!"

혈마의 시선은 더 이상 도천존을 좇지 않았다.

"나는 하늘 끝에 오른다!"

그의 시선은 오직 소량만을 바라보고 있었다.

2

바닥에 아무렇게나 내팽개쳐졌던 소량이 천천히 몸을 일으켰다. 머리를 크게 부딪치기라도 한 모양인지 시야가 어지러워서 제대로 서 있을 수가 없었다.

조금 전처럼 털썩 바닥에 주저앉은 소량이 힘없이 검을 들어 혈마를 겨누었다.

"큭, 쿨럭!"

짧은 기침과 함께 피가 새어 나왔다. 이미 적지 않은 내상을 입은 소량이었지만, 태허일기공이 불러들인 천지간의 기운은 소량의 내부와 교유하며 내상을 치유하고 있었다.

"더 이상 나를 귀찮게 하지 마라, 단천화."

소량보다 빨리 내상을 수습한 도천존이 재차 공격해 오자 혈마가 싸늘한 얼굴로 읊조렸다.

쾅, 콰콰쾅!

"헉?"

"피, 피해라!"

도천존의 도강이 사방으로 흩어지자 주변의 무인들이 허겁지겁 뒤로 물러났다.

그들은 꿈에서도 보지 못할 고강한 무공이 너무나도 쉽게 펼쳐

지고 있었다. 혈마와 도천존은 마치 무공이 아니라 선술을 펼치는 것 같았다. 단순히 그들에게서 새어 나오는 기세조차도 제대로 감당하기 어려웠던 무인들이 최대한 멀리 그들에게서 멀어졌다.

지금 그들의 머릿속을 가득 채운 것은 오직 한 가지 생각뿐이었다. 누가 승리하고 누가 패배할지는 모르겠지만, 저들 중 한 명만이 남게 된다면……

이 자리에 얼마나 많은 무인이 있든, 그 한 명을 이기지 못하리라.

무림인들은 긴장한 듯, 침을 꿀꺽 삼켰다.

지친 듯 앉아 있던 소량이 눈을 몇 번 끔뻑였다.

'도천존 단 노선배의 질문이 떠오르는구나.'

전신의 공력을 모두 소모한 듯 전신에 기운이 하나도 없었다. 잠시만 긴장을 놓으면 혼몽에 빠져 버려 깨어나지 못할 것만 같았다. 하지만 기이하게도 이성만은 멀쩡하기 짝이 없다.

'협(俠)이란 무엇인가… 라고 물으셨었지.'

어린 시절, 동생들과 함께 잔가지들을 모은 적이 있었다. 자그마한 가지들을 한데 모아 장작더미를 만들어 나무장에 판 다음, 만두 같은 먹을거리들을 사서 배를 채울 생각이었다.

실제로 장작은 비싸게 팔렸지만, 만두를 사 먹지는 못했다.

나무장을 관리한다는 거한들이 나타나 돈을 빼앗고는 호되게 두들겨 팬 까닭이었다.

어렸던 소량은 매를 맞으며 근처의 어른들에게 손을 뻗었다.

도와주세요…….

그러나 소량과 동생들을 돕는 사람은 아무도 없었다. 살호장군 마유필에게 핍박을 당하는 장운 남매와 그들의 어머니를 도운 것은 아마 그래서였을 것이다. 연호진을 도운 것 역시 어쩌면 마찬가지였을지도 모른다. 자신이 받지 못했던 손길을 그들에게는 주고 싶었다.

하지만 도천존은 그런 소량에게 협과 대의를 논했다.

좁았던 소량의 인식이 비로소 확장되는 순간이었다.

콰아앙—!

"큭, 크으윽!"

옆구리에는 큼지막한 상처를 입은 도천존이 거칠게 신음을 토해내며 뒤로 물러났다. 찰나의 순간 호신강기를 극한까지 끌어 올렸기에 망정이지, 아니었다면 신체가 아예 양단되어 버리고 말았을 터였다.

반면, 혈마는 멀쩡했다. 혈마와 도천존 모두 태산 위에 오른 인물이었으나, 혈마는 도천존보다 한 걸음을 더 나아간 상태였던 것이다. 그리고 도천존은 그 한 걸음을 좁히지 못하였다.

"천애검협! 검신의 후예여!"

혈마가 소량에게로 시선을 돌렸다.

"나와서 나에게 그대의 무공을 보여라—!"

"큭! 쿨럭, 쿨럭!"

소량은 검을 역수로 쥐어 바닥을 내려찍고는, 그것에 기대어 몸을 일으키기 시작했다.

소량의 마음은 여전히 스스로의 내면을 바라보고 있었다.

도천존은 대의를 물었지만, 소량은 결국 그것을 찾아내지 못했다. 하지만 신도문주 곽채선과의 싸움에서 '협이란 무엇인가'에 대한 대답만큼은 찾아낼 수 있었다.

소량은 '협객이 있다면 틀림없이 백성들을 사랑할 수 있는 사람, 그들의 아픔을 같이 아파할 수 있는 사람'일 것이라고 생각했다. 소량은 백성들의 아픔에 같이 아파하고, 그들을 억누르는 부조리에 대항해 싸우고자 했다.

혈마의 목소리가 소량의 상념을 깨웠다.

"검천존은 마침내 오롯해져 하늘 끝에 올랐고, 창천존은 마지막 벽을 넘지 못하고 목숨을 잃었다! 도천존은 하늘 끝에 오를 자격을 잃었으니 이제 남은 것은 나와 그대뿐이다!"

혈마가 천천히 도를 하늘로 들어 올렸다. 언젠가 소량이 펼쳤던 천검처럼, 혈마의 도에는 인간의 것이라기보다는 하늘의 것에 더욱 가까운 기세가 어려 있었다.

소량은 능하선검을 펼쳐 그에 대항해 갔다.

콰아아앙—!

천지가 개벽하는 듯한 굉음이 울려 퍼졌다.

도대체 어째서일까?

소량은 비틀거리기는 하였으나, 뒤로 물러나지는 않았다.

능하선검만으로는 혈마의 도를 막아낼 수 없거니와, 이미 기력을 몽땅 소진한 상황인데도 소량은 혈마의 공격을 멀쩡히 버텨낸 것이다.

'검천존 경어월, 반선 어르신……'

반선 어르신은 '부조리에 분노하였으니 이제부터 그것만 보일 것'이라 말씀하셨다. 일개 무인의 몸으로 세상 모두를 바꿀 수 없으니 결국에는 절망하고 말 거라고 했다.

도천존이 바로 그랬다. 도천존 단 노선배께서 하늘 끝에 오를 자격을 잃었다면, 그 이유는 세상에 절망하여 포기하고 말았기 때문일 터였다.

'반선 어르신께서는 다만 사랑하라고 하셨지요.'

검천존에게서 얻은 깨달음을 온전히 체화한 것은 흑수촌의 흉사를 겪은 이후였다.

지독하게 좁은 길[狹路], 영원히 계속되는 길… 소량은 그 길을 선택했다. 백성들이 바뀌지 않더라도 상관없었다. 실망하고 좌절하여 포기하는 대신 다만 세상을 사랑하고자 했다.

"하하하! 하하하하!"

혈마가 껄껄 웃음을 터뜨리며 다시금 소량에게로 쇄도했다.

잔뜩 지친 소량이 아무렇게나 검로를 펼쳐 혈마의 도를 막아갔다. 아니, 검로라고 이름 붙이기도 창피할 정도였다. 소량이 펼친 것은 그냥 아무렇게나 검을 뻗어낸 것에 불과했다.

하지만 이번에도 소량은 한 걸음도 물러나지 않았다.

혈마가 감탄 섞인 어조로 외쳤다.

"검신이 마지막 순간에 펼쳤던 무공이로구나!"

소량은 멍한 눈으로 혈마를 바라보았다.

협객이 객(客)이라 불리는 이유는, 주체(主體)가 되는 백성이 바뀌지 않기 때문이다. 소량은 스스로가 끝내 객체(客體)로 남는 한이 있더라도 그 좁은 길을 영원히 걸어가고자 했다.

하지만, 정말 주체는 바뀌지 않는 걸까.

소량은 마지막으로 아미파의 장문사태가 했던 질문을 떠올렸다.

"너는 인간을 믿고 있느냐?"

소량은 마침내 자신의 내면 가장 깊숙한 곳을 주시했다.

다만 사랑하고자 하면서도 소량은 세상을 이해하려 하지 않았고, 인간의 모든 강퍅한 면모와 모든 연약한 면모들을 받아들이고자 하면서도 인간을 이해하려 하지 않았다.

이제는 답을 찾아야 할 때였다.

'나는 인간을 믿고 있을까?'

가장 먼저 떠오른 생각은 부정적인 생각이었다.

소량은 도천존의 비급을 얻기 위해 제 목숨까지 도외시하던 눈먼 무림인들을 떠올렸다. 뒤이어 신도문주 곽채선이 아이들을 잡아먹었다는 사실을 알면서도 '나서지 말게. 우리 같은 사람들이 별수가 있나? 세상이 다 그런 게지'라고 말하던 어떤 노인의 모습이 떠올랐다.

과거에는 달랐겠는가?

수천 년 세월이 흐르고 수많은 왕조가 명멸하였으나 권력의 흉험함은 그대로고 고통받는 백성들 역시 그대로였다. 다시 수천 년의 세월이 흘러도 인간은 그대로일지도 몰랐다.

그때, 한 가지 상념이 소량의 머릿속에 떠올랐다. 너무나도 작은 상념이었으나 그것은 점점 더 커지고 커져 소량의 머릿속을 몽땅 채워 버렸다.

'운현자, 흑의창협, 진무십사협……'

그렇다고 소량이 만난 모든 사람들이 탐욕스럽거나 연약했던 것은 아니었다. 소량은 끝내 후회하고 돌아와 백성들을 위해 스스로를 희생했던 무인들을 알고 있었다. 껄껄 웃으며 짐마차에 자신을 태워주던 어느 이름 모를 중년인을 알고 있었다. 핏줄조차 닿지 않은 어린 고아들을 제 손자로 여기고 한없는 사랑을 퍼부어주었던 어느 노파를 알고 있었다.

기꺼워하며 손을 내밀던 할머니를 떠올린 소량의 눈에 눈물이 한 방울 고였다.

'인간은, 우리는 지금보다 더 나은 존재가 될 수 있을까? 주체로서의 우리는 변화를 맞이할 수 있을까. 객체가 필요 없는, 협객이 필요 없는 그런 세상이 올까?'

나는 인간을 믿을 수 있을까?

영원과도 같은 긴 찰나가 지나자 소량의 입가에 미소가 어렸다.

소량은 부지불식간에 검천존이 마지막으로 남겼던 말을 떠올렸다.

"모두가 순리이고, 천리인 게야. 그리고 순리를 좇다 보면 너 역시 선택을 하게 되겠지. 그 선택은 많은 것을 바꾸게 될 게야."

그리고, 마침내 소량은 선택했다.

소량은 천천히 고개를 들어 올렸다. 지친 듯 가라앉아 있던 소량의 눈에는 어느새 한 줄기 빛이 돌아와 있었다. 혈마가 그런 소량을 주시하며 말했다.

"이제 내게는 더 이상의 미련이 없다."

혈마의 눈은 무심하리만치 투명했다.

"마지막 미련은 검신의 후예, 그대가 쥐고 있구나. 그대를 베고 나면 나를 옭아매는 것은 아무것도 없을 것이다. 이제 슬슬 지상이 지겹게 느껴지는구나."

혼잣말처럼 중얼거린 혈마가 도를 한차례 고쳐 쥐었다.

"…이제는 펼칠 수 있을 것 같아."

소량이 조그맣게 중얼거리고는 검을 높이 치켜들었다. 검을 쥐지 않은 손으로는 검결지를 맺어 땅을 가리킨다. 마치 하늘과 땅을 하나로 잇는 듯한 기수식이었다.

혈마가 쇄도하는 순간, 소량이 가볍게 검을 아래로 내리그었다.

쿠쿠쿠쿵!

"커허억!"

앞으로 쇄도하던 혈마가 달려오던 그대로 뒤로 튕겨났다.

소량의 일검이 일으킨 여파는 그 뒤에나 나타났다. 거센 광풍이 밀어닥치더니 사방을 휩쓸고 지나갔다. 멀찍이 떨어져 있던 사람들조차 폭풍 앞의 낙엽처럼 뒤로 튕겨날 정도였다.

혈마가 딛고 있던 땅이 뒤집어졌고, 그가 이고 있던 하늘이 반으로 갈라졌다.

장내의 모든 무인들이 경악 어린 시선으로 소량을 바라보았다.

"큭, 쿨럭! 하늘의 검[天劍]……."

바닥에 아무렇게나 내팽개쳐졌던 혈마가 쿨럭거리며 자리에서 일어났다. 그의 입에는 여전히 미소가 떠올라 있었다. 방금 펼쳐진 소량의 검로에서 그가 가야 할 길을 본 탓이었다.

혈마가 조금 전의 소량처럼 비틀거리더니 도를 곧게 세웠다. 지금 이 순간, 혈마는 일월신교의 복수도, 무림맹과 조정에 대한 원한도, 하늘 끝을 향한 집착도 모두 잊어버렸다.

그는 오로지 소량의 검로만을 의식하고 있었다.

그리고 마침내는 소량의 검로마저 잊어버렸다.

혈마가 도를 옆으로 곧게 뻗은 채 소량에게로 달려들었다.

소량 역시도 검을 늘어뜨린 채 혈마에게로 달려들었다.

쿵!

마침내 혈마와 소량의 도와 검이 충돌했다.

그 순간, 혈마와 소량의 주변의 시간이 정지했다. 허공에 잔뜩 일어났던 흙먼지가 그 상태로 멈춰 버렸고, 바람에 나부껴 날아가던 어느 이름 모를 잡초가 딱딱하게 고정되었다.

경악한 눈으로 혈마와 소량의 일전을 지켜보던 무인들이 석상이라도 된 듯 굳어버렸고, 끊임없이 운행하던 구름과, 그런 구름에 가려져 있던 태양까지도 멈춰 버렸다.

같은 순간, 소량과 혈마는 오행의 운행을 느꼈다. 물이 나무를 낳고 나무는 불을 낳았다. 불은 흙을 낳고 흙은 쇠를, 그리고 쇠는 다시 물을 일으켰다.

오행은 회귀하고 회귀하여 음양으로 돌아갔다. 음과 양이 꼬리에 꼬리를 물고 회전하더니 마침내는 태극이 되었다.

태극은 끊임없이 회전한 끝에 태허로 귀일한다.

소량과 혈마는 석상처럼 굳어버린 채 그 모든 변화를 바라보았다.

모든 것이 완성되는 곳, 무극(武極)이자 대각(大覺)이며, 해탈(解脫)이자 진도(眞道)에 이르는 곳……

하늘 끝[天涯]이 열리는 순간이었다.

3

소량은 가장 먼저 빛을 느꼈다.

아니, 고작 빛이라는 말로는 이 공간을 설명할 수 없으리라. 언뜻 보기엔 백색 공간인 듯했지만 알고 보면 그가 서 있는 곳은 빛도 없고 어둠도 없는 모순적인 곳이었다.

모순적인 것은 그것뿐만이 아니었다. 발은 어딘가를 딛고 있었으나 또한 아무 곳도 디디고 있지 않았다. 보고 있음에도 보이지 않고 보고 있지 않음에도 보이는 곳.

그야말로 인간의 인지(認知)를 초월해 버린 곳이었다.

소량은 오행에서 음양으로, 음양에서 태극으로, 태극에서 태허로 이어지는 흐름 속에서 거대한 순환을 보았다. 봄이 지나면 여름이 오고 가을이 저물면 겨울이 되듯이, 태어난 모든 생명이 생장한 끝에 쇠락하여 마침내는 죽음을 맞이하듯이.

태양이 빠르게 이동하자 그 빈자리를 달이 차지하였고, 달이 사라진 자리에는 다시 태양이 모습을 드러내었다. 거대한 순환⋯ 그것이 천리(天理)요, 천기(天紀)이리라.

그 순간, 소량의 신형이 빨려들 듯이 어딘가로 사라졌다.

"크윽!"

소량이 신음을 내뱉으며 비틀거렸다.

영원과도 같은 긴 순간 속에서 소량은 만물의 창생사멸을 목도하고 천지가 숨겨둔 모든 비밀들을 발견했다. 그 모든 것들이 끝났을 때, 소량은 자신이 여전히 혈마와 검을 마주친 상태로 서 있다는 것을 깨닫게 되었다.

수천 년의 세월이 지난 것 같았으나, 알고 보면 찰나조차도 지나지 않은 것이다.

검을 길게 늘어뜨린 소량이 비틀거리며 주변을 훑어보았다.

"이곳이 하늘 끝인가⋯⋯?"

소량은 지금 사막에 서 있었다. 황량하고, 황폐한 사막에는 바위 몇 개와 말라비틀어진 몇 그루의 작은 나무가 보일 뿐, 살아 있는 것은 아무것도 보이지 않았다.

드넓은 지평선은 모두 같은 풍경만을 보여주고 있었다.

"고작 이런 곳이었나?"

눈을 씻고 찾아봐도 생기(生氣)라고는 조금도 느껴지지 않았다. 흙은 생기가 없어 부스러질 뿐이니 흙이 아니라 먼지라 해야 할 것이요, 말라비틀어진 나무는 재로 빚어낸 듯했다. 먼지인 것은 바위도 마찬가지, 틀림없이 손을 대자마자 부서져 흩어지고 말 터였다.

"고작… 고작 이런 곳을 위해서……"

수많은 무인들이 바라왔던 곳. 검천존, 창천존, 도천존은 물론이고 소량 본인조차 그토록 오르기를 희구했던 곳. 하늘 끝은 이렇게나 볼품없었다.

천지불인(天地不仁)!

소량이 선 곳은 그야말로 불인했다.

"하늘 끝, 하늘 끝이여!"

혈마가 절망이 한가득 섞인 어조로 말했다.

처음에는 그의 얼굴에도 희열이 떠올라 있었으나, 희열은 이내 절망으로 변해 버리고 말았다. 절망과 희열, 분노와 기쁨이 공존하는 낯선 감정 속에서 혈마가 도를 떨어뜨렸다.

턱—

도가 떨어지는 소리가 사방에 울려 퍼졌다. 몇 걸음 걸어가던 혈마가 무릎을 털썩 꿇고는 바닥에 깔려진 검붉고 황폐한 흙을 한 움큼 쥐어 들었다.

"결국은, 모든 것이 무(無)로구나."

흙 사이에 작은 돌멩이가 들어 있음을 발견한 혈마가 그것을 어루만졌다.

돌멩이가 부서져 먼지가 되어 푸스스 흩어졌다.

"이처럼 무로 돌아가 아무것도 아니게 될 것을. 먼지로 돌아가 흩어져 버리고 말 것을. 태극을 낳고 음양을 낳고 오행을 낳을 산실(産室)인 태허(太虛)는 이토록 허망했던 것을."

혈마가 손가락 사이로 흘러내리는 먼지를 바라보았다.

"나는 이제 일월신교의 멸망을 이해할 수 있도다."

휘이잉—

바람이 불어와 혈마의 손에서 흘러내리는 먼지를 실어갔다. 먼지가 검붉은 안개가 되어 사방으로 흩날리는 것을 바라보던 혈마가 눈을 지그시 감았다.

오십여 년 전, 그는 일월신교의 복수를 꿈꾸며 혈마곡을 만들었고 하늘 끝에 오른 검신 진소월에 의해 패배했다. 그로부터 오십여 년 후 그는 만반의 준비를 갖춘 채 두 번째 천하대란을 일으켰고, 그 결과 사천을 장악했으며 마침내는 승리를 목전에 두게 되었다.

그러나 오십여 년 전부터 그의 마음속을 가득 채운 것은 일월신교의 복수가 아니라 하늘 끝에 오르고자 하는 열망이었다.

처음에는 하늘 끝에 올라 일월신교가 멸망해야 했던 이유를 따져 묻고 싶었지만, 시간이 조금 더 지나자 자기를 완성하고 싶은 욕구가 가득 차올랐다.

혈마는 일월신교에 대한 복수도, 모든 죽어가는 이들을 바라봐야 했던 끔찍한 괴로움도 모두 잊고 진정으로 자유로워지는 순간을 원했다.

그 결과가 고작 이런 것이었다.

"모든 살아 있는 것에는 한 줌의 가치도 없다."

혈마가 눈을 지그시 감았다.

"하루살이처럼 명멸(明滅)할 것에 무슨 가치가 있겠는가? 나는 천지가 불인한 이유 역시 이해할 수 있도다. 찰나조차 지탱하지 못할 번개처럼, 아스라이 튀어 올라 사라져 버릴 불꽃처럼 눈 깜짝할 사이에 스러질 것들에 무슨 가치가 있고, 무슨 아름다움이 있겠는가? 이 거대한 무(無)의 시선으로 보면 덧없고 또 덧없는 것을……."

"글쎄, 나는 그렇게 생각하지 않는다만."

어디선가 낯선 목소리가 들려오자 혈마가 천천히 뒤를 돌아보았다. 멍하니 주변을 둘러보던 소량 역시 혈마가 바라보는 곳을 향해 시선을 돌렸다.

"…반선 어르신?"

혈마의 뒤에는 백의장삼을 차려입은 청수한 인상의 노인이 서 있었다. 노인의 얼굴을 자세히 훑어본 소량은 그가 검천존 경여월이 아니라 다른 사람이라는 것을 깨달았다.

'아니, 반선 어르신이 아니로구나.'

이곳이 선계라면, 어쩌면 그는 검선 여동빈일지도 모른다.

백의 노인을 바라보던 혈마가 다시 검붉은 흙으로 시선을 돌렸다.

"그대는 더 이상 나를 괴롭히지 말라."

혈마의 눈빛에는 그야말로 아무런 감정도 없었다. 버리고 비운 끝에 마침내는 스스로의 존재마저 사라져 버린 듯했다.

혈마가 허망한 눈으로 흙을 바라보며 읊조렸다.

"이것이 천지의 이치라면 나 또한 그리하게 하라. 평안조차 없는 이 거대한 무(無)로 돌아가 나로 하여금 목적도 열망도 없는 허망한 순환을 계속하게 하라."

백의 노인이 물끄러미 혈마를 주시했다.

마치 주시하는 것만으로도 혈마의 모든 인생을 꿰뚫는 듯한 시선이었고, 실제로도 그러했다. 백의 노인은 혈마가 그간 걸어온 모든 궤적을 한눈에 파헤치고 있었다.

"쯧! 하늘 끝에 오를 수 없는 자가 하늘 끝에 이르렀구나."

혈마가 무심한 눈으로 흘끗 백의 노인을 돌아보았다.

"그대는 일월신교의 복수를 잊고자 했고, 천하에 대한 원망을 잊고자 했지. 마침내는 희로애락과 오욕칠정을 모두 버리고 자유로워지고자 했다. 집착을 버린다… 옳은 길이지."

백의 노인이 고개를 절레절레 저으며 혀를 끌끌 찼다.

"하지만 그대는 집착을 버렸을 뿐, 천지간의 비밀은 발견하지 못했구나."

"무어라……?"

혈마의 얼굴이 미세하게나마 일그러졌다.

"집착과 미련을 버리고자 한 것은 옳은 일이나 그것은 과정일 뿐, 결과가 될 수 없지. 이제 집착을 버리고 자유로워졌으니 한번 답해보아라. 지금 네 눈에는 무엇이 보이느냐?"

혈마가 흔들리는 시선으로 하늘 끝의 세계를 돌아보았다.

지금 눈앞에 보이는 풍경이야말로 그가 보는 세상의 모든 것이었다.

아무것도 없었다.

"그대는 집착을 버렸을 뿐, 천지간의 비밀은 조금도 깨닫지 못했다. 기왕에 얽매임이 없는 공평무사한 시선을 얻었으니 그 너머의 세상을 보아야 하는데, 그대는 참된 이치를 발견하는 대신 모든 것을 무시하고 존재하지 않는 것으로 치부하였구나. 그것이 망각(妄覺)이 아니면 무엇이겠느냐?"

백의 노인이 다시 한번 고개를 절레절레 저었다.

"원래 모든 것을 비운다는 것은 또한 모든 것을 얻는다는 뜻! 그대는 아무것도 얻지 못한 채 있던 것마저 비워내고 말았으니 텅 빈 껍데기나 다름없다. 수양자로서는 고절한 경지에 올랐다고 말할 수 있겠으나 그대는 결코 하늘 끝을 논할 수 없다."

이제 혈마의 얼굴은 형편없이 일그러져 있었다. 어떤 의미로 보면 공포에 질린 표정 같기도 했다. 마치 절규하듯 입을 벌린 혈마가 흉신악살과 같은 얼굴로 울부짖었다.

그러나 아무런 소리도 들리지 않았다.

"돌아가라! 그대는 천지간의 비밀을 깨닫게 된 후에야 하늘 끝에 다시 오를 수 있으리."

백의 노인이 짧게 선언하며 손을 휘저었다.

그 순간, 혈마의 신형이 대기 중에 녹아들 듯 사라졌다. 혈마가 처참한 몰골로 백의 노인의 이름을 외치며 절규하였으나 소리도, 형제도 없는 것의 절규는 결코 닿지 못했다.

그는 인세로 다시 추방당하고 만 것이다.

백의 노인이 이번에는 소량을 돌아보았다.

"그래, 너는 어떻게 생각하느냐?"

소량은 곧바로 대답하지 못했다. 백의 노인의 깊고 현현한 눈동자를 마주하자 갑자기 발가벗겨진 기분이 들었다. 마치 숨겨왔던 모든 내밀한 것들이 낱낱이 밝혀지는 듯했다.

"저, 저는 모든 것을 버리는 대신 모든 것을 얻고자 했습니다.

그것이 욕심이었는지도 모르겠습니다만 차마 버릴 수 없는 것들이 있었지요."

반선 어르신은 마지막 순간 중용을 말했다. 그리고 중용은 결코 양 극단 모두를 버리고 홀로 동떨어지는 것이 아니었다. 상황에 맞게 적절함을 찾는 것… 어떤 의미로 보면 그것은 양 극단에 있는 것들을 모두 취할 수 있어야 한다는 말에 다름 아니었다.

그러기 위해서는 중심에 선 참된 나 자신[眞我]을 찾을 수 있어야 했다.

마지막 순간, 소량은 자신의 내면을 돌아보았고 마침내는 스스로를 긍정했다.

하늘 끝은 바로 그때 열렸다. 마음이 바로 선 순간, 소량은 인간을 긍정했고 마침내는 정(情)이 아니라 자(慈)로서 세상을 바라볼 수 있게 되었다. 가족과 연인을 집착 없이 온전히 사랑할 수 있게 되었고, 더 나아가 천하만물을 집착 없이 사랑할 수 있게 되었다.

하지만 소량의 말주변은 원래부터 그리 좋지 못했다.

소량이 난감한 어조로 말을 이어나갔다.

"그러니까, 저는 그저 집착 대신……."

"푸흐흐! 됐다, 됐어. 잠시 걷겠느냐?"

백의 노인이 껄껄 웃음을 터뜨리고는 뒷짐을 진 채 천천히 걸음을 옮겼다.

마치 후원을 산보하듯, 생명이 없는 죽음의 공간을 걷는다.

소량은 차분한 얼굴로 백의 노인의 뒤를 쫓았다.

한 걸음을 걸으니 머릿속이 맑아지고 한 걸음을 더 걸으니 이치(理致)가 보인다.

일보, 일보를 뗄수록 소량의 표정은 점점 안온해졌다.

"그래, 네가 본 사람들은 어떠했더냐?"

평범하다면 평범한 질문일 수 있었다.

하지만 마침내 하늘 끝에 오른 소량은 그 질문의 참된 의미를 바로 파악할 수 있었다.

소량이 쓴웃음을 지으며 읊조렸다.

"모두가 저였습니다."

'모두가 나였다'는 말에 백의 노인이 또다시 웃음을 터뜨렸다. 세상에서 가장 재미난 농담을 들은 사람처럼 껄껄 웃던 노인이 더 말해보라는 듯 소량의 어깨를 가볍게 두드렸다.

"도천존 단 노선배는 온갖 부조리에 맞서 세상을 더 나은 곳으로 만들고자 했으나, 결국에는 절망하고 좌절하여 편협해졌습니다. 저는 그것이 저의 미래 중 하나였음을 압니다. 반선 어르신을 만나지 못했더라면, 저 역시 좌절했을 테고 마침내는 포기했을 테지요."

"그래, 그러했다. 검천존을 만나지 못한 너는 결국엔 그렇게 되었다. 불의를 미워하는 것뿐만이 아니라 그에 항거하지 못하는 백성들의 연약함마저도 원망하고 미워했지."

"일월신교의 복수를 위해 천하에 피를 요구했던 혈마도 마찬가지였습니다. 할머니와 동생들을 잃었더라면 저 역시 복수를 꿈꾸었겠지요. 그리고 제가 혈마가 되었다면… 아마 천하에 수도 없이 많은 피와 눈물이 흘렀을 것입니다. 이제는 혈마 역시 저의 미래 중 하나였음을 압니다."

"그 말도 옳다. 진무신모를 잃은 너는 틀림없이 세상을 뒤집고 말았으니까. 그리고 또?"

"할머니를 만나지 못했더라면 저는 일개 백성이 되었을 것입니다. 신도문주 곽채선이 아이들을 잡아먹는다는 것을 알면서도 두려운 마음에 외면했던 어느 노인 또한 저의 미래였습니다. 그 모두가 저였고, 제가 모두였습니다."

그것은 온전한 이해의 순간이었다.

소량은 비로소 인간을 이해했고, 그 모든 이들이 나 자신의 일면(一面)이었음을 깨달았다. 그는 스스로[我]를 거울로 삼아 세상 모두를 이해하고 또 표용하고 있었던 것이다.

"그래, 그래. 그 말 역시 옳다."

백의 노인이 따스한 시선으로 소량을 바라보았다.

"하지만 너의 미래는 그렇게 흐르지 않았지. 무릇 만물은 상의상존(相依相存)하는 법이라… 타자와 교류 없이 홀로 살아갈 수 있는 사람이 어디 있겠느냐? 너는 그동안 수많은 사람들을 만났고, 그들 모두가 너의 스승이었다. 그들이 없었더라면 너는 틀림없이 네가 말한 불길한 미래 중 하나에 이르고 말았겠지."

소량은 눈을 지그시 감고 그의 가족들을 떠올렸다.

그가 구해내었던 연호진과 나전현의 아이들이 뒤이어 떠올랐다. 백성들을 살리기 위해 목숨을 바쳤던 진무십사협과, 자신을 구하기 위해 달려왔던 천하각지의 협객들도 마찬가지였다.

소량이 고개를 끄덕였다.

"예, 그렇습니다. 저는 여전히 그들을 사랑하거니와 다만 집착하지 않을 뿐입니다. 세상을 사랑하고자 하였음에도 인간을 믿지 못해 흔들렸던 과거와 달리, 이제는 조금의 흔들림도 없이 오직 평온할 뿐입니다. 저는 이제 세상 모든 것을 가졌고……."

소량의 입가에 환한 웃음이 떠올랐다.

"그러므로 저는 자유롭습니다."

"하하하! 그래, 그래. 그것이 옳은 방법이니라. 너는 하늘 끝에 올랐다."

백의 노인이 껄껄 웃으며 선언하는 순간이었다.

오직 죽음만이 가득했던 하늘 끝의 세상이 백색 공간으로 뒤바뀌었다. 여전히 아무것도 존재하지 않았지만 조금 전의 사막과 달리 그곳에는 생(生)이 가득했다.

소량은 물끄러미 주변을 바라볼 뿐, 결코 놀라거나 당황하지 않았다. 이제는 이 모순으로 가득 찬 무(無)의 공간이 어떻게 형성되는 것인지 알 수 있을 것 같았다.

"아느냐? 그간 네게 이만저만 공을 들인 게 아니었다. 다행히 그 보람이 없지는 않구나."

"역시 그랬군요. 유영평야의 일도, 천검을 얻을 때의 일도 내내 이상하다 생각했습니다."

소량이 감사의 의미로 고개를 꾸벅 숙여 보였다.

유영평야에서 불쑥 찾아왔던 인지(認知) 밖의 깨달음이 어디서 왔는지 이제는 알 수 있었다. 얼마 전 처음으로 천검을 펼쳤을 때 역시 마찬가지였다.

알고 보면 그것이 모두 백의 노인의 선물이었다. 소량 스스로 깨달았다기보다는 하늘이 직접 가르침을 내려준 것이라고 봐도 좋으리라.

"이제 인세는 어찌 되는 것입니까?"

희미하게 웃음을 짓고 있던 소량이 문득 궁금한 듯 질문했다.

"혈마는 인간으로 돌아갔다. 껍데기만 남아버린 그는 이제 비우는 대신, 그 안을 채워 완전해지려 한다. 그는 다시 인세에 개입할 것이고, 일월신교의 복수를 완료할 것이다."

소량이 백색 공간의 바닥을 흘끔 돌아보았다.

보이는 것은 아무것도 없었지만 저절로 알게 되는 것이 있었다.

무림맹의 모든 무인들과 수만의 황군들은 혈마 한 사람을 대적하지 못한다. 무림맹과 황군은 전멸에 가까운 피해를 입고 패주하여 사방으로 흩어질 것이다.

그다음으로는 천하가 불길에 휩싸이리라. 전쟁에 끌려가 허투루 목숨을 잃게 될 수많은 백성들과 굶어 죽어갈 백성들, 그리고 고아가 된 아이들이 울부짖으며 하늘을 원망하리라.

"혈마는 수십 년이 더 지난 후에야 참된 세상을 보게 된다. 비로소 미망에서 깨어나 자신이 놓친 것이 무엇인지 한탄하게 되지."

그러나 그 이상은 없었다.

혈마는 다시는 하늘 끝에 오르지 못하고 인간으로서 죽게 된다.

수많은 죽음을 바라보던 소량이 씁쓸한 얼굴로 미소 지었다.

소량의 심정을 짐작한 백의 노인이 고개를 절레절레 저었다.

"서글프고 잔혹한 일이지만 그것 역시 천기요, 순리다. 아니, 이제는 너도 알고 있을 것이다. 일견하기에는 천지가 불인하여 보이지만 그 비밀을 아는 자는 도리어 인자하다 여긴다. 모든 태어난 것에는 의미가 있고, 알고 보면 천지가 순환하는 이유 역시 그 때문이지."

노인의 말이 끝나자 백색 공간이 뒤바뀌었다.

커다란 태양과 그보다 조금 작은 달이 떠올라 서로 꼬리에 꼬리를 물고 맴돌았다. 양이 지고 나면 음이 떠오르고 음이 지고 나면 양이 떠오른다. 하늘 끝은 인격(人格)을 가진 신선들의 세계가 아니라 그 자체로 자연 법칙이었고, 우주를 순환케 하는 거대한 이치였다.

백의 노인이 소량을 바라보며 말했다.

"천지가 숨긴 비밀이 무엇이겠느냐? 바로 인간 사이에는 정(情)이 있어 서로를 돌보고……."

"천지가 순환하는 이유는 오직 사랑하기 때문입니다."

소량의 답을 들은 백의 노인이 크게 웃음이 터뜨렸다.

음양이 빠르게 회전하며 태극(太極)의 형상을 이루자 허공에서 불씨가 태어났다.

태양과 달의 회전을 견디지 못하고 한바탕 마찰이 일어난 모양이었다.

사방으로 번진 불은 곧 재가 되었고, 재는 곧 흙이 되었다. 흙이 단단하게 굳어지는가 싶더니 곧 쇠를 안에 품었고, 단단한 곳과 그렇지 않은 곳의 사이에서 물길이 흘러나와 세상을 적셨다. 물은 곧 도화(桃花) 나무를 비롯한 수많은 생명을 낳았고, 생명은 불이 되었다.

이제 그들은 도원경(桃源境)에 서 있었다.

눈앞에 자라난 도화 나무를 부드럽게 짚은 백의 노인이 소량을 돌아보았다.

"너는 인간을 믿고 있느냐?"

"…예."

그간 소량이 보아온 인간은 참으로 연약했다.

끔찍한 부조리를 당하는 이웃을 보면서도 항거하는 대신 포기하고 숨죽이는 자들이 부지기수로 많았고, 그릇된 것을 알면서도 이득을 좇아 움직이는 자도 마찬가지로 수도 없었다.

권력을 쥔 자들은 자신을 잃고 힘에 매몰되어 탐욕스럽게 더 많은 것을 탐했다.

하지만 그렇지 않은 사람들도 있었다. 끝내 돌아와 백성들을 위해 목숨을 바쳤던 진무십사협처럼, 고아였던 자신을 제 손자로 여겨 길러주었던 할머니처럼, 가난한 아이에게 만두 한 조각을 내미는 평범한 어느 백성처럼……

"저는 인간이 지금보다 더 관용적인 존재가 될 수 있다고 믿습니다. 수천 년이 걸릴지도 모르지만, 저는 인간이 지금보다 한 발자국 더 나아갈 수 있을 것이라고 믿습니다."

소량이 환한 미소를 지은 채 말을 이어나갔다.

"언젠가는 우리가 적대하는 것을 멈추고 서로를 표용할 수 있을 것이라고 믿습니다. 주체가 변화하여 객체가 필요 없게 되는 세상, 협객이 필요 없는 세상이 올 것이라 믿습니다."

"이제 보니 너는 하늘 끝에 오르기 전에 이미 선택을 했던 것이로구나."

백의 노인이 한숨을 푹 내쉬며 중얼거렸다.

소량은 희미한 미소를 지은 채 백의 노인을 바라볼 뿐, 아무런 말도 꺼내지 않았다.

잠시 어색한 침묵이 두 노소 사이에 내려앉았다.

침묵의 끝에서 노인이 작은 목소리로 질문했다.

"너는 정녕 다시 인세로 내려가려느냐?"

"예."

"너도 알고 있겠지만, 인간은 생로병사(生老病死)를 택할 수 없느니라. 그 끝은 반드시 죽음으로 귀결되지. 너는 그래도 후회하지 않겠느냐? 정녕 인간으로서 죽을 수 있겠느냐?"

백의 노인의 질문에 소량이 먼 허공을 바라보았다. 죽음이라는 말에 자신이 아니라 할머니를 떠올린 탓이었다. 혈마의 미래를 읽었듯, 소량은 할머니의 미래 또한 읽을 수 있었다.

정확히 언제인지는 알 수 없었지만, 가까운 미래에 할머니는 또다시 사라져 버린다.

어느 햇살 좋은 날, 눈이 부시도록 찬란한 어느 날… 서리께처럼 내려앉은 삶의 무게를 등 뒤에 내려놓고 할머니는 햇살에 녹아들 듯 그렇게 사라진다.

햇살에 녹아드는 그녀의 뒷모습은 한없이 자유로울 것이다. 족쇄처럼 달린 자식과 새로 거둔 손자들마저 잊고서, 그녀는 고치에서 깨어난 나비가 훨훨 날아가듯이 그렇게 떠나리라.

고통스러운 깨달음 하나가 소량의 마음에 파고들었다.

아아, 나는 할머니를 또다시 잃게 되는구나.

그녀의 임종마저도 제대로 지킬 수 없겠구나……

"하지만… 하지만 그래도……"

소량은 눈을 질끈 감고 신음처럼 중얼거렸다.

인세로 돌아간다는 것은 곧 정해(情海)에 몸을 던진다는 말과 같다.

할머니처럼 소량도 생로병사를 겪게 되리라. 수많은 만남과 이별을 반복하게 될 테고, 만남에 즐거워하는 것만큼이나 가슴 시린 이별에 고통스러워하게 되리라.

그러고는 늙고 늙어 마침내는 누군가의 슬픔이 되리라.

그것이 삶이니까.

하지만 소량은 그 모든 슬픔과 고통까지도 받아들이기로 결심했다.

"그 안에는… 그 안에는 틀림없이 즐거운 일들이 많을 테지요."

소량이 눈물이 핑 고인 얼굴로 중얼거렸다.

"허허! 어려운 길을 걷는군. 가장 어려운 길을. 인중선(人中仙)이라……."

말을 마친 백의 노인이 물끄러미 소량을 바라보았다.

작별 인사 대신, 소량이 눈물이 가득 고인 얼굴로 환하게 웃어 보였다.

백의 노인이 소량을 따라 웃음을 터뜨리고는 손을 한차례 휘저었다. 오행이 사라지고 음양이 다시 등장하더니, 태극을 넘어 태허, 즉, 무의 공간이 모습을 드러냈다.

소량은 자신이 인간으로 돌아가고 있다는 사실을 깨달았다.

하지만 그것은 결코 나쁜 기분이 아니었다.

그가 선택한 길이요, 그가 선택한 즐거움이었다.

소량이 흐릿하게 사라지는 백의 노인에게 장읍을 해 보일 때였다.

"내가 손자 놈 하나는 잘 두었구나."

"어……?"

읍하고 있던 소량이 정신없이 고개를 들어 백의 노인을 바라보았다.

백의 노인, 아니, 검신 진소월의 얼굴에는 장난스러운 미소가 어려 있었다.

장내의 무인(武人)들은 작금의 상황을 이해하지 못했다.

그렇지 않아도 인간이 아니라 무신(武神)이라 말해야 할 고절한 무공을 보고 경악하였던 참인데, 혈마의 도와 천애검협의 검이 마주치자 이해할 수 없게도 빛이 탄생하였던 것이다.

태양보다도 강한 빛이었으나, 한 점의 해(害)도 없이 온화하고 부드러운 빛이었다.

동시에 하늘에서 학(鶴)이 우는 소리가 들려왔다. 학이 아니라 다른 새라고 생각하는 수도 있었지만, 장내의 모든 이들은 그것이 틀림없는 학의 울음소리라고 확신했다.

빛은 한참이 지나서야 사라졌다.

소림사의 각원 대사는 얼굴로 가져갔던 팔을 천천히 내리며 눈을 떴다.

"이, 이게 무슨!"

천애검협과 혈마는 여전히 검과 도를 마주한 채로 서 있었다. 빛이 일어났던 시간이 굉장히 길었다고 생각했는데, 예상 외로 그 시간은 길지 않았던 모양이었다.

아마 갑자기 탄생한 빛도, 학이 우는 소리도 모두 무공의 충돌로 인한 환영인 모양이었다.

혈마가 너무나도 허망한 표정으로 천천히 도를 아래로 늘어뜨렸다.

"텅 빈 껍데기? 텅 빈 껍데기라고……."

"나는 이제 온전히 그대를 이해할 수 있다."

마찬가지로 검을 자연스럽게 늘어뜨린 소량이 혈마를 바라보았다. 혼란에 가득 찬 시선으로 멍하니 사방을 훑어보던 혈마가 눈을 부릅뜨며 소량에게로 시선을 돌렸다.

혈마를 볼 때면 항상 투기를 끌어 올리던 소량이었지만, 지금 그의 눈에는 조금의 투기도 깃들어 있지 않았다. 아니, 오히려 소량의 눈에는 서글픈 감정이 어려 있었다.

"나 역시 가족을 잃었다면 그대와 같은 모습이었을 것… 나는 이제 당신의 모습이 내가 될 수 있었던 미래라는 것을 알아."

허망함과 혼란으로 가득 차 있던 혈마의 표정이 이내 차갑게 굳어갔다. 분노를 비롯한 수만 가지 감정이 한꺼번에 떠올라 폭풍처럼 일렁이기 시작한 것이다.

"아니, 너는 나를 이해하지 못한다. 내가 목도했던 교도(教徒)들의 비참한 죽음, 그로 인한 절망… 그럼에도 불구하고 그것을 비워내려 했던 자의 슬픔. 마침내 비우고 비워서 도달한 곳에서조차 텅 빈 껍데기라 매도당한 자의 좌절. 너는 아무것도 이해하지 못해."

혈마가 살기가 어린 눈으로 주변을 둘러보았다.

"나는 내가 텅 빈 껍데기라는 것을 인정할 수 없다."

무림맹의 무인들과 황제의 군병들, 그리고 혈마 본인이 직접 양성했던 혈마곡의 마인들까지 일전을 벌이던 것조차 잊고 두려움에 질린 얼굴로 혈마를 바라보았다.

혈마의 살기는 수십여 장 너머에서도 느낄 수 있을 정도로 거대했던 것이다.

"어차피 삶에는 아무런 가치도 없지. 모두가 찰나의 순간에 명멸하는 불꽃일 뿐이다. 이 모든 살아 있는 것들에 가치가 없다면……."

혈마가 천천히 도를 들어 올려 장내의 무림인들을 거누었다.

"나는 인간으로서 복수를 속행하겠다. 무에서 태어나 무로 돌아갈, 이 모든 가치 없는 것들을 베어내고 가치 있는 것을 찾아 헤매리라!"

소량이 나지막한 어조로 질문했다.

"용서할 수는 없었나?"

혈마는 대답 대신, 혈마기를 한가득 끌어 올리며 도를 들어 올렸다.

비록 하늘 끝에서는 추방당했지만, 인간으로서의 혈마는 그 누구도 닿지 못할 지고한 경지에 이르러 있었다. 그의 무공은 더 이상 무공이 아니라 인간이 이해할 수 없는 술법을 닮아 있었다. 아니, 더 정확히 말하자면 번개나 폭풍 같은 자연현상을 닮아 있었다.

혈마의 도에는 한 줄기 뇌기(雷氣)가 어려 있었던 것이다.

장내의 무인들은 저도 모르게 죽음을 떠올렸다.

콰아아앙—!

혈마가 도를 아래로 내리긋는 순간, 폭풍이 일어났다.

그야말로 대지를 반으로 갈라 버릴 듯한 일도였다.

"컥, 커허억!"

"크윽!"

장내의 모든 무인들이 공포에 질린 얼굴로 뒷걸음질 쳤다. 서너 걸음 뒤로 물러난 그들은 자신의 목이 제대로 붙어 있는지 어루만져 보고는 놀란 눈으로 전장을 주시했다.

콰콰콰—

그들은 곧 혈마기가 불러낸 뇌기가 하늘을 뒤덮고 있는 것을 볼 수 있었다. 도첨을 축으로 온 하늘이 번개로 가득 차 있었다. 혈마는 마치 인간이 아니라 뇌신이 된 듯했다.

하지만 번개는 어느 무인도 해하지 못하였다.

혈마의 앞에는 한 명의 청년이 서서 검으로서 그의 도를 막아 내고 있었다. 검을 쥐지 않은 손으로는 검결지를 맺고 있는데, 땅을 가리킨 손가락이 곧디곧다.

"…더 이상은 내가 허락하지 않겠다."

소량이 반보를 앞으로 내밀며 머리 위로 검을 부드럽게 회전했다.

혈마의 눈이 분노로 인해 일렁거렸다.

"우습구나! 네게 무슨 자격이 있기에 허락을 논한단 말이냐?"

"비록 인간으로 남기로 하였으나 나는 무극(武極)이자 대각(大覺)이며, 해탈(解脫)이자 진도(眞道)에 이른 자요, 오직 일자(一者)로서 오롯해진 자!"

소량의 검로가 산들바람처럼 가벼웠음에도 불구하고 혈마의 도는 그것을 넘어서지 못했다.

"너, 너는……."

혈마의 얼굴이 극심한 분노로 인해 부들부들 떨렸다. 천애검협 진소량 역시 하늘 끝에서 추방당해 인세로 내려온 줄 알았는데 그는 제 발로 인세로 내려왔다 말하는 것이다.

검신 진소월을 만났을 때와 같은 지독한 열패감(劣敗感)…….

"너는 진정으로 하늘 끝에 올랐던 것이더냐?"

"그러므로 명한다. 나는 더 이상의 어떤 죽음도 허락하지 않겠다!"

소량이 오행검의 수검세를 따라 검로를 펼쳐 나갔다.

비록 초식의 외형은 오행검이나 그 안에 담긴 검의는 전혀 달랐다. 능하선검과 동화의 법이 합쳐진 듯한 검로, 즉, 천검(天劍)의 검의가 깃든 검로였다.

그 결과는 그야말로 놀라운 것이었다.

서걱!

혈마의 도가 절반으로 잘렸다.

"푸흐흐, 푸하하하!"

혈마가 크게 웃음을 터뜨리며 다시금 소량에게로 쇄도했다. 혈마의 도에는 조금 전처럼 뇌기가 담겨져 있는 대신, 화기(火氣)가 가득 담겨 있었다.

화기는 점점 커져 극양지기(極陽之氣)로 변해갔다.

"검신이여, 검신이여!"

화기가 극에 오르면 오히려 푸르게 된다던가? 혈마의 도에 어린 기운은 붉은 불길이나 노란 불길이 아닌 새파란 불길, 즉, 청염(青炎)이었다.

"과거에는 그대에게 길을 가로막혔고, 작금에 이르러서는 그대의 후예에게 길을 가로막히는구나! 지독한 인생이로다, 지독하게 망실(亡失)하기만 한 인생이로다!"

혈마를 상대하는 소량의 보보는 부드러웠다. 마치 무당파의 유운보를 밟듯 몇 걸음을 뒤로 미끄러진 소량이 혈마의 도를 부드럽게 휘감으며 아래로 내리그었다.

혈마의 얼굴이 잔뜩 일그러졌다.

가로막는 모든 것을 불태워야 할 청염이 모닥불 꺼지듯 꺼져 버리고 만 것이다.

콰지지직!

혈마가 다시금 뇌기를 일으켰다.

"인간으로 회귀하였으니 과거의 모습으로 돌아가는 것도 괜찮겠지! 과거의 나는 여우와 같았고, 잔혹하기가 짐(鴆)의 깃털보다도 더하였노라! 지금부터는 내 방도를 가리지 않을 터!"

혈마가 소량에게로 덤벼드는 대신, 방향을 바꾸어 후방으로 향했다.

"헉?! 피, 피해라!"

혈마의 뒤에 있던 모든 이들이 대경하여 썰물처럼 흩어졌다. 황제의 군병이든, 무림맹의 무인이든, 혈마곡의 마인들이든 상관없었다. 그들은 본능적으로 혈마가 아군과 적군을 가릴 것 없이 모든 이들을 베어버리려 했다는 사실을 깨달았던 것이다.

처음에는 도망치던 무림인들이 이내 당혹한 듯 신음을 토해냈다. 도망을 치고 싶어도 그럴 수가 없는 것이다.

"이기어도(以氣御刀)……."

그들에게로 날아오는 것은 혈마의 도 한 자루뿐만이 아니었다. 전장에서 죽음을 맞이한 자들이 떨어뜨렸던 모든 병장기가 저절로 하늘에 떠올라 무인들을 겨누고 있었다.

혈마의 도에서 시작된 뇌기가 모든 병장기들로 옮겨붙었다.

소량이 어두운 얼굴로 마지막 말을 읊조렸다.

"나는 그대에게 이 이상의 기회를 줄 수 없다."

"애초부터 기회는 필요 없었다!"

혈마가 버럭 고함을 지를 때였다.

검결지를 맺은 손을 바닥을 향하는 것과 동시에 소량이 허공으로 신형을 날렸다. 그러고는 혈마가 일으킨 병장기들을 디디고 그에게로 달려가기 시작했다.

혈마가 눈을 부릅뜨며 사방으로 병장기들을 날려 보낼 때였다.

덜그럭, 덜그럭!

혈마가 일으켰던 모든 병장기들이 바닥으로 떨어졌다. 혈마는 마치 그것을 노렸다는 듯 사이하게 웃으며 머리 위로 도를 한 바퀴 휘돌려 소량의 목을 노리고 쏘아 보냈다.

소량은 가볍게 그것을 막아내고는 또다시 검을 높이 들어 올렸다.

"하늘의 검!"

혈마가 경호성을 내뱉으며 자신의 모든 공력을 끌어 올렸다. 그가 지니고 있던 혈마기와, 혈마기에 호응하는 천지간의 모든 기운이 혈마의 도에 실렸다.

그에 비해 소량의 검에 어린 기운은 너무나도 미약해 보였다.

마치 산들바람에 휩싸인 작은 나뭇잎처럼 말이다.

그 순간, 마침내 소량의 검이 아래로 그어졌다.

콰콰콰쾅!

혈마의 신형이 바닥으로 푹 꺼지는 것과 동시에 굉음이 울려 퍼졌다.

장내의 모든 무림인들은 등골에 소름이 오싹 돋아 오르는 것을 느꼈다. 혈마의 무공도 상상조차 못한 것이었지만, 더더욱 무서운 것은 천애검협이 마지막으로 선보인 검공이었다.

상대하기는커녕 검의(劍意)조차 파악하기 힘든 검로.

너무나도 현현하여 그 깊이를 알 수 없는 검로.

혈마의 말대로 하늘의 검[天劍]이나 다름없었다.

"큭, 크흑!"

혈마가 일으킨 검붉은 혈마기와 소량이 일으킨 청명한 기운이 한데 얽혀 힘겨루기를 시작했다. 과거에는 혈마기와 태허일기공이 서로 공명했으나 이제는 더 이상 그런 일은 없었다.

소량의 태허일기공은 칠단공(七段功)에 올라 완벽해졌던 것이다.

적색과 청색이 얽혀 어지러이 흩어지는 가운데, 마지막으로 폭음이 울려 퍼졌다.

콰아앙—!

그와 동시에 혈마와 소량이 동시에 뒤로 튕겨났다.

아니, 튕겨난 것은 혈마요, 소량은 구름을 밟듯 사뿐히 뒤로 물러나고 있을 뿐이었다.

튕겨났던 혈마가 비틀거리며 균형을 잡았다.

"하하하, 지독하게… 지독하게 망실뿐인 인생이야."

혈마가 쥐고 있던 반토막 난 도를 떨어뜨렸다. 일월신교의 복수를 마치지도 못하였고, 그렇다고 인간으로서 오롯해져 하늘 끝에 오르지도 못한 그였다.

말 그대로 오로지 망실뿐인 인생이었다.

혈마가 천천히 고개를 돌렸다.

"이제 세상은 너의 것이 되는 것인가? 푸흐흐! 우습구나."

소량은 대답 대신 씁쓸한 얼굴로 혈마의 얼굴을 바라보았다.

이미 소량은 집착 없이 모든 것을 가졌고, 그럼으로써 자유로워졌다.

그러니 혈마의 말은 틀린 것도, 옳은 것도 아니었다.

"대답해다오. 너의 세상에는 나와 같은 자가 없겠는가?"

혈마는 자신의 손을 물끄러미 내려다보았다. 혈마기가 깨어진 까닭에 단전에서 기가 줄줄 새어 나가고 있었다. 혈마기가 깨어졌으니 천지간의 기운도 더 이상 혈마를 돕지 않았다.

결국 혈마는 천검에 실린 공력을 맨몸으로 받아내는 수밖에 없었다.

그 결과가 어떻겠는가?

혈마의 손이 먼지처럼 변해가기 시작했다.

혈마는 완벽하게 패배(敗北)해 버리고 만 것이다.

부스러지는 손가락을 내려다보던 혈마가 다시금 소량에게로 시선을 돌렸다.

"나처럼 가족을 잃고, 벗들을 잃고, 심지어 복수마저도 잃어버리고… 마침내는 스스로조차 잃고 텅 빈 껍데기가 되어버리는 자가 정녕 없겠느냐?"

혈마의 팔이 바람에 흩날려 사라졌고, 이내 다리가 사라지기 시작했다. 어두운 얼굴로 그 모습을 바라보던 소량이 조그맣게 중얼거렸다.

"지금은 아니더라도 먼 훗날에는 틀림없이 그렇게 될 것이다. 나는, 적어도 나는 그렇게 믿는다."

"푸흐흐! 그래, 그렇군. 세상을 가졌지만 너 역시……."

혈마가 허탈한 어조로 몇 마디를 더 읊조리더니 이내 가루가 되어 사방으로 흩어졌다.

원말(元末)에 일월신교에 들었던 혈마는 명초(明初)에 일월신교를 잃고 복수의 화신(化身)이 되었다. 처음 복수를 천명하였던 오십년 전부터 지금까지, 그는 수대에 걸쳐 공포의 상징으로 강호 위에 군림해 온 거마(巨魔)였다.

훗날 그는 지독한 슬픔과 복수에 대한 열망마저 잊고 스스로 온전해지고자 했다.

하지만 그는 오직 스스로의 마음을 비우는 데에만 집중하여 일월신교 밖의 세상은 조금도 돌아보지 아니하였으므로 결국에는 하늘 끝에 오르지 못하였다.

일개 개인으로서 천하를 감당해 낸다 하여 일인천하(一人天下)라고 불리던 혈마는 그렇게 허망하게 스러져 죽음을 맞았다.

반백년 넘게 강호를 풍미해 왔던 절대고수의 죽음치고는 너무도 쓸쓸한 죽음이었다.

휘이잉—

오직 바람만이 혈마의 시신을 흩어낼 뿐, 장내의 누구도 함부로 입을 열지 못했다.

혈마의 빈자리를 물끄러미 바라보던 소량이 멍하니 주위를 둘러보았다.

불현듯 가슴에 커다란 구멍이 뚫린 것 같았다.

생각해 보면 지난 십여 년간 떠돌기만 한 것 같다. 할머니를 찾아 남직례로 향했고, 동생들을 찾아 신양현으로 향했다. 청해를 떠돌고 사천의 낯선 길에서 방향을 가늠했다.

원단은 소로(小路)에서 보냈고 중추절은 관도에서 보냈다.

떨어진 낙엽을 밟고 길을 떠나 새하얀 눈을 어깨에 얹고 또 다른 길에 당도했다. 밤하늘 밝은 별빛을 바라볼 때면 얼마나 가족들을, 무창의 모옥을 그리워했는지 모른다.

소량은 이제야 비로소 자신의 긴 여정이 끝났음을 깨달았다.

소량은 천천히 고개를 들어 올려 장내에 가득 찬 무인들을 바라보았다. 무인들 틈바구니에는 더러운 흑의무복을 입은 어느 여인이 눈물이 가득 고인 얼굴로 달려오고 있었다.

"진 가가, 진 가가!"

"제갈 누이."

소량은 달려오는 이가 제갈영영이라는 것을 알아채고는 환하게 미소를 지었다.

달려오는 이는 그녀만이 아니었다.

할머니를 모시고 영화가 다가오고 있었다. 유선을 앞세운 승조

가 혹시라도 뒤처질세라 정신없이 달음박질치고 있었다. 그 뒤에
는 놀랍게도 철갑주를 입은 태승이까지 있었다.

너무나도 그리워했던 얼굴들이 바로 그곳에 있었다.

"형님! 소량 형님!"

"으아앙! 큰오빠!"

달려오는 사람들을 바라보던 소량은 자신의 손에 들린 검으로
시선을 내렸다. 자신만의 애병(愛兵)을 마련하는 대신 누군가가
버린 검을 사용했던 소량이 환하게 웃음을 지었다.

바야흐로 검으로부터도 자유로워질 차례였다.

"이제 검은 필요 없어."

소량이 홀가분한 얼굴로 검을 바닥에 떨어뜨릴 때였다. 제갈영
영이 달려오던 속도 그대로 소량의 품속에 파고들었다.

"하하하!"

소량은 제갈영영을 힘주어 끌어안으며 웃음을 터뜨렸다.

"하하, 하하하!"

그 뒤로 가족들이 도착했다. 유선이 제갈영영과 소량 사이를
파고들었고 승조와 태승이 소량의 앞에 서서 거칠게 숨을 몰아쉬
었다. 어린 시절의 모습 그대로 울음을 터뜨리는 영화와 표정을
알 수 없는, 하지만 따뜻하기 짝이 없는 할머니의 얼굴이 보였다.

제갈영영과 유선을 품에 꼭 안은 소량이 그들의 어깨에 얼굴을
묻었다.

무창의 모옥을 떠난 후로 십여 년 만의 해후였다.

"드디어 모두 만났구나. 오랜 세월을 길에서 보낸 끝에 드디어
모두 만났어."

소량의 말에 유선이 대성통곡을 터뜨렸다.

소량의 안위를 확인하려던 승조와 태승이 할 말을 잃은 듯 입을 다물고는 멍하니 서로를 바라보았다. 할머니의 손을 꼭 잡은 영화가 다리에 힘이 풀린 듯 휘청거렸다.

소량의 말이 옳았다. 그간 만나고 헤어짐을 반복했지만 모두가 함께 모인 적은 없었다. 할머니를 잃고 뿔뿔이 흩어졌던 가족들이 모두 모인 건 십여 년 만에 처음이었다.

십여 년간 가족들을 찾아 헤맸던 소량이 제갈영영과 유선을 강하게 끌어안으며 말했다.

"이제… 이제 돌아가자."

소량의 목소리에도 물기가 어려 있었다. 지금 당장 그곳으로 돌아가고 싶었다. 여름이면 햇살을 피해 낮잠을 자고 겨울이면 화로 앞에 붙어 앉아 밤을 구워 먹던 그 곳으로.

소량이 희미한 목소리로 중얼거렸다.

"돌아가자……"

…집으로.

第十章

그리고 돌아와……

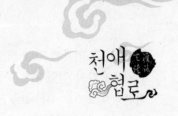

1

대련의 평야에서 이루어졌던 건곤일척의 승부는 조정과 무림맹의 승리로 끝났다.

살아남은 혈마곡의 마인들은 스스로 무공을 폐하거나 항복하여 목숨을 구걸했다. 혈마가 죽음을 맞이했고, 귀곡자마저 목숨을 잃었으니 그들로서는 더 비벼볼 구석이 없었던 것이다.

물론, 그들이 항복한 가장 큰 이유는 천애검협 진소량 때문이었다. 소량의 무공을 본 마인들은 '천애검협 혼자만으로도 이 자리의 모든 무인을 상대할 수 있을 것이다'라는 확신을 가지고 있었던 것이다.

상대는 천하제일인(天下第一人), 더 대항해 봐야 목숨을 잃을 일밖에는 없으리라.

항복한 혈마곡의 마인들을 모두 베어버리자는 의견도 있었으나, 대장군 진무룡은 즉참(卽斬)하는 대신 그들을 추포하여 죄를

밝힌 후, 그 죄과에 따라 처벌해야 한다고 주장했다.

갑론을박이 있었지만, 무림맹의 수뇌부들은 결국엔 진무룡의 의견을 따르기로 결의했다.

혈마곡의 마인들 중에는 잔혹한 살인귀가 수도 없이 많았지만, 오직 일월신교의 복수만을 위해 투신한 자들도 적지 않았다. 일월신교의 멸망에 알게 모르게 책임을 느끼고 있던 수뇌부들은 훗날 후환이 되더라도 그들의 목숨만은 구명해 줄 생각이었다.

모든 일들이 마무리되자 소량과 인연이 있었던 수많은 사람들이 그를 찾아왔다.

그중에는 각원 대사나 청허 진인, 운해추룡 막현우와 같은 전대의 기인(奇人)도 있었고, 이제는 친구가 되어버린 청성파의 운송자와 같은 후기지수도 있었다.

소량과 교분이 없었던 사람들은 감히 그를 찾지 못하는 대신, '이제는 진 대협을 천애검협이 아니라 천검(天劍)이라 불러야 할 것이다'라며 감탄을 토해냈다. 혈마가 소량의 검로를 보고 내뱉었던 짧은 감탄사가 그대로 소량의 새로운 별호가 된 셈이었다.

"허허허! 혼인이 급하긴 급했나 보구나."

소량을 찾아온 무림맹주 진무극이 소량을 보고는 웃으며 농을 건넸다. 진무극은 소량이 하늘 끝에 올랐음에도 결국에는 인간의 자리로 내려왔다는 것을 알고 있었던 것이다. 그의 농담 속에는 약간의 미안함과 거대한 뿌듯함이 숨어 있었다.

그다음으로는 소백부 진무룡이 찾아와 소량에게 인사를 건넸다.

소백부를 처음 만나는 자리였으므로 소량은 최대한 정중하게 예를 표했다. 소량의 다른 형제들도 처음 만나는 백부님과 고모님들에게 가족으로서 예를 다하고 있었다.

세인(世人)들의 눈으로 보면, 그 모습 또한 신기하기 짝이 없는 일이었다.

당금 천하대란에 진씨 형제들이 얼마나 큰 역할을 했던가!

둘째인 현의선자 진영화는 곽호태와 함께 수많은 부상자들의 목숨을 구해내었고, 셋째인 금협 진승조는 단신으로 혈마곡에 잠입해 그들의 자금줄을 모조리 끊어놓았다.

넷째인 진태승은 무림맹이 전멸을 당하기 직전에 황군이라는 구원군을 불러왔고, 막내인 지괴 진유선은 아미산을 찾아가 삼천존의 일인인 도천존을 전장으로 이끌어냈다.

세인들은 '천하제일인을 배출했거니와 구성원의 면면도 하나같이 뛰어나니 진씨 일가야말로 천하제일가(天下第一家)라 불러야 할 것이다'라고 떠들어댔다.

"이제 어떻게 할 생각이냐?"

진무극의 질문에 소량이 환하게 웃음을 지었다.

그로부터 몇 개월 뒤, 소량의 가족들은 무창의 모옥에 도착했다. 금협 진승조 덕택에 집으로 돌아오는 여정은 편안하고 또한 안온했다.

무창의 모옥은 많이 낡아 있었지만 옛 모습 그대로의 모습을 가지고 있었다. 그 모든 흔적들, 심지어 어린 시절 형제들의 키를 재기 위해 그었던 작은 금까지 모두 그대로였다.

마침내, 그들은 집에 돌아온 것이다.

그로부터 오 년의 세월이 흘렀다.

오 년 후, 사천의 성도(成都).

오늘의 당가타는 몹시 소란스러웠다. 그렇지 않아도 사천 제일

호족이라는 명성 덕택에 오가는 사람이 많은 당가타인데, 오늘은 나오는 손님은 없고 들어가는 손님만 많은 것이다.

바로 오늘이 사천 당가의 소가주가 혼례를 치르는 날이었다.

성도 내에서 좀 솜씨가 있다 하는 숙수들은 모조리 초빙되었고, 때문에 성도 내의 반점이나 객잔들은 하루 동안 문을 닫아야 했다. 당가는 그들에게 일정 이상의 금전으로 손해를 보상해 주는 한편, 크게 구휼미를 풀어 성도 내의 백성들을 위로했다.

성도의 백성들은 당가의 소가주의 혼인에 환호하며 즐거워했다.

"그러니까 그때 그게 다 내 잘못이라 이거냐?"

무림맹주 진무극이 불편한 얼굴로 헛기침을 큼큼 내뱉었다.

혈마곡의 천하대란이 있던 오 년 전에는 항상 진중한 모습만 보였던 진무극이었지만, 지금의 그는 평범한 사내처럼만 보였다. 어린 시절부터 함께 구르며 자라온 형제들 앞에서는 아무리 근엄한 남자도 이렇게 되는 법이다.

그것은 남궁세가의 대부인, 진운혜도 마찬가지였다. 남들 앞에서는 고고한 학처럼 굴던 그녀였지만, 오빠나 언니 앞에 앉으니 이상하게도 어린 시절의 그 말투가 나온다.

"당연히 큰오빠 잘못이지. 큰오빠가 가져왔던 거잖아, 그 잉어."

"그 잉어는 분명히 신선했었다. 그걸 먹고 무룡이가 배탈이 났던 것은 모두 네가 요리를 엉망진창으로 했기 때문이야."

"흥! 그게 무슨 헛소리람? 나는 분명 신선한 재료들로만 요리를 했단 말이야, 잉어만 빼고. 작은오빠도 맛있다고 그렇게 감탄을 해놓고서!"

"사실 맛없었다. 확실히 별로였어."

대장군 진무룡이 근엄한 얼굴로 고개를 저었다.

지금 당가의 내실에는 네 명의 중년 남녀들이 앉아 있는 상태였다. 무림맹주 진무극과 아미파의 장문사태, 대장군 진무룡과 남궁세가의 대부인 진운혜가 바로 그들이었다. 내실의 문을 활짝 열어놓아 밖이 다 보이는 까닭에, 그들의 대화는 작은 목소리로 진행되고 있었다.

　그들은 지금 먼 과거의 일로 투닥거리고 있었다. 진무룡이 열여덟 번째 생일을 맞던 날, 진무극이 구해 온 잉어로 진운혜가 요리하여 잉어찜을 대접한 적이 있었다.

　문제는 진무룡이 그것을 먹고 배탈이 났다는 점에 있었다. 그렇지 않아도 한쪽 다리를 저는 진무룡을 애지중지했던 유월향이 진무극과 진운혜를 호되게 혼낸 것은 당연한 일이었다.

　"아니야, 그때 오빠는 분명히 맛있다고 잘 먹었어."

　"글쎄, 맛없었다지 않느냐. 먹고 배탈이 난 것만 봐도 알 수 있지. 나는 형님의 의견이 옳다고 생각한다. 형님이 구해 온 잉어는 신선했는데 네가 망쳐 버린 것이 분명해."

　"흥! 수십 년 전 일 가지고 지금에 와서 궁시렁거리긴!"

　수세에 몰린 진운혜가 불퉁한 얼굴로 화제를 바꾸었다. 진무룡은 진운혜가 수세에 몰린 것이 마음에 든다는 듯 흡족하게 웃으며 수염을 쓰다듬었다.

　"원래 어린 시절부터 망종이었던 네가 아니더냐. 그렇게 찧고 까불었는데 요리를 제대로 배웠을 리가 없지. 그래서인지 네 아들놈도 그렇게 술만 보면 좋아서 어쩔 줄을 몰라……."

　"뭐? 내 아들이 어디가 어때서! 오빠네 아들은 뭐가 잘났다고!"

　남궁성의 이야기가 나오자 진운혜가 발끈해서 달려들었다.

　원래 친척들끼리 모이면 필연적으로 자식 자랑이 나오는 법, 진무룡이 흡족하게 말했다.

"내 아들은 적어도 술꾼은 아니지."

"하지만 오빠 아들은 오빠 싫다고 그렇게……."

"둘 다 그만하지 못하겠느냐?"

만언니인 아미파의 장문사태가 서늘한 어조로 꾸중했다. 큰누이가 남편과 자식을 사고로 잃고 비구니가 되었다는 것을 잘 아는 진무룡과 진운혜가 머쓱한 얼굴로 입을 다물었다.

장문사태가 고개를 절레절레 저으며 한숨을 내쉬었다.

"지금 너희들을 보면 누가 존경받는 무림 명숙이라 믿겠니. 아미타불, 나의 속연(俗緣)들은 여전히 철이 없구나. 쯧! 조카딸의 혼인날 공연히 눈총받기 싫으니 체면들 좀 차려라."

장문사태가 엄숙하게 말하고는 내실 밖으로 고개를 돌렸다.

그러고는 대수롭지 않은 말투로 아까의 논쟁에 끼어들었다.

"그리고 막내가 말괄량이였던 것은 틀림없는 사실이지. 어머니는 항상 막내에게 약했어. 그것은 할머니가 되어서도 그건 마찬가지셨나 보구나. 저기 저 아이, 운혜 너를 꼭 닮았다."

장문사태가 손가락으로 성숙한 어느 여인을 가리켰다. 제법 곱게 생긴 아미에 새하얀 피부, 앵두 같은 입술까지 제법 미인(美人)이라 할 만한 여인이었지만, 남의 시선 따위는 조금도 의식하지 않는지 여인은 철없이 콧김을 풍풍 뿜어대고 있었다.

여인의 정체는 다름 아닌 지괴 진유선이었다.

그리고 진유선은 지금 몹시 화가 나 있었다.

'저놈 좀 봐! 아주 좋아 죽네, 죽어!'

진유선의 앞에는 연호진이 점잖은 얼굴로 서 있었다. 동글동글 귀여웠던 어린 시절과 달리, 성인이 된 연호진은 제법 선이 굵은 호남아의 모습을 하고 있었다. 그 기세 또한 잔잔하고 고요하니, 옆에 패도한 도만 없다면 명문의 귀공자로 착각할 만했다.

당대의 여협(女俠)들이 연호진에게 관심을 가진 것은 당연한 일이라 할 수 있었다.

생긴 것도 생긴 것이지만 연호진의 배경이 어디 그냥 배경이던가! 그 스승은 도천존 단천화요, 그 사형은 천하제일인이라 불리는 천검(天劍) 진소량이다.

게다가 본신의 무공도 뛰어나 제일후기지수라 불릴 정도이니 이만하면 일등 신랑감이다.

"호호호."

화산파의 속가제자인 여인 두 명이 고급스러운 비단 정장을 차려입은 채 연호진에게 눈인사를 건넸다. 눈치라고는 없어 뭐가 뭔지 모르는 연호진이 순진한 얼굴로 답례를 하자, 화산파의 여제자들이 까르르 웃음을 터뜨리며 서로 어깨를 쳐댔다.

"어⋯⋯."

여인들의 웃음소리에 왠지 모르게 부끄러워진 연호진이 머쓱한 얼굴로 미소를 지을 때였다.

퍽!

이유 없는 폭력이 연호진의 뒤통수를 습격했다.

"웃어? 너 지금 웃었어?!"

"또 왜 그래, 진 누이!"

연호진이 인상을 찌푸리며 진유선을 홱 돌아보았다. 사람들이 이렇게나 많은 곳에서 뒤통수를 때리다니. 나이를 먹을 만큼 먹었음에도 여전히 말괄량이 같은 진유선이었다.

"어디 또 웃어봐! 계속 웃어보라고!"

진유선이 표독스럽게 외치자 연호진이 당황하여 눈을 휘둥그레 떴다. 하지만 조금의 시간이 더 지나자 눈이 반달처럼 가늘어지고 만다. 원래 어린 시절부터 진유선의 심정을 기가 막히게 잘 읽어왔던 연호진이었다.

"진 누이, 혹시 내가 저 여협들에게 웃어 보인 게 마음에 안 들어서 그러는 거야?"

"아니야! 저 요망한 것들이 요망한 짓을 하는 게 마음에 안 들 뿐이야! 원래 저런 여자들은 속과 겉이 다 다른 법이라고! 하여간 남자들이란! 남자들이란!"

진유선이 콧방귀를 풍풍 뀌며 발을 탕탕 굴렀다.

"아무래도 이러다가는 저 요망한 년들 때문에 다른 멍청한 남자들이 피해를 보겠어. 내 강호 정의를 위해서 저 요망한 년들을 아작 내지 않으면……."

"잠깐! 진 누이! 그러면 안 되는 거야."

연호진이 어린 시절부터 늘상 해왔던 그 말을 다시 꺼내며 진유선을 말렸다. 진유선이 계속해서 화산파의 여제자들에게 시비를 걸려고 하므로 연호진은 한바탕 진땀을 빼야 했다.

그러나 어째서인지 연호진의 입에서 웃음이 떠나질 않는다. 진유선이 질투를 하고 있는 것이 분명하다면 그건 그야말로 좋은 일인 것이다.

그 모습을 바라보는 금협 진승조의 얼굴이 씁쓸하게 굳어갔다.

"아주 잘 논다, 잘 놀아."

승조가 어두운 얼굴로 하늘을 올려다보았다. 마침 때를 맞추어 이름 모를 새 한 쌍이 정답게 노닐더니, 가지에 앉아 깡충깡충 뛰며 서로를 향해 지저귀기 시작했다.

"저걸 보아라, 태승아. 새조차 쌍이 있는데, 왜 나만……."

승조가 회한에 가득 찬 얼굴로 중얼거렸다.

소량 형님은 삼 년 전 이미 혼례를 치렀고 이제는 큰누이마저 당가로 시집을 간다. 심지어 가장 나이 어린 막내 진유선조차 짝이 있는 것 같은데 자신은 짝이 없다.

돈을 버느라 너무 바빴던 탓일까?

아니, 꼭 그 이유 때문만은 아닌 것 같다.

그럼 눈이 높은 탓일까?

어쩌면 그럴지도 모른다.

승조가 위로를 구하듯 옆자리에 앉은 진태승을 돌아보았다. 배운 것이 상행(商行)이라고, 스스로를 비유하는 것도 상품에 비유하는 승조였다.

"어떻게 생각하느냐, 태승아. 나 정도면 제법 잘 팔릴 만한 상품 아니냐?"

"꼭 그렇지도 않습니다. 성격이 꼬이셨으니 빛 좋은 개살구지요."

청색 학창의를 입은 태승이 느긋하게 차를 한 모금 기울였다.

원래 승조와 태승은 내실에서 백부, 고모님들과 함께 있었지만, 아무래도 어른들의 대화에는 끼어들기 어려워 몰래 자리에서 빠져나온 참이었다.

뜻하지 않게 야외로 나온 것이기는 했지만 햇살 아래에서 차를 들이켜니 기분이 그리 나쁘지만은 않아서 내내 흡족한 얼굴로 앉아 있던 태승이었다.

"빛 좋은 개살구? 내 성격이 어디가 어때서 그러느냐?"

"꼬였지요. 이래도 뚱하고 저래도 뚱한 얼굴이신데 어느 여자가 좋다고 달라붙겠습니까? 작은형수님 모시려면 형님부터 좀 담백하게 변하실 필요가 있습니다."

태승이 점잖게 말하자 승조가 괴로운 듯 눈을 질끈 감았다.

"그, 그래, 성격… 너도 그렇고 나도 그렇고 성격이 문제지. 어쩌면 너는 너무 꼬장꼬장하고 나는 너무 냉소적인 것일지도 모른다. 그 결과가 무엇이더냐? 너와 나만 짝이 없다."

"죄송하지만 저는 빼주십시오, 형님."

태승이 점잖게 말하고는 '차 잘 마셨습니다' 하고 자리에서 일어났다. 깜짝 놀란 승조가 눈을 휘둥그레 뜨고는 어딘가로 걸어가는 태승의 뒷모습을 바라보았다.

"너는 빼달라고? 마, 말도 안 되는 소리! 네 그 꼬장꼬장한 성격에 인연이 생겼을 리가 없지 않느냐? 거짓말! 이건 거짓말이다! 감히 형님께 거짓부렁을 고하다니!"

"아, 차 잘 마셨다니까요."

태승이 머쓱한 얼굴로 중얼거렸다.

삼 년 전, 진태승은 진무룡의 부름을 받아 다시 종학에 다니게 되었다.

황제는 감히 자신의 앞에서 망발을 퍼부은 태승이 종학에 다닌다는 사실을 별로 마음에 들어 하지 않았지만, 덕경 공주 주첨화는 태승의 입학(入學)을 쌍수를 들고 반겼다.

황제의 눈치를 보느라 더 이상 태손 저하도 가까이할 수 없었고, 덕경 공주마마도 자주 뵙지는 못했지만, 황제가 친정을 나간 덕분에 최근에는 서신을 교류할 수 있었다.

대련에서의 일을 듣고 천검 진소량을 품에 안아야 할 필요를 느낀 황태손 주첨기는 '여차하면 덕경 공주를 요절내 버리면 된다'며 은근히 태승과 덕경 공주의 혼인을 부추겼다. 덕경 공주를 사망으로 처리해 황적에서 지운 후 태승에게 시집보내겠다는 뜻이었다.

승조가 처참한 얼굴로 애처롭게 질문했다.

"꼬장꼬장한 네 성격에 인연이 있을 리가 없다! 나만 짝이 없을 리가 없어! 누군데? 거짓이 아니라면 대답해! 돈! 돈을 주마! 돈을 줄 테니 어서 대답을……."

"아, 됐다지 않습니까. 저는 가볼 곳이 있습니다."

진태승이 귀찮다는 듯 손을 이리저리 휘저으며 성큼성큼 걸음을 옮겼다.

엉거주춤 자리에서 일어났던 승조가 의아한 얼굴로 질문했다.

"도대체 어디를 가는데 그러느냐?"

"조방 갑니다. 할머니가 그곳에 계실 것 같아서요."

태승이 어깨를 으쓱해 보이고는 잔치를 즐기는 사람들을 뚫고 사라졌다.

승조가 허겁지겁 자리에서 일어나 그런 태승의 뒤를 쫓았다.

"같이 가자. 아까 보니까 남궁 형님께서 술친구 찾아 어슬렁거리고 계시더라. 잡히면 큰누이 혼례도 보지 못하고 취해 버리고 말 것이 분명해."

태승이 대답 대신 고개만 끄덕이자 승조가 못마땅한 표정을 지었다. 승조의 머릿속에 천만금이 들더라도 태승의 배후를 파봐야겠다는 생각이 가득 차올랐다.

2

삼 년 전까지만 해도 어린 시절과 처녀 시절을 번갈아 오가던 할머니의 기억은 언젠가부터 중년의 나이나 노년의 나이에 머물기 시작했다. 소량을 옆집 청년이나 조카라고 착각하는 경우가 많긴 했지만, 어쨌든 기력 정정하신 모습으로 돌아오신 것만은 기쁜 일이었다.

하지만 가끔은 난감할 때도 있었다.

"하아—"

소량은 한숨을 내쉬며 조방을 바라보았다. 조방 안에는 할머니가 들어가 계셨는데, 뭐가 그렇게 분통이 났는지 연신 숙수들과 싸워대고 있었다.

"아니, 취피계는 그런 게 아니라니께! 구워야 쓰지, 튀겨가지고 어따 써, 그걸? 천하에 이름을 크게 날린 숙수라고 들었는디 인제 보니 허당이여, 허당."

"노태태(老太太)… 저는 비록 숙수에 불과하지만 스스로가 걸어온 길에 자부심을 가지고 있는 사람입니다. 정히 원하신다면 구워서 내겠지만, 제가 틀렸다는 말씀만은 말아주십시오."

비록 겁에 질려 다리가 파르르 떨려왔지만 숙수는 꾹 참고 용기를 내었다. 아무리 상대가 천하제일인의 조모님이라고 해도 요리에 관한 일인 이상 물러설 수는 없었다.

"보통은 취피계를 구워서 내보내지만, 소인도 나름의 요리 철학이 있습니다. 기름이 많은 닭 껍질을 기름에 튀기는 데도 조금도 느끼하지 않고 도리어 바삭한 맛을 내는 것이지요."

"아따, 고집이 무슨 쇠심줄이여, 쇠심줄!"

할머니가 갑갑하다는 듯 가슴을 쾅쾅 쳤다.

그때, 할머니를 호종하듯 다소곳하게 서 있던 제갈영영이 조심스럽게 끼어들었다.

"할머님께서 원하시는 대로 해주세요, 숙수님. 숙수님의 방식도 이해 못 할 것은 아니지만, 원래 추억이 담긴 음식에는 그 자체로 가치가 있는 법이랍니다. 할머님께는 할머님만의 추억과 고집이 있을 터, 잔치상에는 마땅히 추억의 맛이 올라가야 옳지요."

"우리 질부(姪婦) 잘헌다잉! 그려, 그려. 고렇고말고."

지금도 할머니는 소량을 조카로, 제갈영영을 조카의 처로 생각하는 모양이었다. 할머니의 증세를 잘 아는 제갈영영은 호칭을 정정하는 대신 기쁜 얼굴로 호응했다.

"제가 잘했지요, 할머님?"

할머니와 죽이 잘 맞는 제갈영영의 모습에 소량이 고개를 절레절레 저었다.

삼 년 전, 소량은 제갈영영과 혼례를 치렀다. 처음엔 제갈군이 못마땅한 얼굴로 반대를 했지만 천하대란도 끝났고 하늘 끝도 지난 일이 되었으니 심하게 반대를 할 수는 없었다.

사실, 일단 반대하고 본 것도 그냥 딸아이를 내보내기 싫어서 그랬던 것이었다.

훗날 제갈군은 진무신모 유월향, 무림맹주 진무극과 당가의 소가주, 그리고 장본인인 제갈영영의 강력한 항의에 직면하게 되었다. 결국 그는 버티지 못하고 혼인을 허락했다.

혼례를 마친 소량과 제갈영영은 무창의 모옥에 살림을 차렸다. 승조는 신양상단으로, 태승은 종학으로 떠난 탓에 네 식구가 되었던 무창의 모옥에 제갈영영이 들어온 셈이었다.

소량은 예전처럼 목공 일을 했고, 제갈영영은 서툰 손놀림으로 집안일을 해나갔다. 귀한 집에서 자라 손에 물을 묻혀본 적이 없는 탓에 처음엔 모든 일에 서툴렀지만, 제갈영영은 아버지가 고용

해 준다는 시비조차 마다하고 직접 집안일을 했다.

"암, 질부의 말이 옳제."

할머니가 흡족한 얼굴로 고개를 끄덕였다.

"틀린 것이 있다면 추억의 맛이고 나발이고 실제로 맛도 튀기는 것보다 굽는 게 더 낫다는 것이여. 저 숙수님은 말귀를 못 알아먹응께 질부가 한번 직접 만들어보더라고."

"…예? 지, 직접이요?"

제갈영영의 안색이 창백하게 질렸다.

사람들은 시집살이가 고되다 하지만 제갈영영의 시댁은 달랐다.

어린 시절부터 큰오빠에게 빚을 져왔다고 생각한 탓일까? 진 가가의 형제들은 더 잘해주지 못해 안달이 나면 났지, 결코 시기(猜忌)를 부리거나 그녀를 괴롭히지 않았다.

가장 어려운 사람이랄 수 있는 할머니도 제갈영영을 귀히 여겼다. 과거 시어머니에게 당한 한을 제갈영영에게 푸는 수도 있었겠지만 할머니는 '남의 집 귀한 딸내미를 데려다가 종 부리듯 하면 천벌을 받는거'라며 항상 그녀를 아껴주었다.

하지만 딱 하나, 조방에서만큼은 이야기가 달랐다.

할머니는 조방에 들면 자비가 없는 사람이었다.

"그려, 가서 맛나게 한번 구워봐라. 괜찮으면 손님들헌테도 내갈 테니까 그리 알고. 설마허니 아직도 닭 한 마리 제대로 못 굽는 것은 아니겠제? 암, 그럴 리가 없제."

실제로 진영화 역시도 할머니에게 같은 방식으로 요리를 배웠었다. 아미파의 장문사태나 진운혜마저도 조방에서 어머니에게 크게 혼이 난 기억을 가지고 있을 정도이니, 조방에서 엄하게 구는 건 할머니만의 특징이라면 특징이랄 수 있으리라.

"구, 구울 수 있어요, 할머님⋯⋯."

제갈영영이 절망에 빠진 얼굴로 눈을 질끈 감을 때였다.

"어흠, 험,"

조방 입구에 서 있던 소량이 헛기침을 내뱉었다.

제갈영영이 죽다 살았다는 표정으로 소량을 바라보았다.

소량은 은근슬쩍 할머니의 눈치를 살피며 우선 제갈영영부터
빼냈다.

"곧 친영(親迎)을 마친다니 부인께서는 이만 나오시구려. 부인
의 솜씨가 얼마나 뛰어난지 아니만큼, 취피게를 맛보지 못하게 된
것은 아쉽기 짝이 없소만⋯⋯."

"할머님, 죄송하지만 장부께서 부르시니 잠시 다녀와야 할 것
같습니다."

제갈영영이 할머니에게 고개를 꾸벅 숙여 보이고는 쪼르르 조
방을 빠져나왔다. 할머니가 오만상을 찌푸렸지만, 친영을 마칠 때
가 되었다는 데에야 할 말이 없었다.

"아따, 거 핑계 한번 좋다. 할 말을 없게 만들어 버리네, 할 말
이 없게 만들어부러."

할머니가 일그러진 얼굴로 클클 웃음을 터뜨렸다. 혼인한 지
삼 년이 넘었는데도 아직도 신혼인 양 찰싹 달라붙은 모습을 보
니 귀엽기도 하고 흡족하기도 한 탓이었다.

어서 손만 보면 좋을 텐데 그거 하나가 좀 아쉽다.

"저 웃는 것 좀 봐라. 바깥사람이 예뻐라, 예뻐라 하니까 좋기
는 한갑제?"

할머니가 클클거리며 말하자 소량은 어깨를 으쓱해 보이고는
다급히 입술을 달싹였다.

[더 있다가는 할머니께 또 붙잡힐 거요. 어서 도망가시오, 부인. 구해준 빚은 잊지 말고.]

[고마워요, 진 가가. 죽다 살았네. 은혜는 밤에 갚을게요!]

[어허! 못 하는 소리가 없어.]

소량이 짐짓 엄한 표정을 지어 보이자 제갈영영이 혀를 날름 내밀고는 조방에서 빠져나갔다.

소량은 숙수들에게도 가볍게 머리를 숙여 보였다.

"공연히 방해가 되었으니 죄송할 따름입니다."

"허, 헉! 별말씀을 다하십니다요!"

천하제일인의 인사를 받은 숙수들이 허겁지겁 허리를 반으로 접었다.

숙수들의 얼굴은 그야말로 감동으로 물들어 있었다. 천검 진소량이 대협이라는 소리는 들었지만 설마하니 자신들과 같은 숙수들에게도 머리를 숙일 줄은 몰랐던 탓이었다.

숙수들에게 작게 미소를 지은 소량이 할머니에게로 걸어갔다.

"친영은 보셔야지요, 할머니. 제가 모시겠습니다."

소량은 은근슬쩍 할머니의 명문혈을 두드렸다.

소량의 손에 어려 있던 태허일기공이 할머니의 신체 안으로 한가득 파고들었다. 할머니를 부축하는 체 그 맥문까지 쥔 소량이 이내 서글픈 얼굴로 미소를 지었다.

할머니가 가진 생명의 불빛은 조금씩 잦아들고 있었다. 내상이나 외상, 병 때문이 아니라 자연스러운 노화의 현상일 뿐이니 특별한 치료 방법도 없다.

소량의 심정을 모르는 할머니가 히죽 웃어 보였다.

"당연히 나도 나가봐야제. 워디쯤 와 있다냐?"

소량은 가볍게 기감을 펼쳐 당가타 전체를 훑어나갔다. 당가타에 가득 찬 하객들의 기운 너머로 진영화와 당유회의 기운이 느껴졌다. 외당과 내당을 잇는 현문 즈음이었다.

"이제 내당에 들어오려나 봅니다. 어서 나가봐요, 할머니."

이러다 늦겠다 싶어진 소량이 할머니를 재촉했다.

원래 중원에서는 혼례를 올릴 때에는 신랑 될 사람이 신부의 집에 가서 그녀를 데려오는 형식을 취하는데, 이것을 친영(親迎)이라고 한다.

먼 과거 진운혜가 남궁세가로 시집가던 날 그러했듯이, 진영화도 친영을 당가가 있는 성도가 아닌 무창의 모옥에서부터 시작하겠노라 고집을 피웠다.

당가에서 허락이 떨어지자, 영화는 할머니를 모시고 호광에서 사천까지 긴 여행을 떠났다. 천하의 명승지란 명승지는 다 가보겠다는 듯 일부러 길까지 배배 꼬아놓은 영화였다.

혼례날 아침, 소량과 제갈영영, 할머니는 먼저 당가타로 들어와 잔치를 준비했다. 영화와 당유회는 예복을 갈아입고 치장을 하는 등 준비를 마친 후 이제 내당에 당도한 참이었다.

내당과 외당을 잇는 현문 앞에 서 있던 제갈세가의 소가주, 제갈현중은 예복을 입은 당유회가 위풍당당한 얼굴로 말을 타고 걸어오는 것을 보고는 헛웃음을 지었다.

"신랑 안색이 밝아도 너무 밝구먼. 쯧! 체면 좀 차리지."

"그럴 만하지요. 현의선자라면 빼어난 의술과 현숙함, 단아함으로 유명하지만 가장 뛰어난 것은 그 미모라지 않습니까. 제가 저 자리에 있었다면 기뻐 춤을 추었을지도 모릅니다."

오 년 전의 천하대란에서 겨우 살아남은 유운신룡 유천화가 아쉬운 얼굴로 말했다.

말을 타고 가마에 앞서 나아가던 당유회가 승리감 가득한 미소를 지었다.

'말 잘했네, 천화. 사실 나도 그런 기분이야.'

당유회가 지난 과거를 떠올리며 눈을 지그시 감았다.

자신의 마음을 자각하고 당유회와 혼인하기로 결심한 영화였지만, 어째서인지 그 시기만큼은 최대한 늦추고자 했다. 처음에 그녀가 댄 핑계는 '그래도 순서가 있는데 오라버니 젖히고 자신이 먼저 시집갈 수는 없다'는 것이었다.

그때부터 당유회는 중원에 들릴 때마다 제갈세가와 무림맹을 뻔질나게 드나들었다. 자신이 혼인을 하기 위해서는 무엇보다 천검 진소량의 혼인부터 해치워 버려야 했던 것이다.

하지만 천검 진소량이 혼인을 마치고 난 후에도 영화는 바로 혼인을 하려 들지 않았다. 영화는 이번에는 '할머니께 배워야 할 것이 아직 많이 남아 있다'고 고집을 부렸던 것이다.

당유회는 '할머니와 몇 년이라도 더 살고 난 뒤에야 시집갈 수 있을 것 같다'는 진영화의 눈물 섞인 부탁을 거절하지 못했다.

그러기를 삼 년여…….

당유회는 마침내 진영화를 당가로 데려오는 데 성공했다. 지난 삼 년간, 당유회는 진영화의 미모를 노리고 여기저기서 들러붙는 날파리들을 떼어내느라 온갖 고생을 다 해야 했다.

한편, 가마 위에 앉은 진영화는 발 너머를 바라보느라 정신이 없었다. 허술하게 덜렁거리는 주발 너머로 하객들의 모습이 보이는데, 아무리 주위를 둘러봐도 가족들이 보이지 않는다.

영화는 내당에 들어서야 가족들의 얼굴을, 특히 할머니의 얼굴을 볼 수 있었다.

"할머……"

할머니를 부르며 움찔 자리에서 일어났던 영화가 멈칫했다.

가마를 본 할머니는 손뼉을 치며 좋아하고 있었다. 그 옆에는
소량 오빠가 희미한 미소를 짓고 있었고, 그 아래에서는 유선이
손을 열심히 휘저으며 '언니, 나야'라고 외치고 있었다.

점잖게 선 승조와 태승이 벌써부터 그리움 가득한 눈을 하고
있는 것도 보였다.

영화는 눈물이 왈칵 새어 나오는 것을 느꼈다.

아아, 이별이다…….

불현듯 어린 시절의 기억이 떠올라 가슴이 시려왔다.

동생들에게 먹을거리를 몽땅 건네준 소량 오빠가 홀로 물을 마
시러 가던 기억이 떠올랐다.

유선이는, 유선이는 또 어떠한가? 어쩌다가 구걸에 성공하면 영
화는 음식을 소중하게 품에 들고 빠른 걸음으로 모옥으로 달려갔
다. 그렇게 가져온 음식은 가장 먼저 유선에게 먹였다.

잔뜩 굶었던 유선은 허겁지겁 그것을 받아먹으며 배시시 웃음
을 지어 보였다.

할머니가 온 후로 영화는 행복해졌다.

빨래를 하고, 요리를 하고, 텃밭을 일구는 소소한 모든 일들이
그녀에게는 행복이었다. 소녀에서 여인이 될 때까지 그녀의 시간
은 오직 찬란한 추억들로만 채워져 있었다.

낮에는 할머니께 무공과 글을 배우고, 밤이 되면 호롱불 켜놓
고 찢어진 옷감을 꿰매며 할머니와 대화를 나누던 그 안온한 일
상을 얼마나 사랑했는지 모른다.

하지만 이제 집을 떠난다.

그 모든 시절을 등 뒤에 두고.

영화는 붉은색 치맛자락을 꽉 움켜쥐며 눈물을 참았다.

하지만 어깨가 떨리는 것만은 참을 수가 없었다.

"하하하! 신부가 우는 모양이로군, 우는 모양이야!"

영화가 눈물에 젖은 얼굴로 가마에서 내리자 주위에서 무어라고 왁자지껄 떠들어댔다. 원래 혼례를 치를 때에 신부가 눈물을 흘리는 일은 자주 있는 일인 것이다.

영화는 흐느낌을 애써 참으며 당가의 가주에게 큰절을 올리고, 그다음에는 할머니를 상석에 모시고 큰절을 올렸다. 다른 집안 어른들께도 절을 올린 후에는 조상신께 예를 올릴 차례였다. 그다음에는 합환주(合歡酒)를 나누어 마시고 폭죽을 터뜨리는 등의 행사가 있었다.

그때 승조와 유선이 합심해서 소량을 앞으로 밀었다.

"형님도 가서 절 받으세요. 집안 어른으로 치면 백부님들도 계시고 고모님들도 계시지만, 우리 집안만 딱 떼놓고 보면 형님이 가장 어른 아닙니까."

"맞아, 맞아. 큰오빠도 가서 절을 받아야 해."

진유선이 낑낑대며 소량을 밀었다.

소량이 난감한 표정으로 고개를 절레절레 저었다.

"됐다. 같은 항렬인데 절은 무슨? 절을 받으면 오히려 무례가 된다."

"아니야. 그래도 오빠는 가서 절을 받아야만 해."

유선이 고집스레 말할 때였다.

"예법에 따르면 크게 틀린 일도 아닙니다. 설령 틀렸다 해도 저는 형님께서 절을 받으셨으면 좋겠습니다. 마음이 담겨 있지 않으면 아무리 법식에 맞추어도 허례고, 마음이 담겨 있으면 법식이 틀렸다 해도 정례라는 말이 있지 않습니까."

태승이 환하게 웃으며 은근슬쩍 한 손을 내밀더니 조심스럽게 소량의 등을 밀었다.

진씨 형제들이 한바탕 소란을 피우자 하객들의 시선이 그 방향으로 향했다.

"하하하! 맞습니다. 형님께서도 인사를 받으셔야지요. 원래 부모님이 아니 계실 적에는 장남이 제일 어른이 되는 법 아닙니까. 형님께서는 응당 인사를 받을 만하십니다."

당유회가 얼른 나서서 소량에게 말했다. 이제 혼례를 마쳐 정식으로 부부가 되었으니 손위 처남인 소량을 부르는 호칭은 '형님'이 되어 있었다.

만약 주변에 보는 눈이 없었다면 끝까지 사양했겠지만, 구경하는 사람이 워낙에 많으니 소량도 더 이상 사양할 수가 없었다. 여기서 더 사양하면 화기(和氣)가 상하게 되는 것이다.

소량은 머쓱한 얼굴로 상석에 앉은 다음 공연히 헛기침을 내뱉었다. 당유회와 진영화가 나란히 서서 소량을 올려다보았다.

"어… 이거 뭐라고 해야 할지 모르겠구나."

원래대로라면 그럴듯한 덕담을 건네야 할 텐데, 갑자기 밀려 상석에 앉게 되고 보니 할 말이 떠오르지 않는다. 무어라 말할까 고민하던 소량이 머쓱한 어조로 입을 열었다.

"잘 살아야 한다, 영화야."

절을 올리려던 영화가 움찔하더니 멍하니 소량의 얼굴을 돌아보았다.

먹을거리가 생기면 자신보다 먼저 동생을 챙기던 오빠였다. 어디서 옷이라도 얻으면 오빠는 가장 먼저 자신을 덮어주며 '나는 괜찮다'고 웃곤 했었다. 나만 엄마가 없다고 서글프게 훌쩍이면 자기가 잘못한 것도 아닌데 오빠는 미안하다고 말하곤 했었다.

그렇게 말하는 오빠의 얼굴은 오래 굶주린 탓에 버짐이 펴 있었다. 입고 있는 옷도 해지고 해져 구멍이 잔뜩 난 옷이었다.

하지만 오빠는 자기의 상태가 어떤지는 조금도 모른 채 영화를 보며 바보처럼 웃곤 했었다.

"잘 살아야 한다. 꼭 행복하게 살아야 해, 영화야."

지금도 그랬다.

오빠는 여전히 자신만을 걱정하고 있었다.

"오빠, 소량 오빠……."

영화가 참지 못하고 흐느끼며 자리에 주저앉았다.

소량이 어쩔 줄을 몰라 하며 당유회를 바라보았다.

당유회는 영화 쪽으로 고개를 숙이곤 부드러운 목소리로 중얼거리며 그녀를 달랬다. 영화를 걱정하는 당유회의 모습을 보고 적잖이 안심을 한 소량이 고개를 들어 올렸다.

눈부신 햇살 너머로 껄껄 웃고 있는 사람들이 보였다. 하객들은 하나같이 웃는 얼굴이었고, 근심과 걱정이라고는 없는 얼굴이었다. 화려하게 꾸며진 장식들이 햇살을 받아 환하게 빛났다. 마치 현실이 아니라 아름다운 꿈을 꾸는 것 같았다.

햇살 좋은 날, 눈부시게 찬란한 날…….

아름다운 광경 너머에서, 소량은 할머니의 얼굴을 발견했다.

혹시 모든 기억을 떠올리시기라도 한 것일까?

할머니가 푸근하게 웃으며 소량에게 무어라고 읊조렸다. 천존의 경지를 넘어 하늘 끝에 오른 소랑이었지만, 그의 안력으로도 할머니의 입 모양을 명확하게 잡아내지는 못했다.

소랑은 갑자기 시간이 느리게 흘러간다고 생각했다.

'아아, 오늘이었구나…….'

영화를 시집보내는 것으로 '이만하면 됐다'고 생각하셨던 것일까, 아니면 다른 이유가 있으셨던 것일까. 소랑은 오 년 전, 하늘 끝에서 보았던 미래가 바로 오늘이었음을 깨달았다.

할머니의 입가에는 어린아이의 것을 닮은 천진한 미소가 떠올라 있었다. 서리께처럼 내려앉은 삶의 무게를 완전히 털어버린 할머니는 한없이 자유로워 보였다.

부드럽고 따뜻한 눈으로 소랑을 바라보던 할머니가 몸을 돌려 천천히 걸음을 옮긴다.

마치 햇살 속으로 녹아들 듯, 빛을 향해 걸어가는 것처럼 할머니가 사라진다.

말리려면 얼마든지 말릴 수 있었지만, 소랑은 환상을 보는 사람처럼 할머니를 바라보기만 했다. 소랑은 도저히 할머니의 저 자유로운 탈각(脫殼)을 방해할 자신이 없었다.

할머니는 이제 당신의 인생을 찾아 떠나가고 있는 것이다.

'평안하세요, 할머니. 서리께처럼 무거운 짐, 모두 내려놓고 오직 당신의 인생 안에서…….'

받아들이기 힘들었지만 소랑은 이별을 받아들이기 위해 애썼다.

나른한 오후처럼 따뜻한, 하지만 가슴 시린 이별이었다.

終
노고초(老姑草)

1

시간은 쏜살처럼 빠르게 흘러갔다.

강호에 나가 천애검협이라는 별호를 얻은 것도, 혈마곡의 천하 대란이 끝난 것도 벌써 오래전 일이었다. 영화가 당가로 시집을 간 후로도 벌써 칠 년의 시간이 지났다.

천검(天劍) 진소량(秦小兩)은 세월의 흐름을 곱씹어보았다.

"으음."

천검의 가족이 아니면 쉽게 들어갈 수 없는 금지(禁地).

그곳은 속내 모르는 사람들이 상상하듯, 세상을 어지럽힌 악인 의 머리통이 굴러다닌다거나 백성들을 괴롭히는 탐관오리를 어떻 게 벌할까 논하는 곳은 아니었다.

그보다는 아무렇게나 엮은 돗자리와 자그마한 밭이 자리한 시 골 풍경에 가까웠다.

그곳을 가꾼 이는 다름 아닌 진소량의 할머니였다.

"…할머니."

소량이 씁쓸한 어조로 중얼거릴 때였다. 소량이 선 텃밭의 대기가 한바탕 부르르 떨려오기 시작했다. 원래 텃밭에는 얼기설기 만든 진법(陣法)이 펼쳐져 있었는데, 아무래도 누군가가 안으로 들어오기 위해 진법을 파훼하고 있는 모양이었다.

소량의 기감은 진법이 깨어지는 순간을 날카롭게 잡아내었다.

"하아―"

소량은 작게 한숨을 내쉬며 뒤로 몸을 돌렸다. 소량의 뒤에는 한층 더 현숙해진 제갈영영이 기품 있게 어느 계집아이의 귀를 잡고 있었다.

"아영(兒榮)이 또 사고를 친 거요?"

소량이 씁쓸한 얼굴로 말하자 제갈영영에게 귀를 잡힌 여자아이가 울상을 지으며 소량을 바라보았다.

"아부지, 히잉."

"넌 조용히 해. 진 가가, 이 일을 어떻게 하지요?"

제갈영영이 괴로운 얼굴로 눈을 지그시 감았다.

맏딸인 진소영(秦昭榮)은 고통스러울 정도로 어미인 자신을 닮았다.

가장 먼저 진법에 대한 재능이 그랬다. 어린 나이에 하도 말을 잘하기에 '진법도 잘할까' 싶어서 가르쳐 봤는데, 아이는 솜이 물을 빨듯 진법을 배워 나갔다. 물론 대단한 진을 만들지는 못했지만 진소영은 간단한 태을진 따위는 어설프게나마 펼칠 수 있게 된 것이다.

문제는 그녀가 제갈영영의 어린 시절처럼 장난꾸러기라는 것에 있었다.

"이 말괄량이 녀석이 모산에 태을진을 만들어놓은 모양이에요. 그리고 제 동생이랑 장씨네 아이를 그 안으로 끌고 들어갔더라고요. 결국 장씨네 아이 머리가 깨지고 말았어요."

"하지만 문영(文英)이랑 우명(宇明)이가 용감하게 자기는 들어갈 수 있다고 했단 말이야."

여섯 살 난 진소영이 눈물, 콧물을 흘리며 엄마를 바라보았다.

제갈영영은 세상에서 제일 차가운 얼굴로 진소영의 머리를 쿵 쥐어박았다.

"그렇다고 부추긴다는 게 말이나 되니?"

"아야! 아부지! 으아앙!"

진소영이 앙앙 울며 소량을 불렀다. 어머니는 아주 좋은 분이지만 잔소리가 많은데, 아버지는 항상 온화하고 부드러우니 앙앙 울면 품에 안아 달래줄 것이 분명했다.

하지만 소량의 표정은 엄하기 짝이 없었다.

"아영이 크게 벌을 받아야겠구나."

소량이 엄중하게 말하자 진소영의 표정이 '아뿔사'라는 듯 변해 갔다. 아버지는 온화하고 부드러워서 화를 잘 내지 않지만 한 번 화를 내면 세상에 그렇게 무서운 사람이 없는 것이다.

진소영은 히끅거리며 울음을 참아내었다.

"내 무공을 가르칠 때 무어라고 했더냐? 함부로 힘을 쓰면 사람이 다치는 법, 가장 먼저 스스로를 자제하는 법부터 배워야 한다고 말하지 않았더냐. 진법 또한 무공과 다르지 않다. 너는 함부로 진법을 펼쳐 사람을 다치게 하였으니 크게 벌을 받아야 마땅하다."

"히끅, 히끅."

"진우명(秦宇明)! 왔으면 이리 나오너라."

소량이 이번에는 제갈영영의 뒤쪽을 바라보며 말했다.

제갈영영이 한숨을 푹 쉬고는 뒤를 바라보며 손짓을 해 보였다. 그러자 모옥 부근에 숨어 있던 다섯 살 난 꼬마아이가 모습을 드러내고는 아장아장 앞으로 걸어왔다.

소량은 아들이 크게 다치지 않은 것을 확인하고는 안도의 한숨을 내쉬었다.

"많이 다치지 않은 것은 다행이지만… 내 용기와 만용을 구분하라고 하지 않았더냐. 누나가 아무리 놀리고 약을 올려도 위험할 것을 뻔히 알면서 들어가면 어찌해."

"하지만 아부지, 막내 고모가 남자는 위험한 일이 있어도 절대 물러나서는 안 된다고 했단 말이야. 그리고 나는 남자고……."

"네 막내 고모가? 내 이 녀석을……."

진우명이 우물쭈물하자 소량이 화가 난 얼굴로 눈을 질끈 감았다. 아이들은 여러 숙부님들과 고모님들 중 진유선을 제일 좋아하지만 안타깝게도 진유선은 지괴라 불릴 정도로 장난기가 심한 인물이었다. 소량은 나중에 유선이 오면 한바탕 꾸중을 해주어야겠다고 생각했다.

"네 막내 고모의 말은 만용을 부리라는 것이 아니다. 만용과 용기는 달라. 예를 들어 네 누이가 위험하다면 두려움을 참고라도 구해야 하지만, 네 누이가 장난을 치는 것이라면 괜히 끼어들어 다칠 필요가 없는 것이다."

"응, 아부지."

진우명이 얌전하게 고개를 끄덕이자 소량이 희미하게 웃음을 지었다. 어린 시절의 자신을 꼭 닮은 아들이 시무룩한 표정을 짓고 있는데, 그 모습까지도 얼마나 귀여운지.

소량은 헛기침을 몇 번 내뱉으며 다시금 엄한 표정을 지어 보이고는 진소영에게 '소학(小學) 경장편(敬長篇)을 백 번 필사하라'는 벌을 내렸다. 함부로 만용을 부린 죄로 진우명은 누이 대신 먹을 가는 벌을 받게 되었다.

곧 여섯 살 난 진소영이 소매로 연신 눈가를 훔치며 남동생의 손을 잡고 모옥으로 아장아장 걸음을 옮겼다. 누이가 걱정되는지 옆에서 진우명이 뭐라고 달래는 소리가 들려왔다.

그 모습을 흐뭇하게 바라보던 소량이 제갈영영을 돌아보았다.

"장운에게 내가 직접 사과할 테니 부인은 너무 걱정 마시오. 문영이는 많이 다쳤소?"

"피가 좀 난 모양이지만 크게 다치지는 않았어요. 사나흘이면 나을 거예요."

"그건 다행이로군. 아! 이런. 아영에게 벌을 더 내릴 것을 그랬소. 부인께서 직접 파훼했으니 알겠지만 그 녀석, 요즘 텃밭에 진법을 펼치는 것에 재미를 붙인 모양이오. 어쩐지 요즘 사람들이 텃밭 쪽으로는 구경도 오지 않더라니… 쯧! 부인께서 좀 잘 말려 보시오."

모산의 텃밭이 금지가 된 까닭이 바로 그것이었다.

천검 진소량이 사는 모옥에 웬 진법까지 펼쳐져 있으니 소량을 만나러 온 무림인들은 그곳이 무슨 중요한 곳이라도 되는 줄 알고 텃밭으로는 얼씬도 하지 않았던 것이다.

"하아— 세상일 다 어렵다지만 어디 자식 농사만 할까요."

제갈영영이 한숨을 푹 내쉬고는 조심스럽게 소량을 살펴보았다.

"그보다 진 가가께서는 괜찮으세요?"

"음? 괜찮지 않을 일이 어디에 있겠소?"

소량의 앞에 선 제갈영영이 부드럽게 그의 볼을 어루만졌다.

"진 가가께서는 생각이 깊을 때는 늘 텃밭을 찾지요. 할머님을 그리워할 때도 마찬가지고요. 지금도 표정이 그리 밝지만은 않으세요."

할머니께서 사라지고 난 후의 일이었다. 차마 떠나는 그녀를 잡지 못한 소량이었지만, 가끔 못 견디게 그리운 날이 찾아올 때면 여기저기에 할머니의 위치를 수소문해 보곤 했다.

하지만 소량이 그녀의 흔적을 찾아낸 적은 한 번도 없었다.

마치 하늘이 감추기라도 한 것처럼 말이다.

"실은 섬서(陝西) 안강(安康) 즈음에서 할머니의 흔적을 찾은 것 같소."

소량이 쓴웃음을 지으며 고개를 숙였다. 하늘 끝에서 보았던 희미한 미래가 가슴에 턱하니 걸렸다. 그토록 찾아도 찾을 수 없던 할머니의 위치가 불현듯 찾아온 이유가 무엇일까.

"그래서 말인데… 오늘 저녁에 짐을 꾸려 섬서에 다녀와 볼까 하오."

"그렇군요. 다녀오세요, 진 가가."

소량은 어렵게 말했지만, 제갈영영은 흔쾌히 고개를 끄덕였다. 소량이 고맙다는 듯 그녀의 눈을 바라보며 웃자 제갈영영이 코끝을 찡긋하며 '노리개 하나쯤은 사 오시고요'라고 말했다.

"슬슬 끼니때가 오네요. 식사는 하고 출발하실 거지요?"

소량이 고개를 끄덕이자 제갈영영이 몸을 돌려 모옥으로 걸어 갔다. 미소를 지은 채 그녀의 뒷모습을 바라보던 소량이 노을이 지는 하늘로 시선을 돌렸다.

또다시 가슴이 선뜻해지는 기분이 들었다.

2

과거의 무창처럼, 섬서의 안강에도 하통(下通)은 있었다. 아니, 생각해 보면 호광성 무창이나 섬서의 안강뿐만이 아니라 세상 어디에나 그런 곳은 있을 터였다.

서글프게도 아직 세상엔 산과 들을 뛰어놀아야 할 어린아이들이 매를 맞아가며 구걸을 하고, 늙은 퇴기(退妓)가 한 줌 쌀알에 몸을 파는 곳이 수도 없이 많았던 것이다.

진무신모 유월향은 그런 하통의 어느 모옥에서 꿈을 꾸고 있었다.

육십 년쯤 전인가, 아니면 그보다 더 됐나…….

혈마가 그녀의 막내딸을 납치해 갔을 무렵이었다. 장부인 검신 진소월에게 무공을 배웠음에도 일개 촌부(村婦)로 남아 있던 그녀는 막내딸을 구하기 위해 강호로 출두했다.

그렇게 종횡무진하기를 몇 년쯤 했을 무렵이었다.

유월향은 사천(四川)의 홍문(興文)에서 두 달가량을 보내게 되었다. 막내딸의 흔적을 찾아 광동에서 사천에까지 이르렀으나 그곳에서 흔적이 끊긴 까닭이었다.

그녀는 사천에서 흔적을 수색하는 동시에 허드렛일을 하며 여비를 벌었다.

그러는 와중, 유월향은 네 명의 아이들을 알게 되었다. 큰아이가 고작 그녀의 셋째와 비슷한 나이였으니 아마 그 밑은 아장아장 걸어 다닐 나이였을 것이다.

피죽도 못 먹은 얼굴로 그녀가 먹는 소면을 바라보는 아이들의 눈빛이 그렇게 무섭고 싫을 수가 없었다. 꿀떡꿀떡 넘어가던 면발이 갑자기 쇠침처럼 독하게 느껴져 목구멍 너머로 삼킬 수가 없었다. 유월향은 가장 큰아이를 붙잡아 앉혀놓고 물었다.

"너거덜 부모님께 사달라고 허지, 왜 남 먹는 걸 그렇게 쳐다본다냐."

"저는 엄마가 없어요……."

엄마가 없다는 말이 왜 그렇게 서글프게 들렸을까. 유월향은 그 한마디 말이 가슴에 가시처럼 박히는 느낌을 받았다. 그녀는 그 길로 가진 돈을 모두 털어 아이들을 먹였다.

그렇게 만들어진 인연이 한 달 반이나 갔다. 처음에는 그녀를 경계하고 무서워하던 아이들은 칠 주야도 지나지 않아 금세 마음을 풀고는 그녀를 졸졸졸 따라다녔다.

막내인 갓난아기는 그녀를 '어마'라고 불렀다.

"아녀, 나는 니 엄마가 아니여. 우리 딸은 저기 먼데 있다니께. 나는 우리 딸 찾으면 떠날 사람이여. 너거덜은 너거덜끼리 사는 법을 배워야 혀. 알았쟈?"

"네, 아주머니."

한 달간 잘 먹어 볼에 살이 통통하게 오른 큰아이가 점잖게 말했다.

그때부터 유월향은 아이들에게 나무를 해다 파는 법, 텃밭을 일구는 법, 개울에서 먹을거리를 찾는 법 등등을 가르쳤다. 솜씨 좋게 요리하는 법도 가르쳤고, 동냥 다니는 거지로 보이면 일자리를 주지 않으니 옷은 항상 깨끗하게 빨아 입으라고 가르쳤다.

큰아이는 굳은 각오를 한 얼굴로 열심히 유월향이 가르쳐 주는 것을 배웠다.

어느 날, 막내인 갓난아기가 '어마, 어마'라고 부르자 큰아이가 아기를 안고 어르며 '저 아주머니는 우리 엄마가 아니야. 우리는 엄마 없어'라고 말하던 날이 있었다.

조방에서 그 이야기를 훔쳐 들은 유월향은 가슴이 찢어지는 고통을 느꼈다.

"나도 저 아주머니가 우리 엄마였으면 좋겠다."

큰아이가 말했다.

유월향은 독하게 마음을 먹어야 한다고 생각했다. 막내딸의 흔적을 찾으면 당장 이 마을을 떠나야 하는데 정을 붙여서는 좋을 일이 없었다. 유월향은 아이들이 홀로 살아가는 데 도움이 될 것들을 가르치면서 일부러 화도 내고 짜증도 부렸다.

그래도 아이들은 그녀를 좋아했다.

두 달가량이 지나 유월향은 막내딸의 흔적을 찾게 되었다. 그녀는 그 즉시 짐이랄 것도 없는 짐을 꾸려 길을 나섰다. 떠나기 직전, 항상 점잖던 큰아이가 엉엉 울며 그녀를 말렸다.

"아주머니, 우리도 데려가면 안 돼요? 방해가 되지 않게 아주 착하게 굴게요. 아주머니, 데려갈 수 없으면 돌아오시면 안 돼요? 아주 착하게 굴게요, 아주 착하게 굴게요……."

아이가 어쩌나 서럽게 울던지, 하마터면 그녀도 울음을 터뜨릴 뻔했다. 하지만 유월향은 독한 마음을 먹고 아이들을 끊어냈다.

"나는 너거 엄마가 아니라고 했잖어! 인즉 끝이여. 우리는 인즉 더 못 봐."

유월향은 일부러 뒤 한 번 돌아보지 않고 달음박질쳤다. 뒤따라 달려오던 큰아이가 돌부리에 넘어 바닥에 넘어지고는 흙바닥에 얼굴을 묻고 엉엉 울음을 터뜨렸다.

그래도 그녀는 돌아보지 않았다.

안타깝게도 그녀가 얻은 막내딸의 흔적은 진짜가 아니었다. 그 것은 혈마곡이 던진 미끼로, 그녀는 막내딸의 얼굴을 보는 대신 수마니 목마니 하는 마인들을 만나게 되었다. 죽을힘을 다해 싸운 고로 그녀는 적들 몇의 목숨을 취하고 스스로의 목숨을 보존했다.

도대체 어째서였을까?

유월향은 피투성이가 된 몰골로 다시 홍문으로 향했다. 아마 네 명의 고아 아이들이 마음에 걸려서 먼발치에서나마 한번 구경하고 떠나야겠다고 생각했던 것 같다.

그렇게 돌아간 홍문에서 그녀는 네 명의 고아 아이들이 시신이되어 있는 것을 발견했다. 책임감 있던 큰아이도, 그녀를 보고 '어마, 어마' 하던 갓난아기도 죽어 있었다.

아이들이 있어야 할 자리에는 살수(殺手)들이 있었다.

혈마곡은 교활하게도 함정을 두 개 파놓았던 것이다.

살수들의 목숨까지 모조리 취한 유월향은 아이들의 시신을 안고 울부짖었다. 큰아이의 볼 살을 어루만져 보고, 막내 갓난아기의 보드라운 이마를 쓰다듬으며 울부짖었다.

"어마라고 부르게 둘 걸! 내가 왜 그랬을까! 같이 살지는 못하더라도 어마라고 부르게 둘 걸!"

유월향은 가슴을 두드리며 통곡했다. 그녀는 '너거덜에게 엄마가 왜 없어, 인즉 있어. 내가 너거덜 엄마여, 인즉 내가 엄마여'라고 통곡하며 천지신명께 대고 외쳤다.

온 천하의 아이들을 내 아이들처럼 여기리라!

그녀의 별호가 신모(神母)가 된 것은 그런 까닭이었다.

그때의 일을 꿈으로 꾼 것이 얼마 만일까.

"미안혀, 미안혀!"

혼몽 중에 빠진 진무신모 유월향이 무어라고 읊조려 댔다. 그녀의 전신은 식은땀으로 잔뜩 젖어 있었고, 깜짝깜짝 놀란 듯 몸을 움찔거리기도 했다.

"나가 미안혀, 참말로 미안혀……!"

"할머니, 할머니."

어느 아이의 작은 손길에 유월향이 번쩍 눈을 떴다. 멍해진 정신을 추스르고 주위를 둘러보니 허름한 모옥의 벽면이 보인다. 고개를 숙여 손을 바라보니 꿰매다 만 이불이 보였다.

아마 구멍 난 이불을 메우다 잠이 든 모양이었다.

"할머니, 괜찮으세요? 악몽을 꾸신 것 같아요."

유월향의 앞에는 귀엽게 생긴 열두 살 난 여자아이가 앉아 있었다. 유월향은 아이의 이름이 이선(移善)이라는 것을 기억해 냈다. 이선의 뒤에는 그녀보다 어린 한 명의 계집아이와 한 명의 남자아이가 앉아 있었는데 각각 이름을 운향(雲香)과 태영(台英)이라 했다.

"어이쿠, 이게 뭔 일이랴? 늙으면 뒈져야지. 이불을 꿰매다 말고 저녁 먹을 때꺼정 잠을 다 자빠져 자고… 우리 손주들 배고파서 워쩔거나. 배고파서 워쩔거나. 잠시만 기다려야. 나가 나가서 후딱 소채 볶은 거랑 미반을 해올 테니께."

"할머니, 오늘은 저희가 요리를 할게요."

열두 살 난 이선이 걱정스러운 얼굴로 말했다.

할머니는 그녀가 대견해 죽겠다는 표정을 지었다.

"워매, 우리 큰손주는 기특하기도 허지. 벌써부터 할미를 도우려고 하고. 근디 말이여, 지금 니덜은 어른들이 주는 밥 묵고 자랄 때지, 밥해다 바칠 때가 아니여. 자칫 잘못하다가 불씨 잘못 날려서 집을 홀라당 태워묵는 수도 있으니께 조용히 주는 밥 받아묵으면 되야."

"하지만 할머니는 요즘 잠도 많아지시고, 기억도 가물가물하시고, 며칠 전부터는 죽은 사람도 보인다고 하시고……"

"홀홀, 원래 늙으면 그러는 거여. 걱정하덜 말어, 할미는 아직 정정허니께."

말은 그렇게 했지만 할머니는 가슴이 선뜻해지는 것을 느꼈다. 죽은 사람이 보인다고 했다고? 나는 그런 기억이 없는데. 내가 언제 그런 걸 봤을까, 내가 언제 그랬을까.

할머니는 억지로 미소를 지어 보였다.

"날이 추우니께 안에서 이불덜 꼭 덮고 있더라고. 나가 싸게 밥도 해 오구 화로에 불씨도 담아 올 테니께 얌전히 안에서 기다려야 혀. 괜히 밖에 나왔다가 고뿔이라도 걸리면 할미한테 엄청시럽게 혼날 테니께 허튼소리로 들으면 안 돼야!"

할머니가 재차 말하자 세 명의 아이들이 얌전히 고개를 끄덕였다. 그 모습이 귀여워 홀홀홀 웃던 할머니가 다시 한번 가슴이 선뜻해지는 것을 느끼고는 고개를 갸웃했다.

도대체 왜 가슴이 이렇게 선뜻할까.

일어나 조방으로 나가려던 할머니가 멈칫하고는 다시 아이들에게로 돌아갔다.

"이리덜 와봐, 할미가 한번 안아보게."

할머니는 세 명의 아이들을 동시에 품에 안았다. 아이들에게서 나는 특유의 달큰한 냄새가 공연히 기분 좋게 느껴졌다. 할머니는 '우리 사랑하는 손주덜' 하고 중얼거리며 아이들의 등을 몇 번이나 두들겨 주고는 다시금 조방으로 나섰다.

조방에 들어선 할머니는 불씨를 피우랴, 소채를 다듬으랴, 백미를 살짝 섞인 보리를 씻으랴 정신없이 움직였다. 뚜껑이 달린 철과에 보리를 안치고 철과에 기름을 둘러 소채를 넣는다.

불씨가 꺼져 버린 것은 바로 그때였다.

"어이쿠, 불씨 다 죽겄다잉, 불씨 다 죽겄어."

할머니가 치맛자락을 잡아당겨 몸에 홱 둘러 붙이고는 아궁이 앞에 쪼그려 앉아 입으로 후후 바람을 불었다. 그리고 옆에서 작은 나무 판때기 하나를 들고는 부채질을 시작했다.

도대체 어째서일까?

갑자기 졸음이 솔솔 쏟아졌다. 이불을 꿰매다 말고 그렇게 늘어지게 자놓고도 다시 졸음이 쏟아지다니. 아마 그동안 퍼질러 놀았더니 게으름이 몸에 붙은 모양이었다.

귓가에 재잘대는 소리가 들린 것은 바로 그때였다.

"아주머니, 아주머니. 보고 싶었어요."

할머니가 고개를 돌려 조방 입구를 바라보았다. 마당과 연결된 문 밖에 세 명의 작은 아이들이 손에 손을 잡고 서 있었다. 가장 큰아이의 품에는 넷째인 갓난아기가 안겨 있다.

흥문에서 목숨을 잃었던 아이들이었다. 죽은 아이들이 귀신처럼 나타났으니 두려워 몸을 떨어야 마땅한데, 할머니는 신기하게도 아무런 공포도 느끼지 못했다.

할머니는 태연하게 중얼거렸다.

"금방 밥 다 되니께 기다리더라고. 이 아주머니가 맛난 밥 해줄게, 맛난 밥 해줄게."

아이들에게 밥을 해 먹여야 하는데 자꾸 졸음이 왔다. 할머니
는 잠깐 고개를 숙이고 눈을 붙였다가, 이내 정신을 차리려는 듯
고개를 홰홰 젓고는 다시금 판때기로 부채질을 했다.

그러다가 문득 문가로 고개를 돌려보니 홍문에서 목숨을 잃었
던 아이들이 보이지가 않는다. 밖에서 까르르 웃음소리가 들리는
것이 아마 놀러 나간 모양이었다.

대신 문가에는 엄마가 있었다. 유월향은 저도 모르게 움직임을
멈추고는 멍하니 자신의 엄마를 올려다보았다.

"엄니, 우리 엄니."

엄마의 눈에는 눈물이 한가득 고여 있었다. 자신의 딸이 저렇
게 늙은 얼굴로, 무언가에 짓눌린 듯 일그러진 얼굴로 앉아 있는
것을 보았는데 어찌 마음이 편하랴. 다른 무엇보다 유월향의 일
그러진 상처를 바라보던 그녀의 엄마가 눈물이 핑 고인 얼굴로 바
닥에 주저앉았다.

유월향은 주저앉은 엄마에게 '난 괜찮다'라고 말하고 싶었다.
하지만 입은 생각과는 전혀 다른 말을 내뱉고 있었다. 눈에서는
하릴없이 눈물 몇 방울을 쏟아낸다.

"엄니, 엄니. 나 있잖아, 여기가 아파아."

유월향은 마치 아이가 되어버린 듯한 기분을 느꼈다. 엄마가
호 불어줘도 아픔이 사라지지 않는다는 것을 알고 있었지만, 엄
마의 그 따스한 입김 한 번을 받아보고 싶었다. 너무 오래 불어주
기만 했지, 한 번도 받아본 적이 없었다.

그녀는 뒤늦게 자신이 엄마를 그리워하고 있었다는 것을 깨달
았다. 내 자식들이, 내 손주들이 나에게 기대듯 나도 엄마에게 기

대고 엄마에게서 위로를 받고 싶었다. 진무신모는 백여 년에 이르는 긴 세월 속에서 처음으로 '내게도 엄마가 필요했구나'라는 것을 깨달았다.

"엄니, 보고 싶었어야. 참말로 보고 싶었어야, 우리 엄니……."

그녀의 엄마가 일그러진 얼굴로 울음을 터뜨렸다. 자신이 낳은 것이 저렇게 다친 것이 괴로워서 그녀의 엄마는 통곡했다. 통곡 사이에서 잔뜩 억눌린 목소리가 새어 나왔다.

"잘했어, 월향아. 한세상 누구보다도 잘 살았어, 월향아."

그녀의 엄마가 연신 흐느끼며 칭찬했다. 그 순간 유월향은 아픈 것도 잊고 신이 났다.

그녀는 의기양양한 얼굴로 나무 판때기를 들고는 더욱 거세게 바람을 일으켰다.

"엄니가 칭찬해 주니까 좋네. 참말로 좋네. 근디 말이오, 나 참말로 힘들었소. 눈물 쏙 빠지도록 힘들었소. 그거 아시오? 나는 말이오, 그럴 때면 엄니가 보고 싶었소. 엄니한테 가서 나 힘들다 칭얼대고 싶었소……."

나이를 먹으니 나무 판때기 들고 부채질하는 것도 힘에 부친다. 유월향이 지친 얼굴로 판때기를 내려놓고는 전신의 힘을 빼고 늘어졌다.

고개가 아래로 풀썩 꺾였고 어깨도 힘없이 하늘하늘 늘어졌다.

"나 아직 자면 안 되는디. 우리 새끼덜 밥 해 먹여야 하는디."

"이제는 쉬어도 돼요, 부인."

졸린 듯 고개를 꾸벅거리던 유월향이 문가를 돌아보았다. 문가에 있던 엄마는 어느새 어디론가 사라지고 그녀의 장부, 검신 진소월이 서 있었다.

"장부(丈夫: 남편) 왔소."

"그래, 이제야 왔소. 내가 너무 늦었구려. 그동안 홀로 고생 많았소, 부인."

진소월이 따스한 미소를 지으며 유월향을 바라보았다.

유월향이 헛바람이 든 웃음을 지었다.

"나 혼자 두고 고생시킨 사람은 누군데 뭣할라고 쉰소리를 다 하신다요."

"하하하! 미안하오. 그래서 이렇게 데리러 왔지 않소. 이제 쉬어도 돼요, 부인. 당신은 나 같은 사람에게는 분에 넘치는 사람이었소. 그동안 정말 잘해왔소. 정말 잘했어."

"나가 잘혔소?"

"그럼. 얼마나 잘해주었는지 모르오. 이제 그만 쉬러 갑시다."

"그럴라나. 나가 잘한 걸라나… 우리 새끼덜, 우리 손주덜 다 잘 키운 걸라나."

유월향이 나무 판때기를 들고 다시 두어 번 바람을 일으켰다. 그녀의 고개가 다시금 꾸벅꾸벅 흔들리기 시작했다. 나른하고 피곤했다. 당장에라도 잠에 빠져들고 싶었다.

아직은 자면 안 되는데, 내 새끼들 밥을 해 먹여야 하는데.

"나가 잘한 걸라나……."

고개를 꾸벅꾸벅 끄덕거리던 유월향이 천천히 눈을 감았다. 잠깐은 잠들었다가 깨어나도 괜찮을 것 같았다. 그렇게 눈을 붙이고 나자, 유월향은 금방 잠에 빠져들어 꿈을 꾸게 되었다.

꿈속에 장부가 보였다.

장부는 '그동안 고생 많았어. 정말 잘해주었소'라고 다시 한번 말해주었다.

유월향은 그쪽으로 갈까 하다가 저도 모르게 뒤를 한 번 돌아보았다.

뒤에는 그녀가 낳고 그녀가 길렀던 새끼들이 있었다. 일찍 시집 갔다가 남편과 자식을 잃고 비구니가 되어버린 첫째, 누구보다 듬직해서 의지했던 둘째, 다리를 절어 제 어미 속을 썩였던 셋째, 아무 관심도 받지 못했던 막내… 그리고 그 아이들이 낳은 손자들까지.

아무래도 그녀가 잘하긴 한 모양이었다.

그녀의 새끼들은 하나같이 행복한 미소를 짓고 있었다.

'보고 있는데도 보고 잡다, 내 새끼덜.'

그 뒤로는 새로 거둔 손자들도 보였다. 듬직한 큰놈 소량과 효녀인 둘째 영화, 영악한 셋째 승조와 똘똘한 넷째 태승, 누구보다도 귀여웠던 막내 유선이까지.

'보고 싶다, 우리 손주덜.'

새로 거둔 손자들까지 환하게 웃는 것을 보자 유월향의 가슴에 행복감이 한가득 차올랐다. 그녀는 자신이 참 행복한 사람이라고 생각했다. 저렇게 많은 아이들이 하나같이 사랑해 주는데 어찌 행복하지 않을까. 이렇게나 사랑해 보고 이렇게나 사랑을 받았는데 어찌 행복하지 않을까.

그래서 그녀는 마지막 숨을 달게 들이마실 수 있었다.

유월향은 행복한 얼굴로 미소를 지으며 길게 숨을 토해내었다.

"후우우—"

그다음, 정적이 일었다.

3

멀찍이서 낯선 모옥을 발견한 소량이 다급히 신형을 날렸다. 그에게는 익숙한 기운, 다른 누구의 것도 아닌 할머니의 태허일기공이 조금씩 잦아들고 있었다.

조급함을 느낀 소량이 할 수 있는 모든 공력을 다해 경공을 펼쳐 낯선 모옥에 들어섰다. 정확히 조방의 앞에 선 소량이 그 안으로 들어가려다 말고 걸음을 멈추었다.

눈을 질끈 감은 채 잠시 머뭇거리던 소량이 천천히 눈을 뜨고는 조방의 안을 바라보았다.

다 꺼져가는 장작에서 불꽃이 튀어 올랐다.

"…할머니."

희미한 온기를 흩뿌리는 아궁이 앞에서 할머니가 쪼그려 앉은 채 고개를 숙이고 있었다. 밥 짓는 냄새 속에서 할머니가 미소를 지은 얼굴로 잠들어 있었다.

"아……."

소량은 붉어진 눈시울을 감추려는 듯 하늘을 올려다보았다. 밥을 짓다 말고 잠에 빠져 버린 할머니는 누구보다도 평온한 얼굴을 하고 있었다. 소량은 연신 하아, 신음을 토해내며 눈물을 참고는 조심스럽게 할머니에게 다가가 그녀를 품에 안았다.

그러고는 혹시라도 할머니가 다칠세라 천천히 조방 밖을 나선다.

할머니를 잠시 모옥의 벽에 기대어 앉힌 소량이 자신이 입고 있던 장포를 걸어 원자에 깔았다. 그러고는 다시 할머니를 안고 장포에 뉘였다. 소량은 할머니의 다리를 가지런히 모으고, 그 팔을 아랫배에 곱게 포갰다.

"흑, 흐흑."

소량의 입에서 긴 울음소리가 새어 나왔다.

문득 할머니를 처음 만났을 때가 떠올랐다. 그때는 얼마나 놀라고 얼마나 무서웠는지. 혹시 모옥을 빼앗으려는 나쁜 할머니가 아닐까 경계하고 또 두려워했었다. 그녀의 카랑카랑한 목소리가 씻지 않고 뭣들 하느냐고 호통을 칠 때까지 소량은 할머니에게로 다가가지도 못했었다.

"어어어, 으어어어!"

울음소리는 곧 통곡이 되었다. 소량은 할머니의 손을 꼭 쥐고 그녀의 배에 얼굴을 묻었다. 할머니의 시신에서는 그녀의 생전처럼 좋은 냄새가 났다. 소량은 어린 시절로 돌아간 것처럼 그녀의 옷자락에 얼굴을 부비며 울었다.

"할머니, 고마워. 정말 고마워. 그리고 미안해, 할머니⋯⋯."

할머니의 시신이 점점 차갑게 변해갔다.

어찌할 줄을 몰라 하며 몸을 들썩이며 울던 소량이 고개를 든 것은, 모옥 안에서 들린 소리 때문이었다. 훌쩍이는 소리, 겁에 질린 소리. 인기척을 내지 않으려 숨죽이는 소리.

소량은 할머니의 옷자락을 다시 한번 곱게 여미고는 몸을 일으켰다. 그리고 천천히 모옥으로 다가가 조심스럽게 문을 열었다.

방 안에 있던 사내아이가 겁에 질려 비명을 토해냈다.

"누, 누나!"

소량은 곧 열몇 살이나 되었음직한 어린 여자아이를 발견할 수 있었다. 아이는 등 뒤로 저보다 더 작은 아이 두 명을 감춘 채 경계심 섞인 얼굴로 자신을 바라보고 있었다.

세 명의 아이들이 서로 닮지 않은 것을 보면 형제가 아닌 것이 분명했다. 아이들의 눈에 눈물이 가득 고인 것을 보면 상황이 어찌 된 것인지 짐작할 수 있을 것 같았다.

소량이 나지막한 어조로 입을 열었다.

"너희는……."

"아, 아저씨는 누구세요?"

맏이인 듯한 여자아이가 날카로운 눈으로 소량을 쏘아보며 물었다. 소량은 여자아이의 적대적인 시선 속에서 어린 시절의 기억을 떠올릴 수 있었다.

"하, 할머니는 누구세요?"

소량은 할 말을 잃은 표정으로 여자아이를 바라보았다. 자신들에게 호의적인 어른을 별로 만나보지 못한 여자아이는 여전히 소량을 날카롭게 노려보고 있었다.

아아, 내가 그곳에 있었다.

세상 누구도 믿지 못하던 어린 내가 그곳에 있었다. 나무꾼들에게 매를 맞아 앓던 내가, 동생들을 먹이려고 절뚝거리며 구걸을 하러 나서던 내가 바로 그곳에 있었다.

"처음 보는 것이니… 못 알아보는 것도 이해하지 못할 일은 아니겠구나."

소량은 붉어진 눈시울로 여자아이를 바라보며 '할머니라면 이렇게 말했거니' 싶은 말을 중얼거렸다. 아이가 겁을 먹지 않도록, 소량은 일그러진 얼굴로나마 미소를 지어 보였다.

소량은 천천히 어린 시절의 자신에게 손을 내밀었다. 그것은 과거와 화해하는 순간이었고, 자신의 아픈 기억들을 온전히 품에 안는 순간이었다.

"나는 너희들의 백부가 된단다."

어린 시절의 자신이 그 말을 믿을 수 없다는 듯 자신을 노려보았다. 일그러진 미소 속에서 진심을 느낀 것일까. 나의 경계심이 서서히 풀어지더니 조금씩 손을 내밀기 시작했다.

창밖의 나비 한 마리가 소량이 과거의 자신과 손을 잡는 순간을 물끄러미 지켜보았다.

마치 미소를 짓는 것처럼 날개를 부드럽게 오르락내리락거리던 나비가 이내 하늘로 날아올랐다. 나비는 소량과 세 아이들의 머리 위를 가볍게 돌았다가, 할머니의 시신 위로 다가가 그 위도 몇 바퀴 회전했다.

그다음에는 세상으로 떠나갈 차례였다. 나비는 한없이 자유롭게 훨훨 날아 모옥을 벗어나 그 옆에 있는 작은 동산으로 날아갔다. 동산에 이르자 나비는 어느 나뭇가지 위에 앉아서 잠시 날개를 쉬었다가, 다시 힘을 내서 하늘을 향해 날아가 사라졌다.

사라진 나비 아래로 어느 들꽃 한 송이가 모습을 드러냈다.

할미꽃[老姑草] 한 송이 피어 있었다.

『천애협로』완결

작가 후기

안녕하세요?

『천애협로』의 글쓴이 촌부라고 합니다.

어느새 날이 추워지더니 겨울의 초입에 이르렀습니다. 다른 해보다 유난히 다사다난했던 한 해도 이제 저물고 새로운 해가 오려는 모양입니다.

저물어가는 한 해처럼, 『천애협로』 역시 여기서 끝을 맺습니다.

완결권까지 무사히 탈고한 기쁨도 물론 적지 않지만, 항상 그렇듯 조금 더 완성도를 높여볼 걸, 조금 더 노력해 볼 걸 하는 후회가 많이 남는 것 같습니다.

사실, 『천애협로』의 경우에는 그간 완성했던 원고 중에서도 가장 아픈 손가락이라 할 수 있었습니다.

원고를 집필하던 와중 불운한 일을 겪어 약 2년여간 자리를 비우기도 했고, 다시 본래의 자리로 돌아온 이후에는 시간이 너무 지나 버린 탓에 무사히 원고를 마무리할 수 있을까 걱정을 하기도 했지요.

그 불운과 우려를 모두 해소하고 무사히 탈고할 수 있었던 것은 모두 독자 여러분 덕분입니다. 연재를 하는 동안 작성해 주신 수많은 댓글들을 읽으며 즐거워했고, 따스한 응원과 격려 덕분에 피로마저 잊을 수 있었습니다. 수많은 후회가 남음에도 불구하고 탈고한 기쁨으로 후회를 갈음할 수 있는 것 역시 모두 독자 여러분의 덕분일 것입니다.

이 자리를 빌어, 독자 여러분께 진심으로 감사 인사를 올립니다.
새로 이 글을 찾아주신 독자 여러분들께도, 그리고 2~3년여의 긴 시간 동안 잊지 않고 다시금 『천애협로』를 찾아주신 독자 여러분들께도 머리 숙여 감사 인사를 올립니다.

독자 여러분들께 허락을 얻는다면, 지면을 빌어 감사를 전하고 싶은 분들이 더 있습니다.
언제나 응원해 주시고, 또 혹시라도 게으름을 부릴 때면 따끔하게 꾸중해 주시는 사랑하는 선배님, 『무림대공』의 김석진 작가님과 디자이너 장형준 형님께 감사를 전합니다.
매번 늦는 것으로도 모자라 완성 단계에 이른 원고마저 뒤집어 버리는 저 때문에 고통스러운 야근의 세월을 보내신 청어람의 이지연 담당자님과 박용서 실장님께 감사를 전합니다.

긴 시간 자리를 비웠음에도 불구하고 『천애협로』를 완결권까지 무사히 탈고할 수 있도록 기다려 주시고, 또 응원해 주신 청어람의 서경석 사장님께 감사를 전합니다.

마지막으로 많이 부족하고 또 모자란 글인데도 끝까지 읽어주시고, 또 사랑해 주신 독자님께 다시 한번, 제가 할 수 있는 한 가장 큰 감사 인사를 올립니다.

저는 차기작을 통해 다시 독자 여러분들을 찾아뵙겠습니다. 앞으로 독자 여러분들께서 항상 건강하시기를 기원합니다.

—촌부 배상